La muerte llega a Pemberley

La muerte llega a Pemberley

P. D. James

Traducción de Juanjo Estrella

Barcelona • Madrid • Bogotá • Buenos Aires • Caracas • México D.F. • Miami • Montevideo • Santiago de Chile

Título original: *Death Comes to Pemberley*
Traducción: Juanjo Estrella
1.ª edición: mayo 2012
1.ª reimpresión: mayo 2012

© 2011 by P. D. James
© Ediciones B, S. A., 2012
    Consell de Cent, 425-427 - 08009 Barcelona (España)
    www.edicionesb.com

Printed in Spain
ISBN: 978-84-02-42098-5
Depósito legal: B. 12.291-2012

Impreso por LIBERDÚPLEX, S.L.
Ctra. BV 2249, km 7,4
Polígono Torrentfondo
08791 Sant Llorenç d'Hortons

A Joyce McLennan, amiga y asistente personal, que mecanografía mis novelas desde hace treinta y cinco años. Con afecto y gratitud.

Nota de la autora

Debo una disculpa a la sombra de Jane Austen por implicar a su querida Elizabeth en el trauma de una investigación por asesinato, máxime porque en el capítulo final de *Mansfield Park* la novelista expone con gran claridad su punto de vista: «Que se espacien otras plumas en la descripción de infamias y desventuras. La mía abandona en cuanto puede esos odiosos temas, impaciente por devolver a todos aquellos que no estén en gran falta un discreto bienestar, y por terminar con todos los demás.» A mis disculpas, ella habría respondido sin duda que, de haber deseado espaciarse en temas tan odiosos, habría escrito este relato ella misma, y lo habría hecho mejor.

P. D. JAMES, *2011*

Prólogo

Los Bennet de Longbourn

Las vecinas de Meryton, por lo general, coincidían en que el señor y la señora Bennet de Longbourn habían sido muy afortunados casando a cuatro de sus cinco hijas. Meryton, localidad pequeña que vive de su mercado, no figura en la ruta de ningún viaje de placer, pues carece de belleza, ubicación escenográfica o historia que la distinga, y su única casa digna de mención, Netherfield Park, si bien imponente, no aparece en los libros que recogen las muestras más notables de la arquitectura comarcal. La localidad cuenta con una sala de actos en la que con frecuencia se celebran bailes, pero carece de teatro, y el esparcimiento tiene lugar sobre todo en los domicilios particulares, donde el chismorreo alivia algo el aburrimiento de las cenas y las partidas de *whist*, que se suceden siempre en la misma compañía.

Una familia de cinco hijas casaderas atrae sin duda la atención compasiva de todos sus vecinos, en particular allí donde escasean otras diversiones, y la situación de los Bennet resultaba especialmente desafortunada. En ausencia de un heredero varón, la finca del señor Bennet pasaría al primo de este, el reverendo William Collins, que, como la señora Bennet no se privaba de lamentar en voz muy alta, podía echarlas a ella y a sus hijas de la casa estando el cuerpo de su esposo todavía caliente en la tumba. En honor a la verdad debía admitirse que el señor Collins había intentado reparar la situación en la medida de sus posibilidades. Asumiendo los inconvenientes que la decisión le acarreaba, pero con el beneplácito de su imponente patrona, lady Catherine de Bourgh, había abandonado su parroquia de Hunsford, en Kent, para visitar a los Bennet con la noble intención de tomar por esposa a una de sus cinco hijas. La señora Bennet aceptó la idea con gran entusiasmo, pero hubo de advertirle de que la mayor de ellas iba, con toda probabilidad, a prometerse en breve. Su elección de Elizabeth, la segunda en edad y belleza, había topado con el resuelto rechazo de la joven, y él se había visto obligado a buscar una respuesta más benévola en la señorita Charlotte Lucas, amiga de Elizabeth. La señorita Lucas había aceptado gustosamente su proposición, y el futuro que aguardaba a la señora Bennet y a sus hijas pareció quedar sellado, sin que, en general, sus vecinos lo lamentaran en exceso. A la muerte del señor Bennet, el señor Collins las instalaría en una de las espaciosas casas de campo de su propiedad, donde recibirían el consuelo espiritual que él les administraría, y donde se alimentarían de las sobras de las cocinas de los Collins, engordadas de vez en cuando por alguna pieza de caza o algún corte de panceta.

Sin embargo, por fortuna, los Bennet lograron escapar de aquellas dádivas. A finales de 1799, la señora Bennet podía felicitarse de ser la madre de cuatro hijas casadas. Cierto es que el matrimonio de Lydia, la menor, de solo dieciséis años, no había sido precisamente honroso. Se había fugado con el teniente George Wickham, un oficial del ejército destinado en Meryton, fuga que, se supuso, terminaría como deben terminar tales aventuras, con Lydia abandonada por Wickham, expulsada de su casa, rechazada por la sociedad y sometida finalmente a una degradación que el decoro impedía mencionar a las damas decentes. Sin embargo, y contra todo pronóstico, el matrimonio sí había llegado a celebrarse. Fue un vecino, William Goulding, el primero en propagar la noticia: se había cruzado con la diligencia de Longbourn y la señora Wickham, recién casada, había asomado la mano por la ventanilla abierta para que él le viese la alianza. A la señora Philips, hermana de la señora Bennet, le encantaba contar una y otra vez su versión de la fuga, según la cual la pareja iba de camino a Gretna Green, pero se había detenido brevemente en Londres para que Wickham informara a su madrina de su inminente boda y, a la llegada del señor Bennet en busca de su hija, la pareja había aceptado la sugerencia de la familia de que el enlace se celebrara, para conveniencia de todos, en Londres. Nadie creía aquella invención suya, pero sí se reconocía que el ingenio demostrado por la señora Philips al pergeñarla merecía, al menos, que ante ella se impostara cierta credulidad. A George Wickham, claro está, jamás volverían a aceptarlo en Meryton, no fuera a despojar a las criadas de su virtud y a los tenderos de sus beneficios, pero se convino que, si su esposa acudía a ellos, la señora Wickham sería recibida con el mismo trato educado y tolerante antes dispensado a la señorita Lydia Bennet.

Se especuló mucho sobre cómo se había acordado aquel matrimonio celebrado con retraso. La hacienda del señor Bennet apenas si generaba dos mil libras anuales, y era opinión compartida que el señor Wickham habría intentado obtener al menos quinientas, más la cancelación de todas sus deudas en Meryton y en otros lugares, antes de aceptar el enlace. El señor Gardiner, hermano de la señora Bennet, debía de haber aportado el dinero. Su prodigalidad era bien conocida, pero tenía familia, y sin duda esperaría que el señor Bennet le devolviera la suma prestada. En casa de los Lucas preocupaba considerablemente que la herencia de su yerno pudiera verse menguada en gran medida por esa necesidad, pero al constatar que no se talaban árboles, no se vendían tierras, no se prescindía de criados, y que el carnicero no parecía reacio a servir a la señora Bennet su pedido semanal, se supuso que el señor Collins y la querida Charlotte no tenían nada que temer y que, tan pronto como el señor Bennet recibiera digna sepultura, aquel podría tomar posesión de las propiedades de Longbourn seguro de que no habían sufrido merma alguna.

En cambio, el compromiso que siguió poco después de la boda de Lydia, el de la señorita Bennet con el señor Bingley, de Netherfield Park, se recibió con aprobación. No fue, precisamente, un anuncio inesperado: la admiración que el señor Bingley profesaba por Jane había quedado patente ya en su primer encuentro, que había tenido lugar durante un baile de gala. La belleza, la amabilidad, y el ingenuo optimismo de la señorita Bennet sobre la naturaleza humana, que la llevaba a no hablar nunca mal de nadie, la convertían en la preferida de muchos. Pero pocos días después de que se anunciara el compromiso de su hija mayor con el señor Bingley, se propagó la noticia de un triunfo aún mayor para la señora Bennet, triunfo que, en un primer momento, fue acogido con incredulidad. La señorita Elizabeth Bennet, su segunda hija, iba a casarse con el señor Darcy, propietario de Pemberley, una de las grandes mansiones de Derbyshire, y quien, según se rumoreaba, disponía de una renta de diez mil libras anuales.

Era del dominio público en Meryton que la señorita Lizzy odiaba al señor Darcy, sentimiento generalmente compartido por las damas y los caballeros que habían participado en el primer baile de gala al que el señor Darcy asistió en compañía del señor Bingley y sus dos hermanas, y durante el cual dio muestras inequívocas de su carácter orgulloso y del desdén arrogante que sentía por los presentes, dejando claro, a pesar de que su amigo, el señor Bingley, le instara a ello, que ninguna de las asistentes era digna de ser su pareja de baile. En efecto, cuando sir William Lucas le presentó a Elizabeth, Darcy declinó bailar con ella, y confió después al señor Bingley que no era lo bastante bonita como para tentarlo. Se dio por sentado que ninguna mujer podría alcanzar la felicidad ejerciendo de señora Darcy, pues, como comentó Maria Lucas, «¿quién querría contemplar ese rostro tan desagradable frente a una, durante el desayuno, el resto de su vida?».

Pero no tenía sentido culpar a la señorita Elizabeth Bennet por adoptar un planteamiento más prudente y positivo. En esta vida no puede tenerse todo, y cualquier joven de

Meryton habría soportado más de un rostro desagradable durante el desayuno con tal de contraer matrimonio con diez mil libras al año y convertirse en dueña y señora de Pemberley. Las damas de Meryton, movidas por algo parecido al sentido del deber, solían mostrarse comprensivas con los afligidos y felicitar a los afortunados, pero todas las cosas debían darse con moderación, y el triunfo de la señorita Elizabeth se había producido a una escala excesiva. Aunque admitían que no era fea, y que poseía unos hermosos ojos, carecía de otros encantos que la hicieran atractiva a un hombre de diez mil libras anuales, y el círculo de las chismosas más influyentes no tardó en tramar una explicación: la señorita Lizzy había decidido atrapar al señor Darcy desde el momento mismo de su primer encuentro. Y cuando el alcance de su estrategia quedó en evidencia, se convino en que la joven había jugado sus cartas con maestría desde el principio. Aunque el señor Darcy hubiera declinado ser su pareja durante el baile de gala, sus ojos se habían posado a menudo en ella y en su amiga Charlotte, que, tras años buscando marido, era toda una experta en identificar la más mínima señal de una posible atracción, y había advertido a Elizabeth que no permitiera que su interés más que evidente por el atractivo y popular teniente George Wickham la llevara a ofender a un hombre diez veces más importante.

Después se había producido el incidente de la cena de la señorita Bennet en Netherfield, cuando, debido a la insistencia de su madre en que, en lugar de trasladarse en el carruaje de la familia, lo hiciera a caballo, Jane había pillado un catarro de lo más oportuno y, como la señora Bennet había planeado, se había visto obligada a permanecer varias noches en la residencia de Bingley. Elizabeth, por supuesto, había acudido a pie a visitarla, y los buenos modales de la señorita Bingley la habían llevado a ofrecer hospitalidad a aquella visita incómoda hasta que la señorita Bennet se restableciera. Una semana pasada casi en su totalidad en compañía del señor Darcy debió de elevar las expectativas de éxito de Elizabeth, y ella habría sacado el máximo partido de aquella intimidad forzada.

Posteriormente, y a instancias de la menor de las hermanas Bennet, el señor Bingley había organizado un baile en Netherfield, y en aquella ocasión Darcy sí había bailado con Elizabeth. Las carabinas, sentadas en las sillas que se alineaban contra la pared, habían levantado los anteojos y, como el resto de los presentes, se habían dedicado a estudiar con atención a ambos, que ganaban posiciones en la línea de parejas. Allí, claro está, no habían conversado mucho, pero el mero hecho de que el señor Darcy le hubiera pedido a la señorita Elizabeth que bailara con él, y que ella no lo hubiera rechazado, era motivo de interés y especulación.

El paso siguiente en la campaña de Elizabeth fue su visita, en compañía de sir William Lucas y de su hija Maria, a los señores Collins, que residían en la parroquia de Hunsford. En condiciones normales, Elizabeth habría rechazado una invitación como aquella. ¿Qué placer podía experimentar una mujer en su sano juicio en compañía del señor Collins durante seis semanas? Era del dominio público que, antes de que la señorita Lucas lo aceptara, Lizzy había sido su primera opción como prometida. El recato, además de cualquier otra consideración, debería haberla mantenido alejada de Hunsford. Pero a ella, por supuesto, no le pasaba por alto que lady Catherine de Bourgh era vecina y patrona del señor Collins, y que su sobrino, el señor Darcy, se encontraría casi con toda probabilidad en Rosings mientras los visitantes residieran en la parroquia. Charlotte, que mantenía a su madre informada de todos los detalles de su vida de casada, incluido el estado de salud de sus vacas, aves de corral y esposo, le había escrito posteriormente para contarle que el señor Darcy y su primo, el coronel Fitzwilliam, que también se encontraba de visita en Rosings, habían acudido con frecuencia a la parroquia durante la estancia de Elizabeth, y que el señor Darcy, en una ocasión, la había visitado sin su primo, en un momento en que Lizzy también se encontraba a solas. La señora Collins se mostraba convencida de que con aquella deferencia él confirmaba que se estaba enamorando y escribió que, en su opinión, su amiga habría aceptado gustosamente a cualquiera de los dos caballeros, si alguno le hubiera hecho la proposición. Sin embargo, la señorita Lizzy había regresado a casa sin nada resuelto.

Pero, finalmente, todo acabó bien cuando la señora Gardiner y su esposo, que era hermano de la señora Bennet, invitaron a Elizabeth a que los acompañara en un viaje de placer ese verano. La ruta había de llevarlos nada menos que hasta la región de los Lagos, pero, al parecer, las obligaciones del señor Gardiner para con sus negocios aconsejaron finalmente un plan menos ambicioso, y optaron por no llegar más allá de Derbyshire. Fue Kitty, la cuarta hija de los Bennet, la que aportó la noticia, aunque nadie en Meryton creyó la excusa. Una familia acomodada que podía permitirse viajar desde Londres hasta Derbyshire habría extendido el periplo hasta los Lagos sin problemas, de haberlo deseado. Resultaba evidente que el señor Gardiner, cómplice en el plan matrimonial de su sobrina, había escogido Derbyshire porque el señor Darcy se encontraría en Pemberley y, en efecto, los Gardiner y Elizabeth, que sin duda habrían preguntado en la posada si el señor se encontraba en casa, estaban visitando la mansión cuando el señor Darcy regresó. Naturalmente, como gesto de cortesía, los Gardiner fueron presentados, y se invitó al grupo a cenar en Pemberley. Si la señorita Elizabeth había albergado alguna duda sobre lo sensato de su plan para atrapar al señor Darcy, aquella primera visión de Pemberley la reafirmó en su idea de enamorarse de él en cuanto se le presentara la primera ocasión propicia. Posteriormente, él y su amigo el señor Bingley habían regresado a Netherfield Park y sin dilación habían acudido a Longbourn, donde la felicidad de la señorita Bennet y la de la señorita Elizabeth quedaron final y triunfalmente aseguradas. El compromiso de esta, a pesar de su brillo, proporcionó menos placer que el de Jane. Elizabeth nunca había sido muy querida y, de hecho, las más perspicaces entre las damas de Meryton sospechaban a veces que se burlaba de ellas en secreto. También la acusaban de ser sardónica, y aunque no entendían bien qué significaba aquella palabra, sabían que no se trataba de ninguna cualidad deseable en una mujer, pues resultaba especialmente desagradable a los hombres. Las vecinas, cuya envidia ante semejante triunfo excedía toda posible satisfacción ante la idea del enlace, podían consolarse sosteniendo que el orgullo y la arrogancia del señor Darcy, y el cáustico ingenio de su esposa, les garantizaban una vida desgraciada para la que ni siquiera Pemberley y diez mil libras al año podían servir de consuelo.

Para garantizar las formalidades sin las que los grandes esponsales apenas podrían considerarse dignos de tal nombre —la pintura de retratos, la contratación de abogados, la compra de nuevos carruajes y vestidos—, la boda de la señorita Bennet con el señor Bingley, y la de la señorita Elizabeth con el señor Darcy se celebró el mismo día en la iglesia de Longbourn con muy poca demora. Habría sido el día más feliz de la vida de la señora Bennet de no haberse visto aquejada por las palpitaciones durante la ceremonia, palpitaciones causadas por el temor a que lady Catherine de Bourgh, la imponente tía del señor Darcy, se personara en la iglesia para impedir el matrimonio, y, en realidad, hasta que se pronunció la bendición final no se sintió segura de su triunfo.

Cabe poner en duda que la señora Bennet fuera a echar de menos la compañía de la segunda de sus hijas, pero su esposo sí iba a añorarla. Elizabeth había sido siempre la niña de sus ojos. Había heredado su inteligencia, algo de su agudo ingenio, así como el regocijo que le causaban las manías y debilidades de sus vecinos. Longbourn House se convertiría en un lugar más solitario y menos racional en su ausencia. El señor Bennet era un hombre listo y leído, cuya biblioteca constituía a la vez su refugio y la fuente de sus horas más felices. Darcy y él llegaron rápidamente a la conclusión de que se caían bien y, en adelante, como suele suceder con los amigos, aceptaron sus peculiaridades de carácter como prueba de la superioridad intelectual del otro. Las visitas del señor Bennet a Pemberley, que a menudo tenían lugar cuando menos se lo esperaba, solían desarrollarse en gran medida en la biblioteca, una de las mejores en manos privadas, de la que resultaba difícil arrancarlo, incluso a las horas de las comidas. A los Bingley, en Highmarten, los visitaba con menor frecuencia, dado que, además de la excesiva preocupación que Jane demostraba por el bienestar y la comodidad de su esposo e hijos, que en ocasiones al señor Bennet le resultaba irritante, allí eran escasas las tentaciones en forma de nuevos libros y periódicos. El dinero del señor Bingley provenía originalmente del comercio. Él no había heredado una biblioteca familiar, y solo tras la compra de Highmarten House se había planteado la creación de una propia. En su proyecto, tanto Darcy como el señor Bennet se habían mostrado más que dispuestos a contribuir. Existían pocas actividades más agradables que la de gastar el dinero de un amigo para satisfacción propia y en su beneficio, y si los compradores se sentían tentados periódicamente por alguna extravagancia, se consolaban pensando que Bingley podía permitírsela. Aunque los anaqueles de la biblioteca, diseñados según instrucciones de Darcy y aprobados por el señor Bennet, no estaban en absoluto llenos, el dueño de la casa ya empezaba a enorgullecerse al admirar la elegante disposición de los volúmenes y el brillo en la piel de los lomos, y de tarde en tarde abría incluso algún ejemplar y se lo veía leerlo cuando la estación o el tiempo desapacible le desaconsejaba salir a cazar, pescar o practicar tiro.

La señora Bennet solo había acompañado a su esposo a Pemberley en dos ocasiones. Darcy la había recibido con amabilidad y tolerancia, pero ella sentía tal temor reverencial hacia su yerno que no deseaba repetir la experiencia. Elizabeth sospechaba que su madre sentía un mayor placer explicando a las vecinas las excelencias de Pemberley —el tamaño y la belleza de sus jardines, el empaque de la casa, el número de criados y el esplendor de los comedores— que disfrutándolas. Ni el señor Bennet ni su esposa visitaban con frecuencia a sus nietos. Sus cinco hijas, nacidas con breves intervalos de tiempo, les habían dejado recuerdos indelebles de noches en blanco, bebés llorones, un aya que protestaba sin cesar y unas niñeras desobedientes. Una inspección somera de cada uno de sus nietos, practicada poco después del nacimiento de todos ellos, les servía para corroborar lo que afirmaban sus padres: que los recién nacidos poseían una belleza notable y que ya daban muestras de una inteligencia extraordinaria, tras lo que se contentaban con recibir periódicos informes sobre sus progresos.

La señora Bennet, para profundo disgusto de sus dos hijas mayores, había proclamado con estridencia durante el baile celebrado en Netherfield que esperaba que la boda de Jane con el señor Bingley pusiera a sus hijas menores en el punto de mira de otros hombres acaudalados y, para sorpresa general, fue Mary la que cumplió debidamente la profecía de su madre. Nadie esperaba que llegara a casarse. Lectora compulsiva, devoraba libros sin criterio ni comprensión. Tocaba con asiduidad el pianoforte, pero carecía de talento, y solía repetir lugares comunes, sin profundidad ni ingenio. Era evidente que nunca había mostrado el menor interés por el sexo masculino. Para ella, un baile de gala era una penitencia que debía soportar solo porque le proporcionaba la ocasión de ser el centro de atención tocando el pianoforte y, gracias al buen uso del pedal de apoyo, someter al público. A pesar de todo, dos años después de la boda de Jane, Mary era ya la esposa del reverendo Theodore Hopkins, rector de la parroquia adyacente a Highmarten.

El vicario de Highmarten se había sentido indispuesto, y el señor Hopkins se había ocupado de los servicios durante tres domingos consecutivos. Se trataba de un soltero flaco y de aire melancólico, de treinta y cinco años, muy dado a pronunciar sermones interminables en los que abordaba complejas cuestiones teológicas y, por tanto, se había ganado fama de poseer gran inteligencia, y aunque no podía decirse de él que fuera un hombre rico, contaba con unos ingresos propios más que dignos, que se sumaban a la paga que recibía. A Mary, invitada en Highmarten durante uno de los domingos en los que él había predicado, se lo presentó Jane a la puerta de la iglesia tras el servicio, y a él lo impresionó al momento con sus cumplidos sobre el discurso, su aprobación del enfoque que había dado al texto, y con tantas referencias a la importancia de los sermones de Fordyce que Jane, impaciente por regresar a casa, junto a su esposo, a degustar fiambres y ensalada, lo invitó a cenar al día siguiente. Después de aquella ocasión llegaron otras, y en menos de tres meses Mary se había convertido en la señora de Theodore Hopkins. Su vida matrimonial suscitaba tan poco interés como el que había despertado la ceremonia.

Una de las ventajas para la parroquia fue que la calidad de la comida de la vicaría mejoró considerablemente. La señora Bennet había educado a sus hijas para que supieran que una buena mesa es importante para crear armonía doméstica y para atraer a los invitados masculinos. Las congregaciones esperaban que el deseo del vicario de regresar pronto a la felicidad conyugal le llevara a acortar los servicios, pero aunque su envergadura aumentaba, la duración de sus sermones se mantenía invariable. Ambos se acoplaron a la perfección, salvo al principio, cuando Mary exigió disponer de un cuarto de lectura propio en el que poder estar a solas con sus libros. Lo logró convirtiendo la única habitación libre de dimensiones decentes en un dormitorio para su uso exclusivo, que resultó ventajoso a la hora de promover la cordialidad doméstica al tiempo que impedía invitar a dormir a sus familiares.

En el otoño de 1803, año en que la señora Bingley y la señora Darcy celebraban seis años de feliz matrimonio, a la señora Bennet solo le quedaba una hija soltera, Kitty, para la que no había encontrado marido. Ni a la señora Bennet ni a la propia Kitty les preocupaba mucho ese fracaso nupcial. Kitty disfrutaba del prestigio y los privilegios de ser la única hija de la casa, y con sus visitas frecuentes a Jane, de cuyos hijos era la tía favorita, disfrutaba de una vida que nunca hasta entonces le había resultado tan satisfactoria. Además, las apariciones de Wickham y Lydia no animaban precisamente al matrimonio. Ambos llegaban haciendo gala de un buen humor escandaloso, y eran recibidos efusivamente por la señora Bennet, a la que siempre complacía ver a su hija favorita. Pero aquella buena voluntad inicial degeneraba pronto en discusiones, recriminaciones y quejas de los visitantes sobre su pobreza y la parquedad del apoyo económico que les proporcionaban Elizabeth y Jane, por lo que la señora Bennet se alegraba tanto de verlos partir como de recibirlos de nuevo en su siguiente visita. Pero necesitaba a una hija en casa, y Kitty, mucho más cordial y útil desde la marcha de Lydia, desempeñaba muy bien su papel. Así pues, en 1803, la señora Bennet podía considerarse una mujer feliz, en la medida en que se lo permitía la naturaleza, e incluso se la había visto despacharse una cena de cuatro platos en presencia de sir William y lady Lucas sin referirse una vez siquiera a lo injusto del mayorazgo.

LIBRO I

UN DÍA ANTES DEL BAILE

1

A las once de la mañana del viernes 14 de octubre de 1803, Elizabeth Darcy se encontraba sentada a la mesa del saloncito en la primera planta de Pemberley House. La estancia no era grande, pero sus proporciones la hacían especialmente agradable, y sus dos ventanas daban al río. Ese era el cuarto que había escogido para su uso propio, para decorarlo enteramente a su gusto con muebles, cortinas, alfombras y pinturas seleccionadas entre las riquezas de Pemberley, dispuestas según su antojo. El propio Darcy había supervisado los trabajos, y por el placer dibujado en el rostro de su esposo cuando Elizabeth tomó posesión del lugar, así como por el empeño de todos en complacer sus deseos, había llegado a percatarse, más aún que por las otras maravillas más vistosas de la casa, de los privilegios que conllevaba ser la señora Darcy de Pemberley.

El otro aposento que le proporcionaba casi tanta satisfacción como su saloncito era la magnífica biblioteca de la casa. Era la obra de varias generaciones, y ahora su esposo demostraba interés e ilusión por aumentar sus tesoros. La biblioteca de Longbourn había sido siempre el dominio del señor Bennet, y ni siquiera Elizabeth, su hija favorita, accedía a ella sin su permiso expreso. Por el contrario, la de Pemberley estaba siempre abierta para ella, como lo estaba para Darcy, y gracias a las discretas indicaciones de este, movidas por el afecto, ella había leído más, y con más placer y provecho, en los últimos seis años que en los anteriores quince, lo que la había llevado a adquirir una cultura que antes, ahora lo comprendía, no había pasado nunca de rudimentaria. Las cenas con invitados en Pemberley no podían diferir más de las de Meryton, en las que el mismo grupito de personas se dedicaba a chismorrear sobre las mismas cosas y a intercambiar las mismas opiniones, y que se animaba solo cuando sir William Lucas recordaba en voz alta, con todo lujo de detalles, algún otro fascinante pormenor de su investidura en el tribunal de Saint James. Ahora lamentaba siempre el momento de intercambiar miradas con las demás damas y dejar a los caballeros a solas con sus cosas de hombres. Para Elizabeth había sido toda una revelación constatar que los había capaces de valorar la inteligencia en una mujer.

Faltaba un día para que se celebrara el baile de lady Anne. La última hora la había pasado en compañía del ama de llaves, la señora Reynolds, comprobando que los preparativos marcharan correctamente y que todo se desarrollara como era debido. Ahora Elizabeth estaba sola. El primer baile se había celebrado cuando Darcy contaba apenas con un año de edad. Lo dieron para celebrar el cumpleaños de su madre y, salvo por el período de luto por el fallecimiento del esposo, había tenido lugar todos los años, hasta la muerte de la propia lady Anne. Celebrado siempre el sábado posterior a la luna llena de octubre, solía coincidir aproximadamente con el aniversario de boda de Darcy y Elizabeth, fecha que ellos preferían conmemorar solo en compañía de los Bingley, que se habían casado el mismo día, pues les parecía que la ocasión era demasiado íntima e importante para tener que celebrarla rodeados del jolgorio público. Por eso, a instancias de Elizabeth, el baile de otoño siguió llevando el nombre de lady Anne. En el condado se consideraba el acontecimiento social más importante del año. El señor Darcy había expresado su preocupación de que ese no fuera un año oportuno para organizarlo, pues la prevista guerra con Francia se había declarado al fin, y en el sur del país, donde se esperaba la invasión inminente de Bonaparte, el temor era creciente. Además, la cosecha había sido escasa, con todo lo que ello suponía para la vida en el campo. Más de un caballero, cuando alzaba la vista de sus libros de cuentas, se sentía inclinado a convenir que ese año no debía celebrarse el baile, pero la indignación de su esposa era tal, y tal era la certeza de que debería soportar un mínimo de dos meses de turbulencias domésticas, que finalmente aceptaba que nada contribuiría más a levantar la moral que un poco de entretenimiento inofensivo, y que París, aquella ciudad ignorante, se alegraría en exceso y se crecería, si llegara a saber que el baile de Pemberley había sido cancelado.

El entretenimiento y las distracciones estacionales de la vida campestre no son tan numerosos ni tan atractivos como para que los compromisos sociales de una gran casa resulten indiferentes a los vecinos con derecho a beneficiarse de ellos, y el matrimonio del señor Darcy, una vez que el asombro por su elección de prometida se hubo disipado, auguraba al menos que este pasaría en casa más tiempo que antes, y avivaba la esperanza de que su esposa asumiría sus responsabilidades. Al regreso de Elizabeth y Darcy de su viaje de novios, que los había llevado hasta Italia, se sucedieron las acostumbradas visitas formales que había que recibir, las habituales felicitaciones y las charlas intrascendentes, que soportaron con la mayor elegancia de que pudieron hacer acopio. Darcy, consciente desde la infancia de que Pemberley siempre proporcionaría más beneficios de los que podía recibir, resistía aquellos encuentros con loable ecuanimidad, y Elizabeth hallaba en ellos una fuente secreta de distracción, pues sus vecinos ansiaban saciar su curiosidad al tiempo que mantenían su reputación de personas bien educadas. Las visitas, por su parte, experimentaban un placer doble: disfrutar de media hora de reloj inmersas en la elegancia del acogedor saloncito de la señora Darcy antes de, posteriormente, intentar alcanzar con los vecinos un veredicto sobre el vestido, la amabilidad y la capacidad de la recién casada, y sobre las expectativas de felicidad conyugal de la pareja. En menos de un mes ya se había alcanzado un consenso: los caballeros se mostraban impresionados por la belleza y el ingenio de Elizabeth, y sus esposas, por su elegancia y gentileza, así como por la excelencia de sus refrigerios. Se convino, además, en que Pemberley, a pesar de los desafortunados antecedentes de su nueva dueña, tenía todos los visos de volver a ocupar el puesto que le correspondía en la vida social del condado, como así había sido en los días de lady Anne Darcy.

Elizabeth era demasiado realista como para no saber que aquellos antecedentes no habían sido olvidados y que no había familia que se trasladara al distrito a la cual, a su llegada, no le endosaran la asombrosa historia de cómo Darcy había escogido esposa. A él lo consideraban un hombre orgulloso para el que la tradición familiar y la reputación eran de suma importancia, y cuyo padre había logrado aumentar la relevancia social de la familia casándose con la hija de un conde. Durante un tiempo pareció que no había mujer lo bastante buena para convertirse en la señora de Fitzwilliam Darcy, y sin embargo había acabado escogiendo a la segunda hija de un caballero cuya hacienda, limitada además por un mayorazgo que dejaba desprovistas a sus hijas, equivalía a poco más que los jardines ornamentales de Pemberley, una joven cuya fortuna, según se rumoreaba, ascendía a apenas quinientas libras, con dos hermanas solteras y una madre de verbo tan vulgar que resultaba del todo inapropiada para la sociedad respetable. Por si eso fuera poco, una de sus hermanas menores se había casado con George Wickham, hijo del secretario de Darcy-padre, caído en desgracia, y lo había hecho en circunstancias de las que la decencia dictaba hablar solo en susurros. Al hacerlo, había encadenado al señor Darcy y su familia a un hombre al que despreciaba hasta el punto de que el apellido Wickham no se pronunciaba jamás en Pemberley, y la pareja estaba totalmente excluida de la casa. Al parecer, Elizabeth era, ella sí, respetable, y finalmente incluso los más reacios aceptaron que era bonita y poseía unos ojos preciosos, pero el matrimonio seguía causando asombro, así como resentimiento en varias damas jóvenes que, a instancias de sus madres, habían rechazado varias ofertas razonables a fin de estar disponibles para cuando se presentara el flamante premio, y que ahora se acercaban peligrosamente a la treintena sin planes a la vista. De todo ello Elizabeth lograba consolarse recordando la respuesta que había dado a lady Catherine de Bourgh cuando la indignada hermana de lady Anne le había advertido de los perjuicios que recaerían sobre ella si osaba convertirse en la señora Darcy. «Se trata, en efecto, de serias desgracias, pero la esposa del señor Darcy ha de gozar de unas fuentes de dicha tan extraordinarias, unidas necesariamente a su situación, que, en conjunto, no ha de tener motivos para lamentarse.»

El primer baile en el que Elizabeth ejerció junto su esposo de anfitriona, apostada en lo alto de la escalinata para recibir a los invitados que ascendían por ella, había supuesto, visto en perspectiva, una dura prueba, pero ella había sobrevivido triunfante a la ocasión. Bailar le encantaba, y ahora ya podía afirmar que la cita anual le causaba tanto placer como a sus invitados. Lady Anne, con elegante caligrafía, había dejado sus planes por escrito: su cuaderno, de hermosas cubiertas de piel en las que había grabado el emblema de los Darcy, seguía usándose, y aquella mañana permanecía abierto frente a Elizabeth y la señora Reynolds. La lista de invitados seguía siendo esencialmente la misma, pero a ella se habían añadido los nombres de los amigos de Darcy y Elizabeth, incluidos los de los tíos de esta, los Gardiner, mientras que Bingley y Jane acudían sin necesidad de ser convocados. En esa ocasión, al fin, acudirían acompañados de su invitado, Henry Alveston, un joven abogado apuesto y vivaz, que era tan bien acogido en Pemberley como en Highmarten.

Elizabeth no albergaba ningún temor sobre el éxito del baile. Sabía que todos los preparativos estaban ultimados. Se habían cortado suficientes troncos para alimentar las chimeneas, sobre todo las del salón de baile. El pastelero aguardaría a la mañana para preparar las delicadas tartas y demás exquisiteces que tanto deleitaban a las damas, y ya se habían sacrificado y puesto a colgar las aves y las demás piezas con las que se cocinarían los platos más sustanciosos que sin duda los hombres esperaban. De las bodegas ya habían subido los vinos, y se habían molido las almendras que se incorporarían en abundancia a la apreciada sopa blanca. El ponche, que mejoraría enormemente su sabor y potencia, y que contribuiría notablemente a la alegría general, se añadiría en el último momento. Las flores y las plantas habían salido ya de los invernaderos, listas para ser dispuestas en cubos y llevadas a la galería, donde Elizabeth y Georgiana, la hermana de Darcy, supervisarían su arreglo la tarde siguiente; e incluso Thomas Bidwell, llegado ya desde su cabaña del bosque, estaría sentado en la despensa, sacando brillo a las docenas de candelabros que harían falta en el salón de baile, la galería y la estancia reservada a las damas. Bidwell había sido jefe de cocheros del difunto señor Darcy, lo mismo que su padre lo había sido de los predecesores de Darcy. Ahora, el reuma que le atenazaba rodillas y espalda le impedía trabajar con los caballos, pero sus manos seguían siendo fuertes, y se había pasado todas las tardes de la semana anterior al baile abrillantando la plata, ayudando a quitar el polvo a las sillas para las carabinas, y haciéndose indispensable. Mañana, los carruajes de los terratenientes y los coches contratados de los invitados más humildes se acercarían hasta la entrada para que de ellos desembarcaran las animadas pasajeras, con sus vestidos de muselina y sus brillantes tocados bien protegidos del frío del otoño, dispuestas una vez más a gozar de los memorables placeres del baile de lady Anne.

En todos los preparativos, la señora Reynolds había sido la infalible mano derecha de Elizabeth. Se habían conocido cuando, en compañía de sus tíos, ella había visitado Pemberley por vez primera, y el ama de llaves los había recibido y les había mostrado la casa. Conocía a Darcy desde que era un niño, y había pronunciado tantos elogios hacia su persona, como señor y como hombre, que Elizabeth se preguntó entonces por primera vez si sus prejuicios contra él no habrían sido injustos. Nunca habían hablado del pasado, pero el ama de llaves y ella habían congeniado enseguida, y la señora Reynolds, con su apoyo discreto, había sido una pieza valiosísima para Elizabeth, que ya antes de su llegada a Pemberley como recién casada había comprendido que ser dueña de una casa como aquella, responsable del bienestar de tantos empleados, era muy distinto de la labor que su madre desempeñaba en Longbourn. Pero su amabilidad y el interés que demostraba en la vida de los sirvientes convencieron a estos de que la nueva señora velaría por ellos, y todo resultó más fácil de lo que ella había supuesto, menos oneroso, en realidad, que ocuparse de Longbourn, puesto que los criados de Pemberley, la mayoría de ellos muy experimentados, habían sido instruidos por la señora Reynolds y por Stoughton, el mayordomo, para que nunca importunaran a la familia, que merecía recibir un servicio irreprochable.

Elizabeth añoraba poco de su vida anterior, pero era a los sirvientes de Longbourn a quienes recordaba con más frecuencia: Hill, el ama de llaves, que había tenido acceso a todos sus secretos, incluida la escandalosa fuga de Lydia; Wright, la cocinera, que jamás se quejaba de las peticiones algo descabelladas de la señora Bennet; y las dos doncellas, que además de cumplir con sus obligaciones ejercían de camareras privadas de Jane y de ella misma, y las peinaban antes de los bailes de gala. Habían llegado a formar parte de la familia, algo que jamás sucedería con los criados de Pemberley, pero ella sabía que era precisamente Pemberley, la casa y los Darcy, lo que mantenía a la familia, al personal de servicio y a los arrendatarios unidos por una misma fidelidad. Muchos de ellos eran los hijos y los nietos de sirvientes anteriores, y la casa y su historia corrían por sus venas. Y sabía también que el nacimiento de los dos niños guapos y sanos que se encontraban arriba, en el cuarto de juegos —Fitzwilliam, que tenía casi cinco años, y Charles, que acababa de cumplir dos—, constituía su triunfo definitivo, la seguridad de que la familia y su herencia seguirían proporcionándoles empleo a ellos, a sus hijos y a sus nietos, y de que seguiría habiendo Darcys en Pemberley.

Casi seis años atrás, la señora Reynolds, mientras repasaba la lista de invitados, el menú y las flores con Elizabeth, antes de la primera cena con invitados que organizara esta, dijo:

—Para todos nosotros fue un día feliz, señora, cuando el señor Darcy trajo a su esposa a casa. El mayor deseo de mi señora fue vivir para ver casado a su hijo. No pudo ser. Yo sabía lo mucho que le inquietaba, tanto por él como por Pemberley, que sentara cabeza y fuera feliz.

La curiosidad de Elizabeth pudo más que su discreción. Movió algunos papeles del escritorio, sin levantar la vista, y en voz baja dijo:

—Pero tal vez no con esta esposa. ¿Acaso lady Anne Darcy y su hermana no habían dispuesto la unión del señor con la señorita De Bourgh?

—No niego, señora, que lady Catherine pudiera tener en mente ese plan. Traía hasta aquí a la señorita De Bourgh cuando sabía que Darcy se encontraba en casa. Pero jamás habría podido suceder. La pobre señorita De Bourgh estaba siempre indispuesta, y para lady Anne la salud de una novia era de la máxima importancia. Oímos, sí, que lady Catherine esperaba que el otro primo de la señorita De Bourgh, el coronel Fitzwilliam, le hiciera una proposición, pero de ello tampoco surgió nada.

Regresando al presente, Elizabeth guardó el cuaderno de lady Anne en un cajón y entonces, resistiéndose a abandonar la calma y la soledad que ya no volvería a disfrutar hasta que el baile hubiera concluido con éxito, se acercó hasta una de las dos ventanas con vistas al amplio camino en curva que llegaba hasta la casa, y al río, en cuyas orillas moría la conocida arboleda de Pemberley. Había sido plantada varias generaciones atrás de acuerdo con las instrucciones de un prestigioso jardinero paisajista. Los árboles que se alineaban junto al cauce, perfectos en su forma y bañados por los cálidos y dorados tonos del otoño, se sucedían algo separados del resto, como queriendo enfatizar su singular belleza. La plantación iba espesándose a medida que los ojos se sentían astutamente atraídos por la densa y fragante soledad del interior. Hacia el noreste se divisaba un segundo bosque, de mayor tamaño, en el que a los árboles y arbustos se los había dejado crecer de manera natural, y que había sido patio de juegos y refugio secreto de Darcy durante su infancia. El bisabuelo de este, que al heredar la finca se había recluido en ella, había mandado construir una cabaña allí, y allí se había quitado la vida pegándose un tiro; desde entonces, el bosque —al que llamaban bosque para distinguirlo de la arboleda— había inspirado un temor supersticioso en los criados y arrendatarios de Pemberley, y apenas se visitaba. Un camino estrecho lo atravesaba hasta una segunda entrada a la finca, pero lo usaban sobre todo los comerciantes, y los invitados al baile acudirían por la vía principal, desde donde los cocheros llevarían los carruajes hasta los establos, antes de dirigirse a la cocina a pasar el rato mientras durara el baile.

Demorándose un poco más junto a la ventana, y olvidando por un momento las preocupaciones del día, Elizabeth dejó que sus ojos fueran a posarse sobre toda aquella belleza conocida y serena, pero siempre cambiante. El sol brillaba suspendido en un cielo de un azul translúcido en el que unos pocos jirones de nubes se disolvían como volutas de humo. Elizabeth sabía, por el breve paseo que su esposo y ella solían dar al iniciarse la jornada, que el sol de otoño resultaba engañoso, y un vientecillo gélido, para el que no estaba preparada, los había llevado de vuelta a casa más deprisa que otras veces aquella mañana. Ahora se fijó en que el viento había arreciado. En la superficie del río se alzaban olas pequeñas que iban a morir entre las hierbas y arbustos de las orillas, que proyectaban sus sombras desgarradas, temblorosas, sobre las agitadas aguas.

Entonces vio a dos personas desafiar el frío de la mañana: Georgiana y el coronel Fitzwilliam habían estado caminando

junto al cauce, y ahora regresaban hacia el prado y se acercaban a la escalinata de piedra que daba acceso a la casa. El coronel Fitzwilliam iba de uniforme, y su casaca roja ponía una
viva pincelada de color sobre el azul pálido de la capa de Georgiana. Caminaban algo separados el uno del otro, pero a Elizabeth le pareció que amigablemente, deteniéndose cada vez
que Georgiana se sujetaba el sombrero, que el viento amenazaba con levantar por los aires. Al ver que se acercaban,
Elizabeth se retiró de la ventana, pues no quería que pensa-
ran que los estaba espiando, y regresó al escritorio. Todavía le
quedaban algunas cartas por escribir, invitaciones por responder, decisiones por tomar sobre si a alguno de los campe-
sinos que sufrían pobreza, o algún pesar, le vendría bien una
visita suya para transmitirle su comprensión o brindarle
ayuda.

Acababa de levantar la pluma de la mesa cuando llamaron
a la puerta y tras ella apareció la señora Reynolds.

—Siento molestarla, señora, pero el coronel Fitzwilliam
acaba de regresar de un paseo y ha preguntado si podría dedicarle unos minutos, si no es demasiada molestia.

—Ahora estoy libre —respondió—. Que suba si lo desea.

Elizabeth pensó que sabía lo que tal vez quisiera comunicarle, algo que le causaba cierto nerviosismo y que habría
preferido ahorrarse. Darcy tenía pocos amigos y, desde la infancia, su primo el coronel Fitzwilliam había visitado Pemberley con frecuencia. Durante los primeros tiempos de su
carrera militar, su presencia en la casa había menguado, pero
en los últimos dieciocho meses, sus estancias, si bien de menor duración, se habían vuelto más constantes, y a Elizabeth
no le había pasado por alto que se había producido un cambio, sutil pero inequívoco, en su trato hacia Georgiana: son-
reía más a menudo cuando ella estaba presente, y mostraba
una mayor predisposición que antes a sentarse a su lado cuando tenía ocasión, y a conversar con ella. Desde su visita del
año anterior, en que también había acudido para asistir al baile de lady Anne, se había producido, además, un cambio ma-

terial en su vida. Su hermano mayor, heredero del condado, había muerto en el extranjero, y ahora él llevaba el título de vizconde Hartlep, que lo acreditaba como legítimo heredero. Con todo, prefería no usarlo, especialmente cuando se encontraba entre amigos, pues había decidido esperar a la sucesión para asumir su nuevo título y las numerosas responsabilidades que este conllevaba. Así pues, por lo general era conocido como coronel Fitzwilliam.

Lo que querría, por supuesto, sería casarse, y más ahora que Inglaterra estaba en guerra con Francia y él podía perder la vida en acto de servicio sin dejar sucesor. Aunque a Elizabeth nunca le habían preocupado los árboles genealógicos, sabía que no existía ningún pariente cercano de sexo masculino y que, si el coronel moría sin hijos varones, el título de conde se extinguiría. Se preguntaba, y no era la primera vez, si estaba buscando esposa en Pemberley y, de ser así, cómo reaccionaría Darcy. Debía de complacerle, sin duda, que su hermana se convirtiera algún día en condesa, y que su esposo llegara a formar parte de la Cámara de los Lores y fuera nombrado legislador de su país. Todas ellas eran razones más que justificables de orgullo familiar, pero ¿las compartiría Georgiana? Ella era ya una mujer adulta, y no se hallaba sujeta a custodia de ningún tipo, pero Elizabeth sabía que le dolería inmensamente casarse con un hombre sin contar con la aprobación de su hermano; y también estaba la complicación de Henry Alveston. Elizabeth había visto lo bastante para convencerse de que aquel hombre estaba enamorado de ella, o a punto de estarlo. Pero ¿y Georgiana? De algo estaba segura Elizabeth: Georgiana Darcy no se casaría jamás con alguien a quien no amara o por quien no sintiera esa fuerte atracción, ese hondo afecto y ese respeto que las mujeres saben que puede profundizarse hasta convertirse en amor. ¿Acaso aquello no le habría bastado a Elizabeth si el coronel Fitzwilliam se le hubiera declarado cuando se encontraba visitando a su tía, lady Catherine de Bourgh, en Rosings? La idea de que, insensatamente, hubiera podido perder a Darcy y su felicidad presente por aceptar el ofrecimiento de un primo de este la humillaba más aún que el recuerdo de su interés por el infame George Wickham, y la apartó de su mente sin vacilar.

El coronel había llegado a Pemberley la tarde anterior, justo a tiempo para la cena, pero, además de saludarlo, apenas habían tenido ocasión de estar juntos. Ahora, mientras él llamaba discretamente a la puerta, la franqueaba y, a instancias suyas, tomaba asiento frente a ella, en la silla situada junto a la chimenea, a Elizabeth le parecía verlo con claridad por primera vez. Era cinco años mayor que Darcy, pero cuando se habían conocido en la galería de Rosings, su simpatía, su buen humor y su atractiva viveza no habían hecho sino subrayar lo taciturno de su primo, y había sido él quien le había parecido el más joven de los dos. Pero todo aquello pertenecía al pasado. Ahora poseía una madurez y una seriedad que lo hacían parecer mayor de lo que era. Algo de ello tenía que deberse, pensaba Elizabeth, a sus servicios en el ejército y a las enormes responsabilidades que recaían sobre él en tanto que comandante de hombres, mientras que su cambio de estatus había traído consigo no solo una mayor carga, sino también un orgullo de abolengo más visible y, por qué no, un atisbo de arrogancia, que resultaban menos atractivos.

Fitzwilliam no inició la conversación de inmediato y entre los dos se hizo un silencio durante el cual ella resolvió que, como había sido él quien había solicitado verla, debía ser él quien hablara primero. Él, por su parte, parecía preocupado por cuál era el mejor modo de proceder, aunque no parecía sentirse incómodo ni violento. Finalmente, inclinándose hacia ella, pronunció las primeras palabras.

—Confío, querida prima, en que su perspicacia y su interés por las vidas y los asuntos de los demás la habrán llevado a no ignorar del todo lo que estoy a punto de revelarle. Como sabe, desde el fallecimiento de lady Anne Darcy he gozado del privilegio de acompañar a Darcy en la misión de custodiar a su hermana, y creo poder decir que he cumplido con mi deber con un hondo sentido de mis responsabilidades y con afecto fraternal por mi protegida, afecto que no ha flaqueado en ningún momento. Al contrario, ha ido haciéndose más profundo y se ha convertido en el amor que un hombre debería sentir por la mujer con la que espera casarse, y es mi deseo más preciado que Georgiana consienta en ser mi esposa. No se lo he pedido formalmente a Darcy, pero a él no le ha pasado desapercibido, y tengo la esperanza de que mi proposición cuente con su aprobación y consentimiento.

Elizabeth estimó más prudente no mencionar que, dado que Georgiana había alcanzado su mayoría de edad, el consentimiento de su hermano ya no era necesario.

—¿Y Georgiana? —se limitó a preguntar.

—Hasta que cuente con la aprobación de Darcy no me siento autorizado a hablar. Por el momento reconozco que Georgiana no ha dicho nada que me dé motivos para albergar esperanzas fundadas. Su actitud hacia mí es siempre de amistad, confianza y, según creo, afecto. Espero que la confianza y el afecto crezcan hasta convertirse en amor, si soy paciente. Creo que a una mujer el amor le llega más a menudo después del matrimonio que antes de él y, sin duda, a mí me parece a la vez natural y correcto que así sea. Después de todo, la conozco desde que nació. Reconozco que la diferencia de edad podría representar un problema, pero solo soy cinco años mayor que Darcy, y no llego a verlo como un impedimento.

Elizabeth sintió que habían entrado en un terreno resbaladizo.

—Tal vez la edad no sea impedimento, pero podría serlo un interés ya existente.

—¿Está pensando en Henry Alveston? Sé que a Georgiana le atrae, pero no he percibido nada que sugiera un vínculo más profundo. Se trata de un joven agradable, listo y excelente. No oigo sino elogios sobre su persona. Y es muy posible que él albergue esperanzas. Naturalmente, querrá casarse por dinero. —Elizabeth apartó la mirada, y él se apresuró a añadir—: No es mi intención acusarlo de avaricia ni de falta de sinceridad, pero con sus responsabilidades, su admirable empeño en sanear la fortuna familiar y sus enérgicos esfuerzos para recuperar el patrimonio y una de las casas más hermosas de Inglaterra, no puede permitirse contraer matrimonio con una mujer pobre. Ello lo condenaría a él, y a su esposa, a la infelicidad, e incluso a la penuria.

Elizabeth permaneció en silencio. A su mente regresaron aquel primer encuentro en Rosings, la charla tras la cena, la música y las risas, y sus visitas frecuentes a la parroquia, sus atenciones con ella, demasiado evidentes para pasarlas por alto. La noche de la cena, lady Catherine había presenciado sin duda lo bastante para mostrarse preocupada. Nada escapaba a su mirada aguda, penetrante. Ella recordaba bien que había exclamado: «¿Qué es eso tan interesante de lo que habláis? Yo también quiero participar de la conversación.» Elizabeth sabía que había empezado a preguntarse si aquel era un hombre con el que podría ser feliz, pero la esperanza, si es que había sido lo bastante intensa para recibir ese nombre, había muerto poco después, cuando habían vuelto a coincidir, tal vez casualmente, tal vez en un encuentro forzado por él, cuando ella se encontraba caminando sola por los jardines de Rosings y él se ofreció a acompañarla de regreso a la rectoría. Él se lamentó de su pobreza, y ella se burló de él cariñosamente preguntándole qué desventajas acarreaba la pobreza al hijo menor de un conde. Él replicó que los hijos menores «no pueden casarse donde quieren». En aquel momento ella se preguntó si su comentario había sido una advertencia, y la sospecha le causó cierto sonrojo, que procuró ocultar llevando la conversación hacia cuestiones más agradables. Pero el recuerdo del incidente distaba mucho de serlo. Ella no necesitaba de las advertencias del coronel Fitzwilliam para saber qué matrimonio aguardaba a una joven con cuatro hermanas solteras y sin fortuna. ¿Le estaba insinuando que un joven afortunado podía estar tranquilo disfrutando de la compañía de una mujer como ella, coqueteando incluso discretamente, pero que la prudencia dictaba que ella no debía llevarse a engaño esperando algo más? Tal vez la advertencia fuera necesaria, pero no había sido correctamente planteada. Si él no había albergado nunca la menor intención hacia ella, habría sido más cortés por su parte que no se hubiera mostrado tan abiertamente asiduo en sus atenciones.

El coronel Fitzwilliam se percató de su silencio.

—¿Puedo esperar su aprobación? —le preguntó.

Ella se volvió hacia él y le respondió con firmeza.

—Coronel, yo no tengo parte en esto. Ha de ser Georgiana la que decida dónde se halla su dicha. Yo solo puedo decirle que, si ella se muestra de acuerdo en casarse con usted, yo compartiré plenamente el placer que a mi esposo le cause su unión. Pero no es este un asunto en el que yo pueda ejercer influencia alguna. La decisión ha de ser de Georgiana.

—He creído que tal vez ella habría hablado con usted.

—Georgiana no me ha hecho ninguna confidencia al respecto, y no sería adecuado por mi parte que yo le planteara el tema hasta que ella lo haga, si llega a hacerlo.

Fitzwilliam pareció por un momento satisfecho con la respuesta, pero entonces, como llevado por una compulsión, volvió a referirse al hombre del que sospechaba que podía ser su rival.

—Alveston es un joven apuesto y agradable, y sabe expresarse bien. El tiempo y la madurez que este otorga moderarán sin duda cierto exceso de confianza y la tendencia a mostrar menos respeto por sus mayores del que es debido a su edad, y que resulta censurable en alguien tan capaz. No dudo que sea bien recibido en Highmarten, pero me resulta sorprendente que pueda visitar con tanta frecuencia al señor y la señora Bingley. Los abogados de éxito no suelen ser tan pródigos con su tiempo.

Elizabeth no respondió nada, y a él le pareció tal vez que sus críticas, tanto las expresadas como las sugeridas, habían sido imprudentes.

—Aunque es cierto —añadió— que suele aparecer por Derbyshire los sábados y los domingos, o cuando no hay sesiones en los tribunales. Supongo que estudia cuando dispone de tiempo libre.

—Mi hermana dice que nunca ha recibido en su casa a otro invitado que pasara tanto tiempo trabajando en la biblioteca —dijo Elizabeth.

Hubo otra pausa, y entonces, para su sorpresa e incomodidad, Fitzwilliam dijo:

—Supongo que George Wickham sigue sin ser recibido en Pemberley.

—Así es. Nunca. Ni Darcy ni yo lo hemos visto desde que estuvo en Longbourn tras su boda con Lydia.

Se hizo otro silencio, más prolongado esta vez.

—Fue desacertado que se prestara tanta atención a Wickham cuando era niño —dijo al fin el coronel Fitzwilliam—. Lo criaron junto a Darcy como si fueran hermanos. Durante la infancia, probablemente, aquello resultó beneficioso para ambos. Dado el afecto que el difunto señor Darcy sentía por su secretario, tras la muerte de este fue una muestra natural de caridad que se responsabilizara hasta cierto punto de su hijo. Pero para un muchacho del temperamento de Wickham, codicioso, ambicioso, inclinado a la envidia, era un peligro para él gozar de unos privilegios que, una vez concluida la infancia, no podría seguir compartiendo. Los dos asistieron a distintos colegios en la universidad y, por supuesto, él no acompañó a Darcy en su viaje por Europa. Los cambios en su estatus y en sus expectativas se produjeron tal vez demasiado drástica y súbitamente. Tengo motivos para creer que lady Anne se percató del peligro.

—No creo que Wickham creyera que iba a acompañar a Darcy en su largo viaje —apuntó Elizabeth.

—Ignoro lo que esperaba, pero sé que era siempre más de lo que obtenía.

—Los tempranos favores otorgados pudieron ser hasta cierto punto imprudentes, pero resulta fácil cuestionar la sensatez de los demás en asuntos que tal vez no conocemos correctamente —observó Elizabeth.

El coronel se revolvió, incómodo, en su silla.

—En cualquier caso, no puede haber excusa —dijo— para la traición de Wickham a la confianza en él depositada en su intento de seducir a la señorita Darcy. Aquella fue una infamia que las diferencias de cuna o educación no alcanzan a excusar. En tanto que custodio, yo también, de la señorita Darcy, fui informado, por supuesto, del desgraciado incidente por su hermano, pero se trata de un asunto que he apartado de mi mente. Jamás hablo de ello con Darcy, y me disculpo por hacerlo ahora con usted. Wickham se ha distinguido en la campaña de Irlanda, y en la actualidad es algo así como un héroe nacional, pero ello no sirve para borrar el pasado, aunque tal vez le proporcione la oportunidad de llevar una vida más respetable y exitosa en el futuro. He sabido que ha abandonado el ejército, decisión desacertada en mi opinión, pero sigue siendo amigo de algunos compañeros militares, como el señor Denny, al que usted recordará por haber sido él quien se lo presentó en Meryton. En fin, no debería haber mencionado su nombre en presencia suya.

Elizabeth no dijo nada y, tras una breve pausa, él se puso en pie, le dedicó una reverencia y se retiró. Ella era consciente de que aquella conversación no había satisfecho a ninguno de los dos. El coronel Fitzwilliam no había recibido la aprobación incondicional y la confirmación de su apoyo, tal como esperaba, y Elizabeth temía que, si él no lograba conseguir a Georgiana, la humillación y la vergüenza romperían una amistad que se había mantenido desde la infancia, y que su esposo, lo sabía bien, tenía en gran estima. No le cabía duda de que Darcy vería con buenos ojos que Fitzwilliam se convirtiera en esposo de su hermana. Lo que él quería para ella era, ante todo, seguridad, y con él estaría segura. Era probable que incluso considerara la diferencia de edad una ventaja. Con el tiempo, su hermana sería condesa, y el dinero nunca constituiría una preocupación para el hombre afortunado que la tomara en matrimonio. Elizabeth deseaba que la cuestión quedara zanjada de un modo u otro. Tal vez los acontecimientos se precipitaran al día siguiente, durante el baile. Se sabía que los bailes, con las ocasiones que brindaban a quienes se sentaban apartados del resto, a quienes se susurraban confidencias mientras se entregaban a las danzas, solían acelerar el desenlace de los acontecimientos, fueran estos buenos o malos. Ella solo esperaba que todos los implicados se dieran por satisfechos, y sonrió ante la presunción de que tal cosa fuera posible.

A Elizabeth le complacía el cambio operado en Georgiana desde que Darcy y ella se habían casado. Al principio, a su cuñada le asombró, casi le escandalizó, descubrir que ella se burlaba cariñosamente de su hermano, y que él, muy a menudo, le devolvía las pullas, lo que provocaba las risas de ambos. En Pemberley, antes de la llegada de Elizabeth se reía muy poco, y alentada discreta y suavemente por ella, Georgiana había perdido algo de la timidez de los Darcy. Ahora no dudaba en ocupar el lugar que le correspondía cuando recibían visitas, y se mostraba más dispuesta a expresar sus opiniones durante las cenas. A medida que iba conociendo mejor a su cuñada, sospechaba que bajo su timidez y su reserva Georgiana poseía otra característica que compartía con Darcy: un fuerte criterio propio. Pero ¿hasta qué punto lo reconocía Darcy? En su mente, ¿acaso no seguía siendo Georgiana la joven vulnerable de quince años, la niña que necesitaba de su amor vigilante si quería escapar al desastre? No era que desconfiara de su virtud, de su sentido del honor —semejante idea habría sido algo parecido a la blasfemia—, pero ¿en qué medida se fiaba de su buen juicio? Además, para ella, desde la muerte de su padre, Darcy había sido el cabeza de familia, el hermano mayor digno de confianza y sensato con algo de la autoridad del padre, un hermano querido y jamás temido, puesto que el amor no convive con el miedo, pero sí venerado y respetado. Georgiana no se casaría si no estaba enamorada, pero tampoco lo haría sin contar con su aprobación. ¿Y si llegaba a tener que decidirse entre el coronel Fitzwilliam, primo suyo, heredero de un condado, soldado galante que la conocía desde siempre, y un joven abogado, simpático y apuesto que seguramente se estaba labrando un nombre, pero del que sabían muy poco? Heredaría una baronía, una baronía antigua, y Georgiana dispondría de una casa que, cuando Alveston ganara dinero y la restaurara, sería una de las más hermosas de Inglaterra. Pero Darcy era orgulloso de su linaje, y no había duda de qué candidato ofrecía un mayor grado de seguridad y un futuro más prometedor.

La visita del coronel había destruido su sosiego y la había dejado preocupada y algo alterada. Fitzwilliam tenía razón cuando había dicho que no debería haber pronunciado el nombre de Wickham. Ni siquiera Darcy había mantenido el menor contacto con él desde que se vieron en la iglesia, el día de su boda con Lydia, boda que jamás habría tenido lugar si él no hubiera aportado una suma indecente de dinero. Elizabeth estaba segura de que ese secreto no había llegado a oídos del coronel Fitzwilliam, aunque, evidentemente, este sí había tenido conocimiento del enlace y debía de sospechar la verdad. Se preguntaba si no estaría intentando asegurarse de que Wickham no tenía el menor peso en la vida de Pemberley, y de que Darcy había comprado su silencio para garantizarse que la gente jamás pudiera decir que la señorita Darcy de Pemberley tenía una reputación manchada. Sí, la visita del coronel la había alterado, y empezó a caminar de un lado a otro, intentando aplacar unos temores que esperaba que fueran irracionales y recobrar algo de su calma anterior.

El almuerzo, que compartieron solo los cuatro, fue un trámite breve. Darcy debía reunirse con su secretario, y había regresado a su despacho para esperarlo allí. Elizabeth había dispuesto encontrarse con Georgiana en la galería, donde se dedicarían a escoger las flores y las ramas verdes que el jefe de jardineros había traído desde los invernaderos. A lady Anne le gustaban mucho los colores variados y los arreglos recargados, pero Elizabeth prefería usar solo dos tonos mezclados con verde, y disponer las flores en jarrones de tamaños diversos, para que su perfume se repartiera por todas las estancias.

Las del baile del día siguiente serían rosadas y blancas, y Elizabeth y Georgiana trabajaban y se consultaban rodeadas de rosas de largos tallos y de geranios, que impregnaban intensamente el espacio con sus aromas. El ambiente tibio, húmedo y cargado de la galería resultaba opresivo, y Elizabeth sintió el súbito deseo de aspirar aire puro y notar el viento en las mejillas. Tal vez su malestar se debiera a la presencia de Georgiana y a la confidencia del coronel, que pesaba sobre el día como una losa.

Un instante después, la señora Reynolds entró en la galería.

—Señora, el coche del señor y la señora Bingley viene de camino. Si se apresura un poco, llegará a la puerta a tiempo para recibirlos.

Elizabeth gritó de alegría y, seguida de Georgiana, corrió hacia la puerta principal. Stoughton ya se encontraba allí, listo para abrirla en el momento exacto en que el carruaje se detenía. Elizabeth salió al exterior y, al hacerlo, sintió el aliento fresco del viento. Su querida Jane estaba ahí, y por un momento todo el malestar quedó oculto tras la alegría del encuentro.

2

Los Bingley no residieron mucho tiempo en Netherfield tras su boda. Él era el hombre más tolerante y bondadoso del mundo, pero Jane no tardó en darse cuenta de que vivir tan cerca de su madre no redundaría precisamente en el bienestar de su esposo, ni en su propio sosiego mental. Tenía un carácter afectuoso, y la lealtad y el amor que sentía por su familia eran profundos, pero para ella la felicidad de Bingley era lo primero. A los dos les entusiasmaba la idea de instalarse en las proximidades de Pemberley, y cuando el arrendamiento en Netherfield expiró, se instalaron durante un breve período en Londres con la señora Hurst, la hermana de Bingley, antes de trasladarse con cierto alivio a Pemberley, conveniente base desde la que explorar en busca de un hogar permanente. En dicha búsqueda, Darcy había tomado parte activa. Él y Bingley habían estudiado en la misma escuela, pero la diferencia de edad, a pesar de ser de apenas dos años, había implicado que durante su infancia se frecuentaran poco. Fue en Oxford donde trabaron amistad. Darcy, orgulloso, reservado y ya por entonces poco sociable, hallaba alivio en la generosidad y la facilidad de trato de Bingley, y en la despreocupada y alegre convicción de que la vida siempre se mostraría generosa con él. Este, por su parte, depositaba tal fe en la gran sensatez y la inteligencia de Darcy que siempre se resistía a tomar cualquier decisión importante sin contar con la aprobación de su amigo.

Darcy había aconsejado a Bingley que, más que construirse una casa, adquiriera alguna propiedad ya existente y, puesto que Jane ya esperaba su primer hijo, parecía aconsejable encontrar sin dilación alguna que les permitiera instalarse con los mínimos inconvenientes. Fue Darcy, actuando en nombre de su amigo, el que dio con Highmarten, y tanto Jane como su esposo se mostraron encantados con la casa desde el momento en que la vieron. Se trataba de una mansión elegante, moderna, erigida sobre un terreno elevado, lo que permitía que desde todas sus ventanas las vistas fueran despejadas. Era lo bastante espaciosa para facilitar la vida de familia, rodeada de jardines bien trazados, y de tantas tierras que Bingley podría organizar cacerías en ellas sin salir perdiendo en la comparación con las que se celebraban en Pemberley. El doctor McFee, que durante años había velado por la salud de los Darcy y de todos quienes vivían en Pemberley, había visitado Highmarten y había dado su aprobación, considerando que la situación era saludable, y el agua, de gran pureza. Las formalidades se resolvieron con celeridad. A la casa solo le hacían falta muebles y decoración, y Jane, con la ayuda de Elizabeth, se había dedicado con gran placer a recorrer las estancias decidiendo papeles pintados, pinturas y cortinajes. A los dos meses de haber encontrado la propiedad, los Bingley ya se hallaban instalados, y la dicha de las dos hermanas casadas era completa.

Ambas familias se veían con frecuencia, y eran pocas las semanas en que uno u otro carruaje no recorriera la distancia que separaba Highmarten de Pemberley. Jane rara vez se separaba de sus hijos más de una noche —Elizabeth y Maria, las gemelas de cuatro años, y Charles Edward, que ya estaba a punto de cumplir dos—, aunque sabía que podía dejarlos con total tranquilidad en manos de la experimentada y competente señora Metcalf, la niñera que ya se había ocupado de su esposo cuando este nació, pero se alegraba de pasar dos noches en Pemberley para poder asistir al baile sin tener que vivir los inevitables problemas de trasladar a tres niños pequeños y a su niñera de una casa a otra para una estancia tan breve. En aquella ocasión tampoco había acudido con su doncella —nunca lo hacía—, pero a la de Elizabeth, una joven muy dispuesta llamada Belton, no le importaba en absoluto atenderlas a las dos. El coche y el cochero de los Bingley quedaron a cargo de Wilkinson, el cochero de Darcy, y tras los efusivos saludos de rigor, Elizabeth y Jane, cogidas del brazo, subieron hasta el dormitorio que esta ocupaba siempre en sus visitas, contiguo al vestidor de Bingley. Belton ya se había ocupado del baúl de Jane, y estaba colgando su vestido de noche y el traje largo que se pondría para el baile. Regresaría transcurrida una hora para ayudarlas a cambiarse y peinarse. Las hermanas, que habían compartido dormitorio en Longbourn, se habían sentido muy unidas desde la infancia, y no existía cuestión que Elizabeth no pudiera confiar a Jane, pues sabía que contaría siempre con su máxima discreción, y que los consejos que esta pudiera darle nacerían de su bondad y su buen corazón.

Después de hablar con Belton se dirigieron, como de costumbre, al cuarto de los niños para dar al pequeño Charles el abrazo esperado, y regalarle alguna golosina, para jugar con Fitzwilliam y escucharlo leer —pronto abandonaría la habitación infantil para pasar a ocupar la del estudio, y tomaría un tutor— y para mantener una charla breve pero relajada con la señora Donovan. Entre ella y la señora Metcalf sumaban cincuenta años de experiencia, y aquellas dos déspotas benévolas habían establecido desde el principio una estrecha alianza, defensiva y ofensiva, y ejercían el control absoluto en sus dominios, adoradas por los niños que tenían a su cargo y respetadas por sus padres, a pesar de que Elizabeth sospechaba que, para la señora Donovan, la única función de una madre consistía en traer al mundo a un nuevo bebé tan pronto como al último empezaban a salirle los dientes de leche. Jane contó algunas novedades sobre los progresos de Charles Edward y las gemelas, y el régimen seguido en Highmarten fue comentado y alabado por la señora Donovan, algo normal, teniendo en cuenta que era igual que el suyo. Apenas disponían ya de una hora antes de cambiarse para la cena, por lo que las hermanas se trasladaron al cuarto de Elizabeth para compartir aquellas pequeñas confidencias de las que depende en gran medida la felicidad doméstica.

Para Elizabeth habría sido un alivio confiar a Jane una cuestión de mayor peso, la intención del coronel de proponer matrimonio a Georgiana, pero, aunque no le había pedido que le guardara el secreto, él debía confiar, sin duda, en que ella hablaría antes con su esposo, y a Elizabeth le parecía que el alto sentido del honor de Jane se resentiría, como se habría resentido el suyo propio, si su hermana le hubiera confiado la noticia antes de tener la ocasión de comentarla con Darcy. Sin embargo, estaba impaciente por hablar de Henry Alveston, y se alegró de que fuera Jane la que pronunciara su nombre diciendo:

—Qué amable por tu parte al incluir al señor Alveston en tu invitación. Sé lo mucho que significa para él ser recibido en Pemberley.

—Es un invitado muy agradable, y los dos nos alegramos de verle. Educado, inteligente, apuesto y animado, es por tanto paradigma de juventud. Recuérdame cómo llegasteis a intimar. ¿No fue el señor Bingley quien lo conoció en Londres, cuando fue a ver a su abogado?

—Sí, hace dieciocho meses, cuando Charles visitaba al señor Peck para tratar sobre unas inversiones. El señor Alveston había acudido al despacho en relación con la posible representación en los tribunales de uno de los clientes del señor Peck y, como sucedió que los dos llegaron con antelación, coincidieron en la sala de espera y, posteriormente, el señor Peck los presentó. A Charles le impresionó notablemente el joven, y esa noche cenaron juntos. Fue entonces cuando el señor Alveston le confió su intención de recuperar la fortuna familiar y la finca de Surrey, propiedad de su familia desde el siglo XVII, y con la que él, en tanto que hijo único, siente un fuerte vínculo y una gran responsabilidad. Volvieron a verse en el club de Charles, y fue entonces cuando mi esposo, conmovido ante su aspecto general de fatiga, lo invitó en nombre de los dos a pasar unos días en Highmarten. Desde entonces el señor Alveston se ha convertido en visita asidua, y es bienvenido cada vez que sus obligaciones en los tribunales le permiten escaparse. Hemos sabido que el padre del señor Alveston, lord Alveston, ha cumplido los ochenta años y no goza de buena salud, y que durante estos últimos años ya no ha sido capaz de aportar el vigor y la iniciativa que requiere el manejo de una finca, pero la baronía es una de las más antiguas del país, y su familia, muy respetada. Charles supo, por el señor Peck, y no solo por él, que el señor Alveston causa gran admiración en Middle Temple, y los dos nos hemos encariñado mucho con él. Para nuestro pequeño Charles Edward es todo un héroe, y las gemelas lo adoran y lo reciben siempre con saltos de alegría.

Mostrarse cariñoso con sus hijos era un atajo seguro hacia el corazón de Jane, y Elizabeth comprendía la atracción que en Highmarten despertaba Alveston. La vida de un soltero en Londres, que trabajaba más de la cuenta, no debía de resultar demasiado atractiva, y Alveston encontraba sin duda en la belleza de la señora Bingley, en su amabilidad, en su voz melodiosa y en la alegre vida doméstica de su hogar, un agradable contraste con la competitividad despiadada y las exigencias sociales de la capital. Alveston, como Darcy, habían asumido siendo muy jóvenes el peso de las expectativas y las responsabilidades. Su empeño en recuperar la fortuna familiar era digno de admiración, y el Tribunal de Justicia, con sus desafíos y sus éxitos, era para él, tal vez, la encarnación de una lucha más personal.

—Espero que ni tú, querida hermana, ni el señor Darcy os sintáis incómodos por su presencia aquí —dijo Jane tras una pausa—. Debo confesar que, viendo el placer evidente que tanto él como Georgiana sienten cuando están juntos, me parece posible que el señor Alveston esté enamorándose, y si ello ha de causar inquietud en el señor Darcy o en Georgiana, nos aseguraremos, claro está, de que las visitas cesen. Pero es un joven de valía, y si mis sospechas son fundadas y Georgiana le corresponde en su interés, estoy segura de que podrían ser felices juntos, aunque tal vez el señor Darcy tenga otros planes para su hermana y, si es así, quizá sea sensato y considerado que el señor Alveston deje de venir a Pemberley. En el transcurso de mis visitas recientes me he percatado de un cambio en la actitud del coronel Fitzwilliam hacia su prima, una mayor disposición a conversar con ella y a pasar tiempo a su lado. Sería una unión magnífica, y ella no desmerecería en absoluto, aunque me pregunto si se sentiría muy feliz en ese inmenso castillo, tan al norte. La semana pasada, en nuestra biblioteca, vi un dibujo del lugar. Parece una fortaleza de granito, y el mar del Norte rompe prácticamente contra sus muros. Y se encuentra tan lejos de Pemberley... Sin duda a Georgiana le entristecería hallarse tan separada de su hermano y de la casa que tanto ama.

—Sospecho que tanto para el señor Darcy como para Georgiana Pemberley es lo primero —admitió Elizabeth—. Recuerdo que, cuando vine de visita con los tíos y el señor Darcy me preguntó qué me parecía la casa, mi evidente entusiasmo le complació. De no haberme mostrado tan sinceramente encantada, creo que no se hubiera casado conmigo.

Jane se echó a reír.

—A mí me parece que sí, querida. Aunque tal vez no debamos tratar más este asunto. Hablar sobre los sentimientos de los demás cuando no los comprendemos del todo, y cuando es posible que ni siquiera los implicados los comprendan, puede ser fuente de zozobra. Tal vez haya hecho mal mencionando al coronel. Sé, querida Elizabeth, lo mucho que quieres a Georgiana, y sé que desde que vive contigo como una hermana ha ganado confianza en sí misma y se ha convertido en una joven más hermosa. Si en verdad tiene dos pretendientes, la decisión, claro está, ha de ser suya, aunque no la imagino aceptando casarse en contra de los deseos de su hermano.

—Tal vez la cuestión se resuelva tras el baile —dijo Elizabeth—, por más que admito que para mí es causa de inquietud. He llegado a querer mucho a Georgiana. Pero dejemos de lado el tema por ahora. Debemos pensar en la cena en familia. No puedo estropeársela a nadie con preocupaciones que pueden ser infundadas.

No añadieron nada más, pero Elizabeth sabía que Jane no veía el menor problema. Ella creía firmemente que dos jóvenes atractivos que gozaban tan claramente de su mutua compañía podían enamorarse de manera natural, y que ese amor debía culminar en un matrimonio feliz. Allí, además, no existían problemas de dinero: Georgiana era rica y el señor Alveston progresaba en el ejercicio de su profesión. Aunque, claro, para Jane el dinero no era nunca un asunto relevante: con tal de que bastara para que una familia viviera cómodamente, ¿qué importaba cuál de los dos miembros de la pareja lo aportara a la unión? Y el hecho, que para otros sería de capital importancia, de que el coronel fuera vizconde y de que su esposa, con el tiempo, hubiera de convertirse en condesa, mientras que el señor Alveston solo llegaría a ser barón, no le importaba lo más mínimo. Elizabeth decidió no recrearse en las posibles dificultades y propiciar la ocasión de hablar con su esposo una vez que pasara el baile. Los dos habían estado tan ocupados que ella apenas lo había visto desde la mañana. No se sentiría justificada para especular con él sobre los sentimientos del señor Alveston a menos que este o Georgiana hablaran del tema, pero sí debía contarle cuanto antes que el coronel tenía intención de comunicarle la esperanza de que Georgiana aceptara ser su esposa. Elizabeth no sabía por qué, pero la idea de aquel enlace, a todas luces esplendoroso, le causaba una inquietud que no conseguía disipar con razonamientos, e intentaba ahuyentar aquella desagradable sensación. Belton había vuelto, y era hora de que Jane y ella se prepararan para la cena.

3

La víspera del baile, la cena se servía a las seis y media, la hora acostumbrada y muy en boga, pero cuando los asistentes eran pocos solía ofrecerse en una sala pequeña, contigua al comedor principal, donde hasta ocho personas podían instalarse cómodamente en torno a una mesa redonda. En años anteriores había hecho falta usar la estancia mayor, porque los Gardiner y en ocasiones las hermanas de Bingley habían acudido a Pemberley para asistir al baile, pero al señor Gardiner le costaba abandonar sus negocios, y a su esposa separarse de sus hijos. Lo que ellos preferían era visitarlos en verano, cuando él podía disfrutar de la pesca y su esposa lo pasaba en grande explorando los alrededores con Elizabeth, montadas en un faetón tirado por un solo caballo. La amistad entre las dos mujeres era antigua y sólida, y Elizabeth siempre había tenido en cuenta los consejos de su tía. Ahora había asuntos para los que le habría gustado contar con ellos.

Aunque la cena era informal, los asistentes se agruparon de forma natural para entrar en el comedor por parejas. El coronel se apresuró a ofrecerle el brazo a Elizabeth, Darcy se colocó junto a Jane, y Bingley con un gesto galante se ofreció a llevar a Georgiana. Al ver que Alveston avanzaba solo tras la última pareja, Elizabeth pensó que deberían haber dispuesto mejor las cosas, aunque lo cierto era que siempre resultaba difícil encontrar a una dama adecuada sin pareja con tan poca antelación, y hasta ese año las convenciones nunca habían importado en aquellas cenas previas al baile. La silla vacía quedaba junto a Georgiana, y cuando Alveston se sentó en ella, Elizabeth se fijó en que esbozaba una fugaz sonrisa de placer.

Mientras los demás tomaban asiento, el coronel dijo:

—Así que la señora Hopkins tampoco nos acompaña este año. ¿No es la segunda vez que se pierde el baile? ¿Es que a su hermana no le gusta bailar o acaso el reverendo Theodore ha expresado alguna objeción teológica contra los bailes?

—A Mary nunca le ha gustado mucho bailar —replicó Elizabeth—, y me ha pedido que la disculpen, pero su esposo no se opone en absoluto a su participación. La última vez que cenaron aquí me comentó que, en su opinión, los bailes organizados en Pemberley y con asistencia de amigos y conocidos de la familia no podían resultar contrarios a la moral ni a las buenas costumbres.

—Lo que demuestra —le susurró Bingley a Georgiana— que nunca ha probado la sopa blanca de Pemberley.

Los demás oyeron su comentario, que provocó sonrisas y alguna carcajada. Pero aquella alegría no iba a durar. En la mesa se notaba la ausencia de la chispa habitual en las conversaciones, y una apatía que ni siquiera el buen humor de Bingley parecía capaz de sacarlos. Elizabeth intentaba no mirar con demasiada asiduidad al coronel, pero cuando lo hacía notaba la frecuencia con que los ojos de este se posaban en la pareja que estaba sentada enfrente. A ella le parecía que su cuñada, con su sencillo vestido de muselina blanca, con la ristra de perlas que adornaba sus cabellos oscuros, nunca había estado tan encantadora, pero en los ojos del coronel captaba una mirada que era más de indagación que de admiración. Sin duda, la joven pareja se comportaba de manera impecable: Alveston no le demostraba más atenciones de las naturales, y Georgiana se volvía por igual hacia este y hacia Bingley para pronunciar sus respuestas, como una joven que se esmerara en seguir las convenciones sociales durante su primera cena con invitados. Aunque, a decir verdad, sí hubo un momento que Elizabeth esperaba que a Fitzwilliam le hubiera pasado por alto. Alveston estaba mezclando para Georgiana el agua con el vino y, durante un segundo, sus manos se rozaron, y Elizabeth vio el rubor asomarse débilmente a las mejillas de la joven, antes de disiparse.

Al observar a Alveston ataviado con sus ropas más formales, a Elizabeth le asombró una vez más constatar lo extraordinariamente apuesto que resultaba. No podía ignorar por completo que, cada vez que entraba en un salón, todas las mujeres dirigían sus miradas hacia él. Llevaba su pelo, castaño y fuerte, simplemente recogido en la nuca. Sus ojos eran de un marrón más oscuro, y tenía las cejas rectas. En su rostro había una franqueza y una fuerza que frenaban toda posible acusación de exceso de belleza, y se movía con una gracia natural, confiada. Elizabeth sabía bien que por lo general era un invitado vivaz y divertido, pero esa noche incluso él parecía afligido por un aire general de incomodidad. Pensó que tal vez todos estuvieran cansados. Bingley y Jane habían viajado solo dieciocho millas, pero el viento les había obligado a detenerse en varias ocasiones, y tanto para Darcy como para ella el día anterior al baile solía ser muy ajetreado.

La tormenta que había estallado fuera no ayudaba a animar el ambiente. De vez en cuando el viento aullaba desde la chimenea, el fuego silbaba y chisporroteaba como un ser vivo y, ocasionalmente, algún tronco ardiendo se liberaba del resto lanzando llamas espectaculares, que proyectaban sobre los rostros de los comensales, durante un momento, destellos rojizos que les conferían un aspecto febril. Los criados entraban y salían sin hacer ruido, pero Elizabeth sintió alivio cuando la cena terminó por fin, y pudo hacerle una seña a Jane para que, junto a Georgiana, se trasladaran al salón de música, situado frente al comedor.

4

Mientras la cena se servía en el comedor pequeño, Thomas Bidwell seguía en la despensa del mayordomo sacando brillo a la plata. Ese había sido su trabajo desde que los dolores de rodillas y espalda le habían impedido seguir manejando los coches de caballos, y se sentía muy orgulloso de desempeñarlo, sobre todo la noche anterior al baile de lady Anne. De los siete inmensos candelabros que se alinearían sobre la gran mesa, durante el banquete, ya había abrillantado cinco, y los dos restantes quedarían listos también esa misma noche. Se trataba de una labor tediosa, lenta y, aunque no lo pareciera, cansada, y cuando terminara le dolerían la espalda, los brazos, las manos. Pero no era aquella una ocupación para las doncellas, ni para los muchachos. Stoughton, el mayordomo, era el responsable último, pero estaba muy ocupado escogiendo los vinos y supervisando los preparativos del salón de baile, y consideraba que su deber se limitaba a inspeccionar los candelabros una vez limpios, por lo que no se dedicaba personalmente ni siquiera a las piezas más valiosas. Durante la semana que precedía al baile se esperaba que Bidwell se pasara casi todos los días, a menudo hasta bien entrada la noche, con el mandil puesto, sentado a la mesa de la despensa y con la cubertería y la plata de la familia Darcy extendida ante él: cuchillos, tenedores, cucharas, candelabros, fuentes en las que se servirían los platos, fruteros. Mientras les sacaba brillo, imaginaba los candelabros con sus altas velas reflejándose en las piedras preciosas que adornarían las cabezas, en los rostros acalorados y en las flores temblorosas de los jarrones.

Nunca le preocupaba dejar sola a su familia en la cabaña del bosque, ni a ellos les asustaba quedarse allí. La vivienda había permanecido desolada y decrépita durante años, hasta que el padre de Darcy la había restaurado y acondicionado para que la usara algún miembro del servicio. Sin embargo, a pesar de resultar demasiado grande para un criado, y de ofrecer mucha intimidad y sosiego, eran pocas las personas dispuestas a vivir en ella. La había construido el bisabuelo del señor Darcy, un ermitaño que había vivido casi en total soledad, acompañado solo por su perro, *Soldado*. En aquel retiro se preparaba incluso algunas comidas sencillas, leía y se sentaba a contemplar los gruesos troncos y los arbustos enmarañados del bosque, que eran su baluarte contra el mundo. Más tarde, cuando George Darcy tenía ya sesenta años, *Soldado* enfermó mortalmente, y empezó a sufrir horrores. Fue el abuelo de Bidwell, a la sazón un niño que ayudaba con los caballos de la casa, quien acudió a la cabaña a llevar leche fresca y halló muerto a su señor. Darcy le había pegado un tiro al perro, y se había pegado otro él.

Los padres de Bidwell habían vivido en la cabaña antes que él. Aquella historia no les había echado atrás, y a él tampoco. La creencia de que el bosque estaba encantado nacía de una tragedia más reciente, ocurrida poco después de que el abuelo del actual señor Darcy asumiera la propiedad de la finca. Un joven, hijo único, que trabajaba como ayudante de jardinero en Pemberley, había sido acusado de cazar ciervos furtivamente en los terrenos de un magistrado vecino, sir Selwyn Hardcastle. La caza furtiva no era un delito grave, y la mayoría de los magistrados hacía la vista gorda en época de hambrunas, pero robar un ciervo en un coto privado de caza se castigaba con la pena capital, y el padre de sir Selwyn se mostró inflexible y exigió que se aplicara estrictamente. El señor Darcy había suplicado clemencia, pero sir Selwyn no la había concedido. Una semana después de que el muchacho fuera ejecutado, su madre se ahorcó. El señor Darcy había hecho todo lo que había podido, pero se decía que la mujer muerta lo había considerado el principal responsable de lo sucedido. Ella había pronunciado una maldición sobre la familia Darcy, y se extendió la superstición de que se podía ver su fantasma vagando y aullando de dolor entre los árboles las personas lo bastante insensatas como para adentrarse en el bosque después del anochecer, y que su aparición vengadora presagiaba siempre una muerte en la finca.

Bidwell no tenía paciencia para aquellas tonterías, pero la semana anterior había llegado a sus oídos que dos de las doncellas, Betsy y Joan, habían afirmado entre susurros, en el cuarto de servicio, que habían visto al fantasma tras adentrarse en el bosque con motivo de una apuesta. Él les había advertido que no propagaran aquellas patrañas que, de haber llegado a oídos de la señora Reynolds, habrían podido tener consecuencias graves para las muchachas. Aunque su hija, Louisa, ya no trabajaba en Pemberley, pues se la necesitaba en casa para que cuidara de su hermano enfermo, se preguntaba si, de un modo u otro, aquella historia habría llegado a sus oídos. Lo cierto era que su madre y ella se habían mostrado más cuidadosas que nunca a la hora de cerrar la puerta de la cabaña con llave, y le habían pedido que, cuando llegara tarde de Pemberley, les advirtiera de su presencia dando tres golpes fuertes con los nudillos, seguidos de otros cuatro más flojos, antes de insertar la llave.

Se decía que la mala suerte atacaba a quienes vivían en la cabaña, pero esta había alcanzado a los Bidwell solo en los últimos años. Él todavía recordaba nítidamente, como si hubiera sucedido ayer, la desolación del momento en que, por última vez, se había despojado de la elegante librea de jefe de cocheros del señor Darcy de Pemberley y había dicho adiós a sus adorados caballos. Ahora, desde hacía un año, su único hijo varón, su esperanza de futuro, se estaba muriendo despacio, aquejado de dolores.

Por si eso fuera poco, su hija mayor, la joven que ni su esposa ni él creyeron jamás que fuera a darles problemas, había empezado a ser motivo de preocupación. Con Sarah las cosas siempre habían ido bien. Se había casado con el hijo del posadero de King's Arms, en Lambton, un joven ambicioso que se había trasladado a Birmingham y había montado una cerería con el dinero recibido en herencia de su abuelo. El negocio prosperaba, pero Sarah se sentía deprimida, y trabajaba demasiado. Llevaba cuatro años casada y esperaba su cuarto hijo, y las cargas de la maternidad, sumadas a su trabajo en la tienda, la habían llevado a escribir una carta desesperada en la que solicitaba la ayuda de su hermana Louisa. Su esposa le había alargado la carta sin comentar nada, pero él sabía que también le preocupaba que su alegre y sensata Sarah, de pechos generosos, hubiera llegado a semejante situación. Él le había devuelto la carta después de leerla, y se había limitado a decir:

—Will echará mucho de menos a Louisa. Siempre han estado muy unidos. ¿Tú puedes prescindir de ella?

—No tengo otro remedio. Sarah no habría escrito si no hubiera estado desesperada. No parece ella.

De modo que Louisa había pasado cinco meses en Birmingham antes del nacimiento del pequeño, ayudando a su hermana a ocuparse de sus hijos, y se había quedado otros tres meses para dar tiempo a Sarah a recuperarse. Había regresado a casa hacía poco, trayendo consigo a Georgie, el recién nacido, tanto para aliviar a su hermana de la carga de cuidarlo como para que su madre y su hermano lo conocieran antes de que Will muriera. A Bidwell nunca le había gustado la decisión. Sentía, lo mismo que su mujer, gran curiosidad por conocer a su nuevo nieto, pero una cabaña en la que se cuidaba de un moribundo no era precisamente el mejor lugar para criar a un bebé. Will estaba tan enfermo que apenas había mostrado interés en el recién llegado, y el llanto del pequeño, por las noches, lo preocupaba y lo desvelaba. Además, Bidwell notaba que Louisa no estaba contenta. Se mostraba inquieta y, a pesar del frío otoñal, prefería caminar por el bosque con el pequeño en brazos que permanecer en casa con su madre y con Will. Y, como si lo hubiera planeado, no había estado presente cuando el reverendo Percival Oliphant, el anciano y erudito rector, había hecho una de sus frecuentes visitas a Will, lo que resultaba algo raro, puesto que a ella siempre le había caído bien el rector, y este se había interesado por ella desde la infancia y le había prestado libros y se había ofrecido a incluirla en sus clases de latín junto a su pequeño grupo de pupilos. Bidwell había rechazado la invitación, pues solo habría servido para que se confundiera sobre su verdadera posición en la vida, pero, aun así, la invitación había existido. Estaba claro que la joven se sentía a menudo inquieta y nerviosa a medida que se acercaba el momento de su boda, pero ahora que Louisa había regresado a casa, ¿por qué no visitaba Joseph Billings la cabaña con la frecuencia con que lo hacía antes? Apenas lo veían. Bidwell se preguntaba si el cuidado del bebé habría hecho ver tanto a Louisa como a Joseph las responsabilidades y los riesgos que entrañaba el matrimonio, y les habría llevado a replantearse su futuro. Esperaba que no fuera así. Joseph era ambicioso y serio, si bien había quien pensaba que a sus treinta y cinco años era demasiado mayor para ella, que, en cualquier caso, parecía apreciarlo. Se instalarían en Highmarten, a apenas diecisiete millas de donde vivían Martha y él, y se integrarían en el servicio de una casa cómoda, de señora benévola y señor generoso, con el futuro asegurado, la vida por delante, predecible, segura, respetable. Teniendo todo aquello en perspectiva, ¿de qué iba a servirle a una joven ir a la escuela y aprender latín?

Tal vez todo volviera a su cauce cuando Georgie regresara con su madre. Louisa iría a llevarlo al día siguiente, y se había dispuesto que ella y el bebé viajaran en calesa hasta King's Arms, la posada de Lambton, desde donde tomarían el correo de Birmingham, y allí se reuniría con ellos Michael Simpkins, el esposo de Sarah, para llevarlos a casa en su calesa. Louisa regresaría a Pemberley en el correo de ese mismo día. La vida resultaría más descansada para su mujer y para Will cuando el bebé hubiera vuelto a su casa, aunque se le haría raro no ver las manitas regordetas de Georgie tendidas hacia él cuando regresara a la cabaña el domingo, una vez que hubiera acondicionado la casa tras el baile.

Todas aquellas preocupaciones no le habían impedido proseguir con su tarea, pero, casi inapreciablemente, había aminorado el ritmo y, por primera vez, se preguntaba si la limpieza de la plata no se habría convertido en un trabajo demasiado agotador para enfrentarse a él solo. Pero no, esa sería una derrota humillante. Y atrayendo hacia sí, resuelto, el último candelabro, sostuvo un paño de abrillantar limpio, apoyó los brazos cansados en la silla y se inclinó para retomar su labor.

5

Los caballeros no las hicieron esperar mucho en el salón de música, y el ambiente se había relajado algo cuando se acomodaron en el sofá y las butacas. Darcy levantó la tapa del pianoforte, y encendieron las velas dispuestas sobre el instrumento. Apenas todos hubieron tomado asiento, Darcy se volvió hacia Georgiana y, casi formalmente, como si fuera una invitada más, le dijo que sería un gran placer para todos oírla tocar y cantar. Ella se levantó, mirando fugazmente a Henry Alveston, y él la siguió hasta el piano. Volviéndose hacia los presentes, anunció:

—Aprovechando que contamos con un tenor entre nosotros, me ha parecido que sería agradable ofrecer algún dueto.

—¡Sí! —exclamó Bingley entusiasmado—. Una idea excelente. Queremos oírles a los dos. La semana pasada Jane y yo intentamos cantar sonetos juntos, ¿verdad, amor mío? Aunque no sugiero que repitamos el experimento esta noche. Fue un desastre, ¿no es cierto, Jane?

Su esposa se echó a reír.

—No, tú lo hiciste muy bien. Pero me temo que yo he dejado de practicar desde el nacimiento de Charles Edward. No, no infligiremos nuestro empeño musical a nuestros amigos cuando contamos con la señorita Georgiana, de un talento musical muy superior al que tú y yo podremos aspirar jamás.

Elizabeth intentaba concentrarse en la música, pero sus ojos y sus pensamientos no lograban apartarse de la pareja.

Tras las dos primeras canciones se solicitó una tercera, y hubo una pausa mientras Georgiana escogía una partitura y se la mostraba a Alveston. Este pasaba las páginas y parecía señalar los pasajes que, a su juicio, entrañaban mayor dificultad, o tal vez aquellos cuya pronunciación en italiano desconocía. Ello lo miró, y después tocó algunos acordes con la mano derecha, y sonrió ante su benevolencia. Ambos parecían ajenos al público que los esperaba. Fue un momento de intimidad que los encerró en su mundo privado, pero que desembocó en otro en el que se perdieron en su amor compartido por la música. Al contemplar la luz de las velas reflejada en sus rostros arrebatados, sus sonrisas al sentir que el problema quedaba resuelto y Georgiana se disponía a iniciar la pieza, Elizabeth sintió que aquella no era una atracción pasajera basada en la proximidad física, ni siquiera en un amor compartido por la música. Estaban enamorados, no había duda de ello, o tal vez a punto de enamorarse. Se hallaban en ese momento encantado del descubrimiento mutuo, la expectación y la esperanza.

Se trataba de un encantamiento que ella no había conocido. Todavía le sorprendía que, entre la primera e insultante proposición de Darcy y su segunda petición de amor, penitente, culminada con éxito, ellos dos solo se hubieran visto a solas menos de media hora, el día en que, en compañía de los Gardiner, había visitado Pemberley y él había regresado inesperadamente, y habían paseado por los jardines, y también un día después, cuando él se acercó a caballo hasta la posada de Lambton, donde ella se alojaba y donde la encontró llorando, con la carta de Jane en la mano en la que esta le informaba de la fuga de Lydia. Él se había despedido, y ella creyó que no volvería a verlo más. Si aquello fuera una obra de ficción ¿habría el más ingenioso de los novelistas logrado explicar que, en un período tan breve, el orgullo hubiera sido sometido, y los prejuicios vencidos? Y, después, cuando Darcy y Bingley regresaron a Netherfield y ella aceptó a aquel como pretendiente, su cortejo, lejos de ser un período de dicha, se había convertido en uno de los más angustiados y vergonzantes de su vida, pues se pasaba el rato intentando que él apartara su atención de las estridentes y exageradas felicitaciones de su madre, que llegaba prácticamente al punto de agradecerle la gran condescendencia demostrada por haber solicitado la mano de su hija. Ni Jane ni Bingley habían sufrido del mismo modo. Él, bondadoso y obsesionado con su amor, o no se percataba de la vulgaridad de su futura suegra o la toleraba. Y, ella misma, ¿se habría casado con Darcy de haber sido este un vicario sin blanca o un abogado novato que luchara por abrirse paso en su profesión? Resultaba difícil imaginar al señor Fitzwilliam Darcy como cualquiera de las dos cosas, pero la sinceridad la empujaba a una respuesta: Elizabeth sabía que no estaba hecha para los tristes manejos de la pobreza.

El viento seguía arreciando, y las dos voces se acompañaban de los lamentos y aullidos que se colaban por la chimenea, y del rugido intermitente del fuego, de manera que el estrépito del exterior parecía el contrapunto de la naturaleza a la belleza de aquellas dos voces tan armoniosas, y constituía un acompañamiento adecuado para el torbellino de sus pensamientos. Hasta entonces, ningún vendaval la había preocupado de ese modo, y se habría complacido en permanecer sentada a buen recaudo, en su hogar acogedor y confortable, mientras sus ráfagas barrían inútilmente los bosques de Pemberley. Pero ahora el viento le parecía una fuerza maligna que buscaba todas las chimeneas, todos los resquicios, para colarse. Elizabeth no era una persona imaginativa, e intentaba apartar de su mente aquellas fantasías, pero no conseguía librarse de una sensación que no había sentido nunca hasta ese momento. «Aquí estamos sentados —pensaba—, a principios de un nuevo siglo, ciudadanos del país más civilizado de Europa, rodeados del esplendor de sus artes, y de los libros que enaltecen su literatura, mientras allí fuera existe otro mundo que la riqueza, la educación y el privilegio pueden mantener alejado de nosotros, un mundo en que los hombres son tan violentos y destructivos como lo es el mundo animal. Tal vez ni el más afortunado de nosotros logre ignorarlo y mantenerlo alejado para siempre.»

Intentó recobrar la serenidad concentrándose en la fusión de las dos voces, pero se alegró cuando la música terminó y llegó la hora de tocar la campanilla y pedir el té.

Fue Billings, uno de los lacayos, quien llegó con la bandeja. Elizabeth sabía que tenía previsto abandonar Pemberley en primavera, si todo salía como era debido, para ocupar el lugar del mayordomo de Bingley cuando este, ya anciano, se retirara. Se trataba de una posición más importante, más conveniente para él en sus presentes circunstancias, pues durante la pasada Pascua se había prometido con la hija de Thomas Bidwell, Louisa, que también se trasladaría a Highmarten para ser doncella principal de sala. Elizabeth, durante sus primeros meses en Pemberley, se había sorprendido al ver lo mucho que se implicaba la familia en la vida del personal de servicio. En las escasas ocasiones en que Darcy y ella se desplazaban hasta Londres, se alojaban en su casa de la ciudad, o eran recibidos por la señora Hurst, hermana de Bingley, y por su esposo, que vivían con cierto lujo. En aquel mundo, los criados llevaban unas vidas tan alejadas de la familia que saltaba a la vista que la señora Hurst rara vez conocía los nombres de sus sirvientes. Pero, aunque el señor y la señora Darcy estaban cuidadosamente protegidos de los problemas domésticos, había eventos —matrimonios, compromisos, cambios de trabajo, enfermedades o jubilaciones— que se elevaban por sobre la incesante actividad que garantizaba el correcto funcionamiento de la casa, y era importante para ambos que aquellos ritos de paso, que formaban parte de aquella vida todavía secreta en gran medida, y de la que dependía su bienestar, fueran conocidos y celebrados.

Ahora, Billings dejó la bandeja frente a Elizabeth con una elegancia algo impostada, como para demostrar a Jane lo digno que era del honor que le aguardaba. Elizabeth pensó que la situación sería cómoda para él y su nueva esposa. Tal como su padre había profetizado, los Bingley eran amos generosos, de trato fácil, poco exigentes, y puntillosos solo en el cuidado mutuo y en el de sus hijos.

Apenas Billings se hubo retirado, el coronel Fitzwilliam se levantó de su silla y se acercó a Elizabeth.

—¿Me disculpará, señora Darcy, si me ausento para dar mi paseo nocturno? Pensaba montar a *Talbot* hasta el río. Siento abandonar esta agradable reunión familiar, pero no duermo bien si antes de acostarme no me da el aire.

Elizabeth le aseguró que no tenía por qué disculparse. Él se llevó entonces la mano a los labios, muy brevemente, gesto poco habitual en él, y se dirigió a la puerta.

Henry Alveston estaba sentado junto a Georgiana en el sofá.

—La visión de la luna sobre el río es mágica, coronel —dijo, alzando la vista—, aunque tal vez lo sea más contemplada en compañía. En cualquier caso, a *Talbot* y a usted les espera un duro empeño. No le envidio la batalla que habrá de librar contra este viento.

El coronel, plantado junto a la puerta, se volvió a mirarlo, y le habló con voz fría.

—En ese caso, debemos agradecer que no haya sido usted requerido para acompañarme.

Y, con una leve inclinación de cabeza dirigida a los presentes, abandonó el salón.

Se hizo un momento de silencio durante el cual las palabras finales del coronel, y lo peculiar de su paseo nocturno a caballo, permanecieron en la mente de todos, pero el pudor impidió que nadie comentara nada. Solo Henry Alveston parecía indiferente, aunque, al observar su rostro, a Elizabeth no le cupo la menor duda de que había comprendido perfectamente la crítica implícita a él dirigida.

Fue Bingley quien rompió el mutismo.

—Más música, por favor, señorita Georgiana, si no se siente usted muy fatigada. Pero, se lo ruego, tómese antes su té. No debemos abusar de su amabilidad. ¿Qué me dice de esas canciones populares irlandesas que tocó cuando estuvimos cenando aquí el último verano? No las cante, si no quiere, con la música basta, debe reservarse la voz. Recuerdo que llegamos incluso a danzar un poco, ¿no fue así? Aunque, claro, en aquella ocasión acudieron los Gardiner, y el señor y la señora Hurst, por lo que éramos cinco parejas, y Mary estaba aquí y tocó para nosotros.

Georgiana regresó al pianoforte, y Alveston se situó a su lado para pasar las páginas. Durante un tiempo, las animadas melodías surtieron su efecto. Y entonces, cuando la música cesó, todos iniciaron conversaciones inconexas, intercambiando opiniones que se habían expresado ya muchas otras veces, comunicando nuevas que no lo eran en absoluto. Transcurrida media hora, Georgiana dio el primer paso y deseó las buenas noches, y cuando hizo sonar la campanilla para llamar a su doncella, Alveston encendió y le alargó una vela y la acompañó hasta la puerta. Una vez se hubo ausentado, a Elizabeth le pareció que los demás presentes estaban cansados pero carecían de la iniciativa mínima para levantarse y despedirse. Fue Jane la que finalmente decidió hacerlo y, dedicando una mirada a su esposo, murmuró que era hora de acostarse. Elizabeth, agradecida, no tardó en seguir su ejemplo. Llamaron a un lacayo para que trajera y encendiera las palmatorias, apagaron las que iluminaban el pianoforte, y ya se dirigían a la puerta cuando Darcy, que se encontraba de pie junto a la ventana, soltó una exclamación súbita.

—¡Dios mío! Pero ¿qué se cree que hace ese cochero necio? ¡Volcará la calesa! Qué locura. ¿Quiénes diablos son? Elizabeth, ¿esperamos a alguien más esta noche?

—No.

Elizabeth y los demás presentes se agolparon frente a la ventana y desde allí vieron a lo lejos un cabriolé que daba bandazos y cabeceaba por el camino del bosque, en dirección a la casa, las dos farolas centelleantes como pequeñas llamaradas. La imaginación aportaba lo que la distancia impedía observar: las crines de los caballos meciéndose al viento, sus ojos muy abiertos, sus patas tensas, el palafrenero tirando de las riendas. El roce de las ruedas no se oía aún, y a Elizabeth le pareció que contemplaba el espectro de un carruaje de leyenda que flotara, inaudible, en la noche de luna, el espantoso heraldo de la muerte.

—Bingley, quédate aquí con las damas mientras yo voy a ver qué sucede —dijo Darcy.

Pero sus palabras fueron devoradas por otro aullido del viento que se colaba por la chimenea, y todos salieron tras él del salón de música, descendieron por la escalera principal y llegaron al vestíbulo. Stoughton y la señora Reynolds ya se encontraban allí. A una indicación del señor Darcy, Stoughton abrió la puerta. El viento entró al momento, una fuerza gélida, irresistible, que pareció tomar posesión de toda la casa, apagando de un soplo todas las velas salvo las de la araña del techo.

El coche seguía avanzando a gran velocidad y, ladeándose, tomó la última curva que lo alejaba del camino del bosque y lo acercaba a la casa. Elizabeth estaba convencida de que no se detendría al llegar a la puerta. Pero ahora ya oía las voces del cochero, y lo veía forcejear con las riendas. Finalmente, los caballos se detuvieron y permanecieron en su sitio, inquietos, relinchando. Al instante, antes siquiera de darle tiempo a desmontar, la portezuela del coche se abrió e, iluminada por la luz de Pemberley, vieron a una mujer que casi cayó al suelo al salir, gritando al viento. Con el sombrero colgando de las cintas que rodeaban su cuello, y con el pelo suelto que se le pegaba al rostro, parecía una criatura salvaje, nocturna, o una loca huida de su reclusión. Durante unos momentos Elizabeth permaneció clavada en su sitio, incapaz de actuar ni de pensar. Y entonces supo que la aparición estridente y desbocada era Lydia, y corrió en su ayuda. Pero ella la apartó con brusquedad y, aún chillando, se arrojó en brazos de Jane y estuvo a punto de derribarla. Bingley dio un paso al frente para asistir a su esposa y, juntos, la condujeron casi en volandas hasta la puerta. Ella seguía gritando y forcejeando, como si no supiera quién la sujetaba, pero, una vez en casa, protegida del viento, consiguieron comprender el significado de sus palabras entrecortadas.

—¡Wickham está muerto! ¡Denny le ha disparado! ¿Por qué no vais tras él? ¡Están ahí, en el bosque! ¿Por qué no hacéis algo? ¡Dios mío, Dios mío, sé que está muerto!

Y entonces los sollozos se convirtieron en gemidos, y Lydia se derrumbó en brazos de Jane y Bingley, que la iban conduciendo despacio hacia la silla más cercana.

LIBRO II
EL CADÁVER DEL BOSQUE

1

Elizabeth se había adelantado instintivamente para ayudar, pero Lydia la había apartado con sorprendente brío, gritando:

—¡Tú no, tú no!

Jane tomó el relevo, se arrodilló junto a la silla y le cogió las dos manos entre las suyas, susurrándole palabras de ánimo y compasión, mientras Bingley, alterado, permanecía a su lado con impotencia. Al poco, el llanto de Lydia se tornó en un gritito entrecortado y raro, como si le faltara el aire, un sonido turbador que no parecía humano.

Stoughton había dejado la puerta principal entornada. El palafrenero, de pie junto a los caballos, parecía demasiado consternado para moverse, y Alveston y Stoughton bajaron el baúl de Lydia del carruaje y lo arrastraron hasta el vestíbulo. Stoughton se volvió hacia Darcy.

—¿Qué hacemos con las otras dos piezas del equipaje, señor?

—Déjelas en el coche. Probablemente el señor Wickham y el capitán Denny reanuden el viaje cuando los encontremos, por lo que no tiene sentido que descarguemos aquí sus pertenencias. Stoughton, por favor, busque a Wilkinson. Despiértelo si está acostado. Pídale que vaya a buscar al doctor McFee. Será mejor que vaya en coche. No quiero que el doctor monte a caballo con este viento. Dígale que lo salude de mi parte y le explique que la señora Wickham se encuentra aquí, en Pemberley, y que requiere su atención.

Dejando que las mujeres se ocuparan de Lydia, Darcy se acercó seguidamente al cochero, que seguía apostado junto a los caballos. Este, que llevaba rato mirando fijamente en dirección a la puerta, enderezó la cabeza y se puso firme. Su alivio al ver al señor de la casa resultaba casi palpable. Había actuado lo mejor que había podido ante una emergencia, y ahora la vida normal se había restablecido y él se limitaba a cumplir con su trabajo, que consistía en custodiar a los caballos mientras esperaba instrucciones.

—¿Quién es usted? —le preguntó Darcy—. ¿Lo conozco?

—Soy George Pratt, señor, del Green Man.

—Sí, claro. El cochero del señor Piggott. Cuénteme qué ha sucedido en el bosque. Sea claro y conciso, pero quiero saberlo todo, y deprisa.

No había duda de que Pratt estaba impaciente por contarlo, y empezó a hablar a toda velocidad.

—El señor Wickham, su señora y el capitán Denny entraron en la posada esta tarde, pero yo no estaba allí cuando llegaron. Regresé sobre las ocho, y el señor Piggott me dijo que debía llevar a los señores Wickham y al capitán a Pemberley cuando la dama estuviera lista, y que debía tomar el camino de atrás, que atraviesa el bosque. Tenía que dejar a la señora Wickham en la casa para que asistiera al baile, o eso le había dicho ella antes a la señora Piggott. Después, según me habían ordenado, tenía que llevar a los dos caballeros al King's Arms de Lambton, y regresar con la carroza a la posada. Oí que la señora Wickham le contaba a la señora Piggott que los caballeros proseguirían viaje a Londres al día siguiente, donde el señor Wickham esperaba encontrar empleo.

—¿Dónde están el señor Wickham y el capitán Denny?

—No lo sé bien, señor. Cuando atravesábamos el bosque, hacia la mitad del camino, el capitán Denny me indicó con los nudillos que detuviera el coche y se bajó de él. Gritó algo así como «No quiero saber nada más de eso, ni de ti. No pienso participar», y se internó en el bosque. Entonces el señor Wickham fue tras él, gritándole que regresara, que no fuera insensato, y la señora Wickham empezó a gritarle que no la dejara sola, e hizo ademán de seguirlo, pero una vez bajó del coche lo pensó mejor y volvió a entrar en él. Gritaba cosas terribles, asustaba a los caballos, y a mí me costaba mantenerlos quietos, y entonces oímos los disparos.

—¿Cuántos?

—No podría decirlo exactamente, señor, todo fue tan raro, el capitán bajando del coche y el señor Wickham corriendo tras él, y la señora gritando... Pero estoy seguro de haber oído al menos uno, señor, y tal vez uno o dos más.

—¿Cuánto tiempo pasó desde que los caballeros se internaron en el bosque hasta que se oyeron los disparos?

—Tal vez quince minutos, señor, tal vez más. Sé que estuvimos ahí de pie mucho rato, esperando a que volvieran. Pero los disparos los oí, eso seguro. Entonces la señora Wickham empezó a gritar que nos matarían a todos, y me ordenó que la trajera a Pemberley deprisa. A mí me pareció que era lo mejor que podía hacer, señor, dado que los caballeros no se encontraban ahí para dar órdenes. Yo creía que se habían perdido en el bosque, pero no podía ir en su busca, señor, no con la señora Wickham gritando que iban a matarnos, y con los caballos en aquel estado.

—Por supuesto que no. ¿Se oyeron cerca los disparos?

—Bastante cerca. Diría que alguien disparó a unas cien yardas de allí.

—Está bien. Voy a necesitar que nos conduzca hasta el lugar desde el que los caballeros se internaron en el bosque, e iremos en su busca.

Tan mal le pareció a Pratt ese plan, que no logró disimularlo, y se atrevió incluso a plantear una objeción.

—Yo debía seguir hasta el King's Arms de Lambton, y después regresar al Green Man. Esas son las órdenes claras que he recibido, señor. Y sin duda los caballos se asustarán si regresan al bosque.

—Parece claro que no tiene sentido seguir hasta Lambton sin el señor Wickham ni el capitán Denny. A partir de ahora usted acatará mis órdenes. Y serán muy claras. Su trabajo consiste en controlar a los caballos. Espere aquí, y que no se muevan. Después yo ya aclararé las cosas con el señor Piggott. Si hace lo que le digo no tendrá ningún problema.

En el interior de la casa, Elizabeth se volvió hacia la señora Reynolds y le habló en voz baja.

—Debemos acostar a la señora Wickham. ¿Hay alguna cama preparada en el ala sur, en el dormitorio de invitados de la segunda planta?

—Sí, señora, y ya se ha encendido la chimenea. Esa habitación y dos más se preparan siempre antes del baile de lady Anne por si llega otra noche de octubre como la del año noventa y siete, cuando la nieve alcanzó casi un palmo y algunos invitados que habían hecho el largo viaje no pudieron regresar a sus casas. ¿Llevamos allí a la señora Wickham?

—Sí —respondió Elizabeth—. Eso sería lo mejor, aunque en su estado no puede quedarse sola. Alguien va a tener que dormir con ella.

—En el vestidor contiguo hay un diván cómodo, además de una cama individual, señora —dijo la señora Reynolds—. Puedo ordenar que lo trasladen y lo cubran con mantas y almohadones. Y creo que Belton sigue despierta y la está esperando. Debe de saber que algo va mal, y es absolutamente discreta. Le sugiero que, por el momento, ella y yo nos turnemos para dormir en el diván, en el dormitorio de la señora Wickham.

—Belton y usted tienen que descansar esta noche. La señora Bingley y yo nos las arreglaremos solas.

Al regresar al vestíbulo, Darcy vio que Bingley y Jane llevaban casi en volandas a Lydia escaleras arriba, precedidos por la señora Reynolds. Los grititos habían dado paso a sollozos más discretos, pero ella se liberó de los brazos de Jane y, volviéndose, clavó en Darcy sus ojos furiosos.

—¿Por qué sigue aquí? ¿Por qué no va a buscarlos? He oído los disparos, ya se lo he dicho. ¡Dios mío! ¡Podría estar herido, o muerto! Wickham podría estar agonizando y usted se queda ahí sin hacer nada. ¡Vaya, por el amor de Dios!

Darcy le habló sosegadamente.

—Nos estamos preparando. Le traeremos noticias cuando las tengamos. No hay por qué temer lo peor. Tal vez el señor Wickham y el capitán Denny estén viniendo hacia aquí a pie. Y ahora, procure descansar.

Entre susurros de aliento, Jane y Bingley habían llegado al último peldaño y, siguiendo a la señora Reynolds, se alejaron por el pasillo.

—Temo que Lydia enferme —comentó Elizabeth—. Necesitamos al doctor McFee. Podría administrarle algo para calmarla.

—Ya he ordenado que vayan a recogerlo en el coche, y ahora nosotros debemos ir al bosque para buscar a Wickham y a Denny. ¿Lydia ha podido contarte lo ocurrido?

—A duras penas ha controlado el llanto lo bastante para balbucir los hechos principales, y para pedir que entráramos el baúl y lo dejáramos abierto. Casi se diría que todavía espera asistir al baile.

A Darcy le parecía que el gran vestíbulo de Pemberley, con su mobiliario elegante, la hermosa escalinata que se curvaba hasta alcanzar el rellano, e incluso los retratos de familia, le resultaba tan ajeno como si lo viera por vez primera. El orden natural que desde la infancia lo había sostenido se había visto alterado, y por un momento se sintió impotente, como si hubiera dejado de ser el señor de su casa, sentimiento absurdo que combatía prestando una atención exagerada por los detalles. No correspondía a Stoughton, ni a Alveston, transportar el equipaje, y Wilkinson, según una tradición ya antigua, era el único miembro del servicio que, además de Stoughton, recibía órdenes directamente de su señor. Pero al menos se estaba haciendo algo. El equipaje de Lydia había sido llevado hasta la casa, y ahora enviarían el coche a buscar al doctor McFee. Instintivamente, se acercó a su esposa y le tomó la mano con dulzura. La notó más fría que la muerte, pero ella respondió al contacto apretando la suya, en un gesto de reconocimiento que lo tranquilizó.

Bingley bajó de nuevo al vestíbulo, donde se le sumaron Alveston y Stoughton. Darcy les contó someramente lo que Pratt le había revelado, pero era evidente que Lydia, a pesar de su nerviosismo, ya había conseguido transmitirles lo más esencial del suceso.

—Hemos de conseguir que Pratt nos señale el lugar en el que Denny y Wickham abandonaron el carruaje, de modo que tomaremos el coche de Piggott. Charles, será mejor que tú te quedes con las damas. Stoughton custodiará la puerta. Si acepta tomar parte en esto, Alveston, creo que debemos ocuparnos de ello entre los dos.

—Cuente conmigo, señor —respondió Alveston—, en la medida en que pueda serle de ayuda.

Darcy se volvió hacia Stoughton.

—Tal vez necesitemos una camilla. ¿No hay una en la habitación contigua a la armería?

—Sí, señor. Es la que usamos cuando lord Instone se fracturó la pierna durante la cacería.

—Vaya a buscarla, por favor. Y necesitaremos mantas, coñac, agua y linternas.

—Yo le ayudaré —intervino Alveston, e inmediatamente se marchó con Stoughton.

A Darcy le pareció que ya había perdido demasiado tiempo hablando y dedicándose a los preparativos, pero al consultar la hora comprobó que solo habían transcurrido quince minutos desde la teatral aparición de Lydia. Fue entonces cuando oyó ruido de cascos de caballo y, al volverse, vio a un jinete galopando sobre el prado, a lo largo del río. El coronel Fitzwilliam había regresado. Todavía no había desmontado cuando Stoughton dobló la esquina de la casa con la camilla cargada al hombro, seguido de Alveston y un criado, que llevaban varias mantas, las botellas de agua y coñac, y tres linternas. Darcy se acercó al coronel y, muy brevemente, lo puso al corriente de lo sucedido desde su marcha, y le informó de cuáles eran sus planes.

Fitzwilliam escuchó en silencio, antes de comentar:

—Están ustedes organizando una impresionante expedición para complacer a una mujer histérica. Yo diría que los dos insensatos se han perdido en el bosque, o que uno de ellos ha tropezado con una raíz y se ha torcido el tobillo. Seguramente, en este preciso instante, se están acercando a Pemberley renqueantes, o a la posada de King's Arms, pero, si el cochero oyó disparos, será mejor que vayamos armados. Iré a buscar mi pistola y me reuniré con ustedes en el coche. Si finalmente hace falta la camilla, no les vendrá mal otro hombre, y un caballo sería un estorbo si hemos de internarnos en la espesura del bosque, lo que parece probable. Traeré también mi brújula de bolsillo. Que dos hombres hechos y derechos se pierdan como niños ya resulta bastante ridículo. Pero que se perdieran cinco sería el colmo.

Volvió a subirse al caballo y se dirigió al trote a los establos. El coronel no había ofrecido explicación alguna sobre su ausencia y Darcy, arrastrado por los acontecimientos, no había pensado siquiera en él. Sí pensó que, fuera donde fuese que hubiera ido, su regreso resultaba inoportuno si este retrasaba la partida, o si exigía una información y unas explicaciones que nadie podía proporcionarle aún, aunque era cierto que no les vendría mal contar con un hombre más. Bingley permanecería en casa para cuidar de las mujeres, y él podía, como siempre, confiar en que Stoughton y la señora Reynolds velarían por que todas las puertas y las ventanas quedaran bien cerradas y por mantener a raya la curiosidad de los criados. Pero no se produjo ningún retraso. Su primo regresó a los pocos minutos, y ayudó a Alveston a atar la camilla al coche. Los tres hombres se subieron a él y Pratt montó el primer caballo.

Fue entonces cuando Elizabeth se acercó corriendo hasta el coche.

—Nos olvidamos de Bidwell. Si hay algún problema en el bosque, él debería estar con su familia. Tal vez ya haya llegado. ¿Sabe si ya ha partido hacia su cabaña, Stoughton?

—No, señora. Sigue sacando brillo a la plata. No cuenta

con regresar a casa hasta el domingo. Hay personal interno que sigue trabajando, señora.

Sin dar tiempo a Elizabeth a añadir nada, el coronel bajó del coche diciendo:

—Ya voy yo a por él. Sé dónde estará: en la despensa del mayordomo. Y se ausentó.

Elizabeth se fijó entonces en el ceño fruncido de su esposo, y constató que compartía con ella su sorpresa. Ahora que el coronel había regresado, era evidente que parecía decidido a hacerse con el control de la empresa en todos sus aspectos, aunque, pensándolo mejor, tal vez no resultara tan sorprendente; no en vano estaba acostumbrado a tomar el mando en momentos de crisis.

Fitzwilliam regresó al poco, aunque sin Bidwell.

—Se ha alterado tanto ante la idea de dejar el trabajo a medias que no he querido presionarlo. Como es costumbre la noche antes del baile, Stoughton ya había dispuesto que se quedara a dormir aquí. Mañana trabajará todo el día, y su esposa no espera verlo hasta el domingo. Le he asegurado que comprobaría que todo estuviera bien en la cabaña. Espero no haberme extralimitado.

Dado que el coronel carecía de autoridad sobre los miembros del servicio de Pemberley, no podía haberse extralimitado en ella, por lo que era poco lo que a Elizabeth le cabía comentar.

Finalmente emprendieron la marcha, observados desde la entrada por el pequeño grupo formado por Elizabeth, Bingley y los dos sirvientes. Nadie dijo nada y después, transcurridos unos momentos, cuando Darcy se volvió para mirarlos, comprobó que el gran portón de Pemberley se había cerrado ya, y que la casa, serena y bella, bañada por la luna, parecía desierta.

2

En Pemberley no había nada descuidado, pero el noroeste del bosque, a diferencia de la arboleda, apenas requería cuidados, y no los recibía. De vez en cuando se talaba algún árbol para usarlo como combustible en invierno, o para reparar con él alguna cabaña, y se podaban los arbustos que crecían demasiado cerca del camino. Si algún árbol moría, se cortaba y se retiraba el tronco. Un camino estrecho, trazado por las ruedas de las carretas que llevaban las provisiones hasta la entrada de servicio, iba desde la casa del guarda hasta el espacioso patio trasero de Pemberley, más allá del cual se encontraban los establos. En ese patio, una de las puertas traseras de la mansión conducía a un pasadizo que comunicaba con la armería y el despacho del secretario.

El coche, que soportaba el peso de tres pasajeros, la camilla y las dos piezas de equipaje propiedad de Wickham y el capitán Denny, avanzaba despacio, y sus tres ocupantes se mantenían en silencio, silencio que, en el caso de Darcy, parecía más bien un letargo impreciso. Súbitamente, la carroza aminoró la marcha y se detuvo. Despertándose, Darcy asomó la cabeza por la ventanilla y sintió una primera ráfaga de lluvia en el rostro. Le pareció que, ante ellos, se alzaba un gran peñasco fracturado, amorfo, impenetrable, y al contemplarlo creyó verlo temblar, como si estuviera a punto de desmoronarse. Pero entonces su mente regresó a la realidad, y las fisuras de la roca se ensancharon hasta convertirse en un paso entre árboles tupidos; oyó que Pratt instaba a los reacios caballos a adentrarse en el camino del bosque.

Despacio, se internaron en la oscuridad, que olía a tierra mojada. Viajaban iluminados por la luz fantasmagórica de la luna, que parecía adelantárseles como una compañera irreal, y que tan pronto se perdía como reaparecía ante ellos. Recorrido un trecho más, Fitzwilliam se dirigió a Darcy:

—A partir de aquí, sería mejor que siguiéramos a pie. Tal vez Pratt no tenga buena memoria, y debemos inspeccionar bien el camino para encontrar el punto exacto por el que Wickham y el capitán Denny entraron en el bosque, y por el que pueden haberlo abandonado. Fuera del coche oiremos y veremos mejor.

Abandonaron el vehículo, llevando consigo las linternas y, como Darcy había supuesto, el coronel se situó al frente. Las hojas muertas tapizaban el suelo y amortiguaban sus pasos, y Darcy oía apenas los crujidos del carruaje, la respiración agitada de los caballos y el chasquido de las riendas. Algunas ramas se entrelazaban en lo alto, formando un túnel denso a través del cual, en ocasiones, se adivinaba la luna, y en aquella oscuridad cerrada, del viento solo les llegaba el débil crujido de las ramas más altas, como si albergaran aún los chirridos de los pájaros de primavera.

Como le sucedía siempre que se internaba en el bosque, los pensamientos de Darcy lo condujeron hasta su bisabuelo. El atractivo de aquel lugar para George Darcy, fallecido hacía ya tanto tiempo, debía de radicar en parte en su diversidad, en sus senderos secretos y sus vistas inesperadas. Allí, en su remoto refugio custodiado por los árboles, donde las aves y las alimañas llegaban sin impedimento alguno hasta su puerta, le era posible creer que la naturaleza y él eran uno, que respiraban el mismo aire y eran guiados por el mismo espíritu. Cuando era niño y jugaba en aquel bosque, Darcy siempre comprendía a su antepasado, y se había dado cuenta pronto de que aquel Darcy poco mencionado en la familia, que había abdicado de su responsabilidad para con la hacienda y la finca, era una vergüenza para los suyos. Antes de disparar a su perro, *Soldado*, y de pegarse un tiro él mismo, había redactado una nota breve en la que pedía que se lo enterrara junto al animal, pero la familia no había respetado aquella voluntad sacrílega, y George Darcy había recibido sepultura junto a sus antepasados, en la zona del camposanto de la iglesia reservada a la familia, mientras que a *Soldado* le levantaron una tumba en el bosque, con su lápida de granito, en la que solo se grabó su nombre y la fecha de su muerte. Desde que era niño, Darcy había notado que su padre temía que en la familia hubiera alguna debilidad hereditaria, y le había adoctrinado desde muy pronto sobre las grandes obligaciones que recaerían sobre sus hombros una vez que heredara el título, responsabilidades que afectaban tanto a la finca como a quienes servían en ella y de ella dependían, y que ningún primer hijo varón podía rechazar.

El coronel Fitzwilliam avanzaba a paso lento, moviendo la linterna de lado a lado y pidiéndoles que se detuvieran de vez en cuando para poder inspeccionar mejor entre el denso follaje en busca de indicios de que alguien había pasado por allí. Darcy, a pesar de saber que era injusto por su parte, no podía dejar de pensar que el coronel, al asumir aquel papel protagonista, probablemente, estaba pasándolo bien. Ocupando la segunda posición, delante de Alveston, Darcy avanzaba con el ánimo sombrío, interrumpido a veces por arrebatos de ira que eran como la oleada de una marea ascendente. ¿Es que nunca iba a librarse de George Wickham? Esos eran los bosques en los que los dos habían jugado siendo niños. Eran épocas que en otro tiempo había recordado como despreocupadas y felices, pero ¿había sido auténtica su amistad infantil? ¿El joven Wickham ya entonces habría estado alimentando la envidia, el resentimiento y la aversión? Aquellos juegos violentos, aquellas falsas peleas que en ocasiones lo dejaban magullado... ¿No habría sido vehemente en exceso el joven Wickham? Comentarios sin importancia, frases hirientes ahora regresaban a su conciencia, bajo la cual habían permanecido años sin turbarlo. ¿Cuánto tiempo llevaba Wickham planeando aquella venganza? Saber que su hermana solo había evitado caer en desgracia y verse cubierta de ignominia porque él era lo bastante rico como para comprar el silencio de su aspirante a seductor le causaba tal amargura que en varias ocasiones había estado a punto de gruñir en voz alta. Había intentado alejar de su mente aquella humillación, inmerso en la felicidad de su matrimonio, pero ahora había regresado, alimentada durante los años de represión, convertida en una carga insoportable de vergüenza y malestar consigo mismo, más pesada, si cabía, por la certeza de que lo que lo había llevado a casarse con Lydia Bennet había sido su dinero. Aquel gesto suyo de generosidad había nacido de su amor por Elizabeth, sí, pero había sido precisamente su matrimonio con ella lo que había convertido a Wickham en un miembro de su familia, y le había otorgado el derecho de llamar a Darcy hermano y de ejercer de tío de los pequeños Fitzwilliam y Charles. Tal vez consiguiera mantener a Wickham lejos de Pemberley, pero jamás lograría desterrarlo de su mente.

Al cabo de cinco minutos llegaron al sendero que unía el camino con la cabaña del bosque. Hollado con frecuencia a lo largo de los años, era estrecho, pero resultaba fácil de distinguir. Antes de que Darcy tuviera ocasión de decir nada, el coronel se desplazó hacia el sendero con prisa, levantando la linterna y, alargándole su pistola, le dijo:

—Será mejor que la lleve usted. No creo que haya problemas, y si la señora Bidwell y su hija me ven con ella se asustarán. Comprobaré que estén bien y aconsejaré a la señora Bidwell que cierre bien la puerta y que bajo ningún concepto deje entrar a nadie en la casa. Le informaré de que dos caballeros pueden haberse perdido en el bosque y los estamos buscando. No tiene sentido contarle otra cosa.

Al momento desapareció y se perdió de vista. Los sonidos de su partida los engulló la densidad del bosque. Darcy y Alveston permanecieron inmóviles, en silencio. Los minutos parecían dilatarse y, tras consultar la hora, Darcy constató que el coronel llevaba casi veinte minutos ausente cuando se oyó el crujido de unas ramas y este reapareció.

Quitándole el arma a Darcy, dijo secamente:

—Todo está bien. La señora Bidwell y su hija han oído ruido de disparos, no muy lejos, pero no en las proximidades de la casa. Han cerrado la puerta de inmediato, y no han oído nada más. La muchacha (se llama Louisa, ¿verdad?) ha estado a punto de sufrir un ataque de histeria, pero su madre ha conseguido que se serenara. Es mala suerte que esto haya sucedido la noche en que Bidwell no está en casa. —Se volvió hacia el cochero—. Esté atento y deténgase cuando lleguemos al punto donde el capitán Denny y el señor Wickham han abandonado el coche.

Volvió a ocupar la cabeza de la pequeña expedición, y los tres se pusieron de nuevo en marcha, caminando despacio. Algunas veces, Darcy y Alveston alzaban las linternas e inspeccionaban algún punto del sotobosque, aguzando el oído por si les llegaba algún sonido. Después, transcurridos unos cinco minutos, el coche se detuvo.

—Creo que ha sido aquí, señor —dijo Pratt—. Recuerdo este roble de la izquierda, y estas bayas rojas.

Sin dar tiempo al coronel a decir nada, Darcy preguntó:

—¿En qué dirección se ha ido el capitán Denny?

—Hacia la izquierda, señor. Yo no he visto que hubiera ningún camino, pero se ha internado a toda prisa en el bosque, como si los arbustos no existieran.

—¿Y cuánto tiempo ha transcurrido hasta que el señor Wickham ha salido tras él?

—No más de uno o dos segundos, supongo. Como ya le he dicho, señor, la señora Wickham se ha aferrado a él y ha intentado impedir que lo siguiera, y no dejaba de llamarlo a voces, pero al ver que no regresaba, y tras oír los disparos, me ha pedido que nos pusiéramos en marcha y acudiéramos a Pemberley lo antes posible. Se ha pasado el camino gritando, señor, repitiendo que nos iban a matar a todos.

—Espere aquí —le ordenó Darcy— y no abandone el coche. —Se volvió hacia Alveston—. Será mejor que llevemos la camilla. Sí, quedaremos ridículos si solo se han perdido y van caminando sanos y salvos, pero esos disparos no dejan de ser preocupantes.

Alveston desató y bajó la camilla del coche.

—Y más ridículos aún si somos nosotros los que nos perdemos —replicó él—. Pero supongo que conoce bien estos bosques, señor.

—Lo bastante bien, espero, como para saber salir de ellos.

No iba a resultar fácil avanzar con la camilla por el sotobosque, pero, tras comentar el problema, Alveston decidió llevarla enrollada al hombro y, finalmente, se pusieron en marcha.

Pratt no se había opuesto a la orden de permanecer en el coche, pero resultaba evidente que no le entusiasmaba la idea de quedarse solo, y sin querer transmitía su nerviosismo a los caballos, cuyos pataleos y relinchos parecían a Darcy un acompañamiento adecuado para una misión que empezaba a considerar algo insensata. Abriéndose paso por entre unos arbustos casi impenetrables, avanzaban en fila india, con el coronel a la cabeza, moviendo las linternas de lado a lado y deteniéndose ante el menor indicio de que alguien hubiera pasado recientemente por el camino, mientras Alveston sorteaba con dificultad las ramas bajas de los árboles, que se enredaban con las varas de la camilla. Se detenían cada pocos pasos, daban voces y escuchaban en silencio, pero no obtenían respuesta. El viento, que ya había empezado a amainar, de pronto cesó por completo, y en la calma que siguió parecía que la vida secreta del bosque se hubiera detenido ante la aparición inesperada de los hombres.

Al principio, a partir del descubrimiento de las ramas rotas de algunos arbustos y de varios charcos que podían ser huellas, albergaron la esperanza de ir por buen camino, pero al cabo de cinco minutos la densidad de árboles y arbustos comenzó a menguar, y, viendo que sus llamadas no obtenían respuesta, se detuvieron a considerar qué debían hacer. Temiendo perder el contacto con el resto si alguno de los tres se perdía, se habían mantenido muy cerca los unos de los otros, y habían avanzado en dirección oeste. Ahora decidieron regresar al coche girando hacia el este, hacia Pemberley. Era imposible que tres hombres solos pudieran cubrir la extensión de aquel inmenso bosque; si ese cambio de rumbo no surtía efecto, regresarían a la casa y, si Wickham y Denny no habían llegado cuando amaneciera, convocarían a los empleados de la finca y tal vez a la policía para organizar una búsqueda más exhaustiva.

Siguieron avanzando y, de pronto, la barrera enmarañada de arbustos se afinó, y entrevieron un claro iluminado por la luna, creado por una hilera de esbeltos abedules plateados que formaban un círculo. Caminaron con energías renovadas por entre la maleza, aliviados ante la esperanza de librarse de aquella cárcel de arbustos y troncos gruesos e implacables, y de alcanzar la libertad y la luz. Allí no sentirían sobre sus cabezas el palio de las ramas, y al acercarse más, los delicados troncos plateados por la luz de la luna compusieron una visión tan hermosa que parecía más quimérica que real.

El claro del bosque se extendía ante ellos. Pasaron despacio, casi invadidos por un temor reverencial, entre dos de los finos troncos, y quedaron inmóviles, como si ellos también hubieran echado raíces en la tierra, mudos de horror. Ante ellos, sus colores descarnados creando un contraste brutal con la luz tamizada, se alzaba un retablo de muerte. Ninguno de los tres dijo nada. Avanzaron despacio, como un solo hombre, con las linternas en alto. Los potentes haces de luz que partían de ellas desbancando la tenue palidez de la luna conferían más brillo al rojo de la casaca del oficial, y al fantasmal rostro manchado de sangre, con los ojos muy abiertos, vidriosos, vueltos hacia ellos.

El capitán Denny yacía boca arriba, el ojo derecho cubierto de sangre, el izquierdo congelado, fijo, ciego, iluminado por la luna lejana. Wickham se encontraba arrodillado sobre él, las manos ensangrentadas, su propio rostro una máscara llena de salpicaduras. Hablaba con voz ronca y gutural, pero las palabras brotaban con claridad de su boca.

—¡Está muerto! ¡Dios mío! ¡Denny está muerto! ¡Era mi amigo, mi único amigo, y lo he matado! ¡Es culpa mía!

Antes de que pudieran decir nada, se echó hacia delante y rompió en sollozos, unos sollozos ahogados, que se quebraban en su garganta, y se desplomó sobre el cuerpo de Denny. Los dos rostros ensangrentados casi se tocaron.

El coronel se inclinó sobre Wickham, antes de incorporarse.

—Está borracho —declaró.

—¿Y Denny? —preguntó Darcy.

—Muerto. Mejor no tocarlo. Reconozco la muerte cuando la veo. Subámoslo a la camilla y yo ayudaré a transportarlo. Alveston, seguramente usted sea el más fuerte de los tres. ¿Puede ayudar a Wickham a llegar al coche?

—Diría que sí. No pesa demasiado.

En silencio, Darcy y el coronel levantaron el cuerpo sin vida de Denny y lo posaron sobre la camilla de lona. El coronel, entonces, retrocedió y ayudó a Alveston a poner en pie a Wickham, que se tambaleó pero no opuso resistencia. Su aliento, que liberaba entre sollozos entrecortados, contaminaba el aire del claro del bosque con su hedor a whisky. Alveston era más alto y, una vez consiguió levantar la mano derecha de Wickham y colocársela sobre el hombro, pudo sostener su peso muerto y arrastrarlo unos pasos.

El coronel había vuelto a agacharse, y en ese momento se incorporó. Sostenía una pistola en la mano. Olió el cañón y dijo:

—Supuestamente, esta es el arma con la que se han hecho los disparos.

Entonces Darcy y él agarraron las varas de la camilla y, no sin esfuerzo, la levantaron. La triste procesión inició el trabajoso camino de regreso al coche, la camilla primero y después Alveston, unos pasos más atrás, cargando con gran parte del peso de Wickham. Su tránsito reciente por el camino resultaba evidente, y no tuvieron problemas para desandar sus pasos, pero el regreso resultaba lento y tedioso. Darcy caminaba detrás del coronel con gran desolación de espíritu, y en su mente bullían tantos temores e inquietudes que le impedían pensar racionalmente. Jamás se había preguntado si Elizabeth y Wickham habían intimado mucho en los días de su amistad en Longbourn, pero, ahora, las dudas y los celos, que sabía injustificados e innobles, se agolpaban en su mente. Durante un instante terrible deseó que fuera el cuerpo de Wickham el que ocupara la camilla, y ser consciente, aunque fuera solo un segundo, de que deseaba la desaparición de su enemigo le causó espanto.

El alivio de Pratt al verlos llegar fue evidente, pero al descubrir la camilla empezó a temblar de miedo, y hasta que el coronel lo conminó imperiosamente, no logró controlar los caballos, que, al olor de la sangre, habían empezado a encabritarse. Darcy y el coronel posaron la camilla en el suelo y aquel cubrió el cuerpo de Denny con una manta que había sacado del coche. Wickham se había mantenido en silencio durante el camino, pero ahora parecía cada vez más beligerante, y Alveston, con gran alivio y ayudado por el coronel, logró que se subiera al cabriolé y se sentó a su lado. El coronel y Darcy levantaron la camilla una vez más y, con hombros doloridos, cargaron con ella. Pratt consiguió al fin controlar a los caballos y, en silencio y con gran cansancio de cuerpo y espíritu, Darcy y el coronel siguiendo al coche, iniciaron el largo camino de regreso a Pemberley.

3

Tan pronto como convenció a Lydia, algo más calmada, de que debía acostarse, Jane pudo dejarla al cuidado de Belton, y regresó junto a Elizabeth. Juntas corrieron hasta la puerta principal, a tiempo de ver partir a la expedición de rescate. Bingley, la señora Reynolds y Stoughton ya se encontraban allí, y los cinco permanecieron contemplando la oscuridad hasta que del cabriolé solo se distinguían las dos luces lejanas. Entonces el mayordomo cerró la puerta y pasó los cerrojos.

La señora Reynolds se volvió hacia Elizabeth.

—Me quedaré con la señora Wickham hasta que llegue el doctor McFee, señora. Espero que le administre algo que la calme y le permita dormir. Sugiero que la señora Bingley y usted regresen al salón de música a esperar. Allí estarán cómodas, y la chimenea está encendida. Stoughton permanecerá junto a la puerta, montando guardia, y en cuanto aparezca el coche se lo hará saber. Y si encuentran al señor Wickham y al capitán Denny por el camino, en el cabriolé hay sitio para que regresen todos, aunque tal vez no sea el viaje más cómodo de su vida. Imagino que a los caballeros les vendrá bien tomar algo caliente cuando regresen, pero dudo, señora, que el señor Wickham y el capitán Denny deseen quedarse a compartir el refrigerio. Una vez que el señor Wickham sepa que su esposa está sana y salva, su amigo y él preferirán, sin duda, reemprender la marcha. Creo que Pratt ha dicho que se dirigían a la posada King's Arms de Lambton.

Aquello era exactamente lo que Elizabeth deseaba oír, y pensó que tal vez la señora Reynolds lo decía, precisamente, para tranquilizarla. La posibilidad de que Wickham o el capitán Denny se hubieran torcido un tobillo durante su forcejeo en el bosque y tuvieran que quedarse en casa, aunque fuera solo una noche, la perturbaba profundamente. Su esposo nunca le negaría refugio a un hombre herido, pero aceptar a Wickham bajo el techo de Pemberley le resultaría aberrante, y podría tener consecuencias que temía imaginar siquiera.

—Iré a cerciorarme de que todo el servicio que trabaja en los preparativos del baile de mañana se haya acostado ya —dijo la señora Reynolds—. Sé que a Belton no le importa quedarse despierta por si hace falta, y que Bidwell sigue trabajando, pero él es absolutamente discreto. Nadie tiene por qué enterarse de la aventura de esta noche hasta mañana, y eso solo en la medida en que resulte imprescindible.

Empezaban a subir la escalera cuando Stoughton anunció que el carruaje que habían enviado en busca del doctor McFee regresaba ya, y Elizabeth decidió recibirlo y explicarle sucintamente lo sucedido. Al médico siempre se le brindaba una cálida acogida en aquella casa. Se trataba de un viudo de mediana edad cuya esposa había muerto joven, dejándole una fortuna considerable, y aunque podía permitirse usar su propio coche, prefería realizar sus visitas a caballo. Con el cuadrado maletín de piel atado a la silla, era una figura bien conocida en los caminos y las calles de Lambton y Pemberley. Tras tantos años cabalgando con buen y con mal tiempo, tenía las facciones curtidas, pero, aunque no se lo consideraba un hombre apuesto, poseía un rostro franco en el que se dibujaba la inteligencia y en el que la autoridad y la benevolencia se daban la mano de tal modo que parecía destinado a ser médico rural. Según su filosofía de la medicina, el cuerpo humano contaba con una tendencia natural a curarse por sí mismo si los pacientes y los doctores no conspiraban para interferir en el proceso, y, aunque reconocía que la naturaleza humana requiere de pastillas y pociones, confiaba en las pócimas que él mismo preparaba y por las que sus pacientes demostraban una fe absoluta. La experiencia le había enseñado que los familiares de los enfermos molestaban menos si se los mantenía ocupados para bien de los suyos, y había ideado unos brebajes cuya eficacia era proporcional al tiempo que se tardaba en prepararlos. Su paciente ya lo conocía, pues la señora Bingley lo llamaba siempre que su esposo, hijos, amigos de paso o criados mostraban la menor señal de indisposición, y se había convertido en amigo de la familia. Era un alivio inmenso que visitara a Lydia, quien lo recibió con una nueva retahíla de recriminaciones y desgracias, pero se calmó casi tan pronto como él se acercó a su lecho.

Elizabeth y Jane quedaron libres para montar guardia en el salón de música, cuyas ventanas ofrecían una vista despejada del camino que se internaba en el bosque. Aunque ambas intentaban descansar en el sofá, ninguna de las dos resistía la tentación de acercarse constantemente a la ventana, o de caminar de un lado a otro de la estancia. Elizabeth sabía que estaban pensando en lo mismo, y finalmente fue Jane quien lo expresó con palabras.

—Querida Elizabeth, no debemos esperar que regresen pronto. Supongamos que Pratt tarde unos quince minutos en identificar los árboles en los que el capitán Denny y el señor Wickham han desaparecido en el bosque. En ese caso tendrían que buscarlos durante otros quince minutos, o más, si en verdad los dos caballeros están perdidos, y hemos de contar también con el tiempo que tarden en regresar al cabriolé y en volver hasta aquí. Tampoco debemos olvidar que uno de ellos tendrá que acercarse hasta la cabaña del bosque para comprobar que la señora Bidwell y Louisa están bien. Son tantos los imprevistos que podrían dilatar su excursión... Debemos ser pacientes. Calculo que puede transcurrir una hora hasta que veamos aparecer el coche. Y, claro está, también es posible que el señor Wickham y el capitán Denny hayan encontrado por fin el camino y hayan decidido regresar a la posada a pie.

—Yo no creo que hayan hecho eso —intervino Elizabeth—. Tendrían que caminar mucho, y le han dicho a Pratt que, una vez que Lydia estuviera en Pemberley, ellos seguirían hasta la posada King's Arms de Lambton. Además, les hará falta su equipaje. Y seguro que el señor Wickham querrá asegurarse de que Lydia ha llegado sana y salva. En cualquier caso, no sabremos nada hasta que regrese el cabriolé. Existe la esperanza de que los encuentren a los dos en el camino, y de que asistamos pronto al regreso del coche. Entretanto, lo más sensato es que descansemos tanto como podamos.

Pero no lo conseguían, y a cada momento se acercaban a la ventana. Trascurrida una hora, perdieron toda esperanza de un rápido regreso del grupo de rescate, aunque siguieron de pie, sumidas en la callada agonía del miedo. Sobre todo, al recordar que se habían oído disparos, temían ver aparecer el cabriolé avanzando despacio, como un coche fúnebre, seguido a pie por Darcy y el coronel transportando la camilla. En el mejor de los casos, Wickham o Denny irían en ella heridos, no de gravedad, pero sí lo bastante para no poder soportar los brincos del vehículo. Ambas hacían esfuerzos por apartar de su mente la imagen de un cuerpo cubierto por una sábana, y la tarea ingrata de explicar a la alterada Lydia que sus peores temores se habían confirmado y que su esposo estaba muerto.

Llevaban una hora y veinte minutos esperando y, cansadas de hacerlo de pie, se habían alejado de la ventana cuando Bingley apareció acompañando al doctor McFee.

—La señora Wickham estaba agotada de tanto llorar y angustiarse, y le he administrado un sedante. No tardará en dormir plácidamente, espero que durante varias horas. Belton, la doncella, y la señora Reynolds están con ella. Yo puedo acomodarme en la biblioteca y subir más tarde a ver cómo sigue. No necesito que nadie me asista.

Elizabeth le dijo que se lo agradecía mucho. Y cuando el doctor, acompañado por Jane, abandonó la estancia, Bingley y ella regresaron a la ventana.

—No debemos abandonar la esperanza de que todo esté bien —comentó Bingley—. Tal vez los disparos fueran de algún cazador furtivo, o tal vez Denny disparó su arma para advertir a alguien que acechaba en el bosque. No debemos permitir que nuestra mente cree imágenes que la razón nos dirá, sin duda, que son fantasiosas. No puede haber nada en el bosque que haya de atraer a nadie con malas intenciones hacia Wickham ni hacia Denny.

Elizabeth no respondió nada. Ahora, incluso aquel paisaje conocido y amado le resultaba ajeno, el río serpenteaba como un hilo de plata fundida bajo la luna, hasta que una ráfaga de viento lo devolvió a la vida, tembloroso. El camino se perdía en lo que parecía el vacío eterno de un paisaje fantasmagórico, misterioso e irreal, en el que nada humano podía vivir ni moverse. Y solo cuando Jane entraba de nuevo en el salón de música, el cabriolé, finalmente, apareció a lo lejos, al principio apenas una forma móvil definida por el débil parpadeo de sus luces distantes. Resistiendo la tentación de bajar corriendo hasta el portón, permanecieron a la espera, atentos.

Elizabeth no pudo evitar que la desesperación hiciera mella en su voz, y dijo:

—Avanzan despacio. Si todos estuvieran bien, lo harían más deprisa.

Al pensar en ello, no pudo resistir más junto a la ventana, y bajó la escalinata a toda prisa, seguida de Jane y Bingley. Stoughton debía de haber visto el coche desde la ventana de la planta baja, porque la puerta principal ya estaba entornada.

—¿No sería más sensato —se aventuró a sugerir el mayordomo— que regresaran al salón de música? El señor Darcy compartirá con ustedes las noticias en cuanto esté aquí. Hace demasiado frío para esperar fuera, y hasta que llegue el cabriolé nadie podrá hacer nada.

—La señora Bingley y yo preferimos esperar junto a la puerta, Stoughton —replicó Elizabeth.

—Como deseen, señora.

Acompañadas de Bingley, salieron al exterior y allí, de pie, siguieron aguardando. Nadie dijo nada hasta que el coche se encontró a escasa distancia de la puerta y al fin pudieron ver lo que tanto temían: el bulto en la camilla, cubierto por la manta. Sopló una ráfaga de viento, y el rostro de Elizabeth quedó cubierto por sus cabellos. Sintió que se desplomaba, pero logró agarrarse a Bingley, que le pasó un brazo protector por los hombros. En ese preciso instante, el aire levantó un pico de la manta, y todos distinguieron la casaca escarlata del oficial.

El coronel Fitzwilliam se dirigió entonces a Bingley.

—Puede informar a la señora Wickham de que su esposo está vivo. Vivo pero no en condiciones de ser visto. El capitán Denny ha muerto.

—¿De un disparo? —preguntó Bingley.

Fue Darcy quien respondió.

—No, de un disparo no. —Se volvió hacia Stoughton—. Vaya a buscar las llaves de las puertas interior y exterior de la armería. El coronel Fitzwilliam y yo llevaremos el cadáver por el patio norte y lo depositaremos sobre la mesa. —Se volvió una vez más hacia Bingley—. Por favor, acompaña a casa a Elizabeth y a la señora Bingley. Aquí no pueden hacer nada, y tenemos que sacar a Wickham del cabriolé y entrarlo en casa. Les perturbaría verlo en sus presentes condiciones. Tenemos que acostarlo en alguna cama.

Elizabeth se preguntó por qué su esposo y el coronel se resistían a dejar la camilla en el suelo, pero lo cierto es que permanecieron clavados donde estaban hasta que Stoughton, transcurridos unos minutos, regresó con las llaves y se las entregó. Entonces, casi con ceremonia, precedidos por el mayordomo, que parecía un sepulturero mudo, avanzaron por el patio y, doblando la esquina, se dirigieron a la parte trasera de la casa, hacia la armería.

Ahora el cabriolé se agitaba violentamente, y entre las ráfagas de viento, Elizabeth oyó los gritos descontrolados e incoherentes de Wickham, que clamaba contra quienes lo habían rescatado y acusaba de cobardes a Darcy y al coronel. ¿Por qué no habían atrapado al asesino? Llevaban un arma. Sabían cómo usarla. Por Dios, él había disparado una o dos veces y estaría allí en ese momento si ellos no lo hubieran dejado escapar. Después siguió una retahíla de juramentos, los más graves camuflados por el viento, seguida de un estallido de llanto.

Elizabeth y Jane entraron en casa. Ahora Wickham había caído al suelo, y Bingley y Alveston lograron ponerlo en pie y empezaron a arrastrarlo hacia el vestíbulo. Elizabeth apenas se atrevió a posar la vista un instante en el rostro ensangrentado, de ojos muy abiertos, antes de esfumarse, mientras Wickham intentaba liberarse del abrazo de Alveston.

—Necesitaremos una habitación con la puerta resistente, y que pueda cerrarse con llave —dijo Bingley—. ¿Qué nos sugieren?

La señora Reynolds, que ya había regresado, miró a Elizabeth.

—La habitación azul, señora —apuntó—, la del fondo del pasillo norte, sería la más segura. Cuenta solo con dos ventanas pequeñas, y es la que queda más alejada de los cuartos de los niños.

Bingley, que seguía haciendo esfuerzos por controlar a Wickham, llamó a la señora Reynolds.

—El doctor McFee espera en la biblioteca. Dígale que lo necesitamos inmediatamente. No podemos manejar al señor Wickham en el estado en que se encuentra. Infórmele de que estaremos en la habitación azul.

Bingley y Alveston agarraron a Wickham por los brazos y empezaron a subirlo por la escalinata. Se mostraba más calmado, pero seguía sollozando. Al llegar al último peldaño, forcejeó para soltarse y, bajando la mirada enfurecido, pronunció sus imprecaciones finales.

Jane se volvió hacia Elizabeth.

—Será mejor que yo regrese junto a Lydia —dijo—. Belton lleva mucho rato con ella, y tal vez necesite tomarse un respiro. Espero que Lydia esté bien dormida, pero en cuanto despierte debemos asegurarle que su esposo está vivo. Al menos hay algo por lo que alegrarse. Pobre Lizzy, ojalá hubiera podido ahorrarte todo esto.

Las dos hermanas permanecieron juntas un instante más, y Jane abandonó el vestíbulo. Elizabeth estaba temblando y, a punto de desvanecerse, buscó la silla más próxima y se dejó caer en ella. Se sentía desamparada, y deseaba que Darcy apareciera. Él no tardó en regresar de la armería, a través de la parte trasera de la casa. Acudió a su lado de inmediato y, tirando de ella para que se levantara, la estrechó en sus brazos.

—Querida mía, salgamos de aquí y te explicaré lo que ha ocurrido. ¿Has visto a Wickham?

—Sí, he visto cómo lo entraban. Una visión espantosa. Gracias a Dios que Lydia no la ha presenciado.

—¿Cómo está?

—Dormida, espero. El doctor McFee le ha administrado algo para calmarla. Y ahora ha ido con la señora Reynolds a ayudar con Wickham. El señor Alveston y Charles lo están llevando al dormitorio azul, en el corredor norte. Nos ha parecido el aposento más adecuado para él.

—¿Y Jane?

—Está con Lydia y Belton. Pasará la noche en la habitación de Lydia, y Bingley la custodiará desde el vestidor contiguo. Lydia no toleraría mi presencia. Tiene que ser Jane.

—Entonces vamos al salón de música. Debo hablar un momento contigo a solas. Hoy apenas nos hemos visto. Te contaré todo lo que sé, que no es nada bueno. Y después, esta misma noche, debo acudir a notificar la muerte del capitán Denny a sir Selwyn Hardcastle. Es el magistrado más próximo. Yo no puedo hacerme cargo de este caso; a partir de ahora, habrá de ocuparse Hardcastle.

—Pero ¿no puede esperar, Fitzwilliam? Debes de estar exhausto. Y si sir Selwyn llega a venir esta noche con la policía, serán ya más de las doce. No podrá hacer nada hasta mañana.

—Lo correcto es que se informe sin demora al señor Selwyn. Es lo que se espera, y es lo que cabe esperar. Querrá levantar el cadáver de Denny, y probablemente ver a Wickham, si es que está lo bastante sobrio para que lo interroguen. En cualquier caso, amor mío, el cadáver del capitán Denny debe ser retirado lo antes posible. No es mi intención parecer seco ni irreverente, pero sería conveniente que ya se lo hubieran llevado cuando los criados se levanten. Habrá que informarles de lo sucedido, aunque para todos nosotros será más fácil, y para el servicio más aún, si el cuerpo ya no está aquí.

—Pero podrías, por lo menos, comer y beber algo antes de irte. Hace horas de la cena.

—Me quedaré cinco minutos para tomar un café y asegurarme de que Bingley queda debidamente informado, pero después tendré que ausentarme.

—¿Y el capitán Denny? Dime qué ha ocurrido. Cualquier cosa será mejor que este suspense. Charles habla de un accidente. ¿Lo ha sido?

—Mi amor —respondió él con ternura—, debemos esperar a que los médicos examinen el cuerpo y nos digan cómo murió el capitán. Hasta entonces, todo serán conjeturas.

—De modo que sí podría haber sido un accidente.

—Consuela esperar que así haya sido, aunque yo sigo creyendo lo que he pensado al ver el cadáver: que el capitán Denny ha sido asesinado.

4

Cinco minutos después, Elizabeth aguardaba junto a Darcy frente al portón principal a que trajeran el caballo, y no volvió a entrar en casa hasta que lo vio partir al galope y fundirse con la penumbra de aquella noche de luna. El viaje no iba a resultarle agradable. Al viento, que había perdido parte de su fuerza, había seguido una lluvia oblicua, pero ella sabía que se trataba de un gesto necesario. Darcy era uno de los tres magistrados de la jurisdicción de Pemberley y Lambton, pero no podía formar parte de aquella investigación, y lo correcto era que uno de sus colegas fuera informado de la muerte de Denny sin dilación. Además, esperaba que se llevaran el cadáver de Pemberley antes de que amaneciera, momento en que Darcy y ella misma habrían de informar al servicio de parte de lo sucedido. La presencia de la señora Wickham tendría que aclararse, y era poco probable que la propia Lydia fuera discreta. Darcy era un buen jinete, e incluso con mal tiempo no temía cabalgar de noche, pero, al forzar la vista para adivinar el último destello de sombra de su caballo veloz, Elizabeth tuvo que reprimir el temor irracional, el presentimiento de que algo espantoso le ocurriría antes de que llegara a Hardcastle, y de que estaba destinada a no verlo nunca más.

Para Darcy, en cambio, galopar en plena noche fue adentrarse en una libertad temporal. Aunque seguían doliéndole los hombros por el peso de la camilla, y se sabía exhausto física y mentalmente, el azote del viento y la lluvia helada en el rostro fueron para él una liberación. Se sabía que sir Selwyn Hardcastle era el único magistrado que se encontraba siempre en su residencia. Vivía a ocho millas de Pemberley, podría ocuparse del caso y lo haría con gusto, pero no era el colega que Darcy habría escogido. Desgraciadamente, Josiah Clitheroe, tercer miembro de la magistratura local, vivía incapacitado a causa de la gota, enfermedad tan dolorosa como inmerecida en su caso, pues el doctor, a pesar de que su afición por las buenas cenas era notoria, no probaba siquiera el vino de Oporto, que, según se creía, era la causa principal de aquel mal tan dañino. El doctor Clitheroe era un abogado distinguido, respetado más allá de las fronteras de su Derbyshire natal y, consecuentemente, estaba bien considerado en cualquier juicio, a pesar de su locuacidad, que le nacía de creer que la validez de un razonamiento era proporcional a lo que se tardara en formularlo. Analizaba con escrupuloso detalle todos los pormenores de los casos de los que se ocupaba, estudiaba y discutía casos similares juzgados con anterioridad, y exponía las leyes pertinentes a cada circunstancia. Y si consideraba que las sentencias de algún filósofo de la Antigüedad —sobre todo Sócrates o Aristóteles— podían aportar peso a un argumento, no dudaba en usarlas. Pero, a pesar de todos los circunloquios, su decisión final resultaba siempre razonable, y habrían sido muchos los acusados que se habrían sentido injustamente discriminados si el doctor Clitheroe no les hubiera mostrado la deferencia de disertar incomprensiblemente al menos durante una hora cuando aparecía ante ellos.

Para Darcy, la enfermedad de Clitheroe resultaba especialmente inoportuna. Sir Selwyn Hardcastle y él, a pesar de respetarse como magistrados, no se sentían cómodos el uno en compañía del otro y, de hecho, hasta que el padre de Darcy heredó Pemberley, las dos casas habían vivido enfrentadas. Las discrepancias se remontaban a la época del abuelo de Darcy, cuando se juzgó a un criado de Pemberley, Patrick Reilly, acusado de haber robado un ciervo del coto de caza que por entonces era propiedad de sir Selwyn y, tras emitirse una sentencia de culpabilidad, fue condenado a morir en la horca.

La ejecución había indignado a los habitantes de Pemberley, que pese a todo aceptaron que el señor Darcy había hecho lo posible por salvar al muchacho, y sir Selwyn y él quedaron clasificados según sus respectivos papeles, públicamente definidos, de defensor a ultranza de la ley el uno, y de magistrado compasivo el otro, distinción a la que contribuía el revelador significado del apellido Hardcastle, castillo duro. Los miembros del servicio siguieron el ejemplo de sus señores, y el resentimiento y la animosidad entre las dos casas se transmitieron de padres a hijos. Solo cuando el padre de Darcy pasó a hacerse cargo de Pemberley hubo un intento de cerrar la herida, que aun así no cicatrizó hasta que este, encontrándose ya en su lecho de muerte, pidió a su hijo que hiciera todo lo que estuviera en su mano para que regresara la armonía, pues el mantenimiento de la hostilidad no convenía ni a los intereses de la ley ni a las buenas relaciones entre las dos casas. Darcy, frenado por su carácter reservado y por la convicción de que tratar abiertamente de un problema era, tal vez, reconocer su existencia, optó por una vía más sutil. Empezó a cursar invitaciones a cacerías y a fiestas, que los Hardcastle aceptaron. Quizás él también fuera cada vez más consciente de los peligros de una enemistad largamente alimentada, pero lo cierto era que la aproximación nunca había dado pie a la intimidad. Darcy sabía que, ante el problema que acababa de presentarse, encontraría en Hardcastle a un magistrado concienzudo y honesto, pero no a un amigo.

Su caballo parecía alegrarse tanto como él de poder aspirar un poco de aire puro y de ejercitarse, y en menos de media hora ya había llegado a la mansión Hardcastle. Un antepasado de sir Selwyn había recibido la baronía en tiempos de la reina Isabel, época en que se había construido la casa. Se trataba de un edificio de grandes dimensiones, sinuoso y complejo, y sus siete altas chimeneas constituían un hito que sobresalía entre los olmos que rodeaban la casa formando una especie de barricada. En el interior, las ventanas pequeñas, y los techos bajos, impedían en gran medida la entrada de luz. El padre del actual baronet, impresionado por algunas de las construcciones de sus vecinos, había añadido un ala elegante pero no armoniosa, que ya apenas se usaba más que como alojamiento del servicio, pues sir Selwyn prefería el edificio original, a pesar de sus muchas incomodidades.

Darcy tiró de la cadena de hierro colgada junto a la entrada e hizo sonar la campana con tal estrépito que habría podido despertar a toda la casa. La puerta la abrió en cuestión de segundos Buckle, el proyecto mayordomo de sir Selwyn, que, al igual que su señor, parecía capaz de mantenerse siempre despierto, fuera cual fuese la hora. Sir Selwyn Hardcastle y Buckle eran inseparables, y el cargo de mayordomo de la casa solía considerarse hereditario, ya que el padre de Buckle lo había ejercido antes que él, y antes aún, su abuelo. El parecido físico entre generaciones resultaba notorio: los Buckle eran bajos, corpulentos, de brazos largos y cara de bulldog bueno. El mayordomo cogió el sombrero de Darcy y su casaca de montar y, aunque sabía perfectamente quién era, le preguntó su nombre y lo invitó a aguardar mientras anunciaba su llegada. A Darcy la espera le pareció interminable, pero al fin oyó los pasos lentos del mayordomo acercándose, y llegó el anuncio:

—Sir Selwyn se encuentra en el salón de fumar. Si es tan amable de acompañarme...

Cruzaron el enorme vestíbulo de altos techos abovedados y ventanas de cristales emplomados que albergaba una impresionante colección de armaduras y cornamentas de ciervos, algo mohosas ya por el paso de los años. En él también se exhibían retratos de familia, y con el transcurso de las generaciones los Hardcastle se habían ganado la fama, entre las familias vecinas, de contar con un gran número de ellos, y de gran tamaño, fama basada más en la cantidad que en la calidad. Cada baronet había transmitido al menos un marcado prejuicio u opinión a sus sucesores, entre ellos la creencia, defendida en primera instancia por un sir Selwyn del siglo XVII, de que contratar a un pintor caro para que retratara a las mujeres de la familia era malgastar el dinero. Lo único que hacía falta para satisfacer las pretensiones de los esposos y la vanidad de las mujeres era que el pintor convirtiese en bello un rostro anodino, en precioso un rostro bello, y que dedicara más tiempo y más pintura a los ropajes del modelo que a sus rasgos. Dado que los hombres Hardcastle tendían a admirar el mismo tipo de belleza femenina, la lámpara de araña de tres brazos, colgada muy arriba, iluminaba una hilera de idénticos labios desdeñosos, muy apretados, y de idénticos ojos saltones y hostiles, todos mal pintados, retratos en los que el raso y los encajes tomaban el relevo del terciopelo, la seda reemplazaba el raso, y esta cedía el paso a la muselina. Los varones de la familia habían salido mejor parados. La nariz aguileña característica, las cejas pobladas, de un tono mucho más oscuro que el resto del cabello, y la boca ancha de labios pálidos figuraban en retratos que observaban a Darcy desde las alturas con gesto de superioridad y confianza. Y no costaba creer que allí se encontraba el actual sir Selwyn, inmortalizado a través de los siglos por distintos pintores, y encarnando sus diversos papeles: el de terrateniente y señor responsable, el de paterfamilias, el de benefactor de los pobres, el de capitán de los Voluntarios de Derbyshire, vistosamente ataviado con el fajín propio de su rango y, finalmente, el de magistrado, severo y juicioso pero justo. Eran pocos los visitantes plebeyos de sir Selwyn que, cuando les llegaba el momento de encontrarse en su presencia, no hubieran quedado ya profundamente impresionados y convenientemente intimidados.

Darcy siguió a Buckle a través de un pasadizo estrecho hacia la zona trasera de la casa, y al llegar frente a una pesada puerta de roble, entró sin llamar y anunció con voz estentórea:

—El señor Darcy de Pemberley viene a verlo, sir Selwyn.

Selwyn Hardcastle no se puso en pie. Estaba sentado en una silla de respaldo alto, junto a la chimenea, y llevaba puesta la gorra de fumar. Había dejado la peluca en la mesa redonda sobre la que también reposaban una botella de Oporto y una copa medio llena. Estaba leyendo un libro grueso, que tenía abierto y apoyado en su regazo, y que cerró con evidente pesar tras colocar cuidadosamente el punto en su sitio. La escena parecía casi una reproducción viva de su retrato como magistrado, y a Darcy no le costó imaginar al pintor retirándose discretamente tras la puerta, acabada la sesión. Era evidente que acababan de avivar el fuego, que ardía con fuerza. Darcy hubo de alzar la voz para hacerse oír sobre el crepitar de los troncos, y se disculpó por lo intempestivo de la hora.

—No se preocupe —respondió sir Selwyn—. Casi nunca termino mi lectura diaria antes de la una de la madrugada. Parece usted descompuesto. Supongo que se trata de una emergencia. ¿Cuál es el problema que afecta ahora a la parroquia? ¿Caza furtiva? ¿Sedición? ¿Insurrección a gran escala? ¿Por fin ha vuelto Boney? ¿Han vuelto a robar en el corral de la señora Phillimore? Pero siéntese, por favor. Dicen que esa silla del respaldo labrado es cómoda, y supongo que aguantará su peso.

Dado que era la que Darcy solía ocupar, estaba convencido de ello. De modo que tomó asiento y le relató lo sucedido, sucintamente pero sin omitir nada, revelando los hechos más destacados sin comentarlos. Sir Selwyn lo escuchó en silencio, sin interrumpirlo.

—Veamos si lo he comprendido bien —dijo cuando Darcy dio por concluido el relato—. El señor George Wickham, su esposa y el capitán Denny viajaban en un coche alquilado hacia Pemberley, donde la señora Wickham iba a pasar la noche antes de asistir al baile de lady Anne. El capitán Denny, en determinado momento, abandonó el cabriolé mientras se encontraba en el bosque de Pemberley, supuestamente a causa de alguna desavenencia, y Wickham lo siguió pidiéndole que regresara. Al ver que ninguno de los dos lo hacía, se desató el nerviosismo. La señora Wickham y Pratt, el cochero, explicaron que oyeron disparos unos quince minutos después y, naturalmente, temiendo un desenlace violento, la señora Wickham, cada vez más alterada, pidió al cochero que se dirigiera a toda prisa hacia Pemberley. Tras su llegada, y después de constatar que se encontraba visiblemente disgustada, iniciaron una búsqueda por el bosque usted mismo, el coronel vizconde Hartlep y el honorable Henry Alveston, y los tres descubrieron el cuerpo del capitán Denny y a Wickham arrodillado junto a él, al parecer ebrio y sollozando, con las manos y el rostro ensangrentados. —Se detuvo tras su proeza memorística, y dio unos sorbos al oporto antes de proseguir—. ¿Había sido invitada al baile la señora Wickham?

El cambio en la línea del interrogatorio resultaba inesperado, pero Darcy se lo tomó con calma.

—No. La habríamos recibido en Pemberley, claro está, de haber llegado sin previo aviso, a cualquier hora.

—No invitada, pero recibida, a diferencia de su esposo. Es del dominio público que George Wickham no es recibido nunca en Pemberley.

—No nos tratamos —se limitó a responder Darcy.

Sir Selwyn dejó el libro sobre la mesa con algo de parsimonia.

—Su carácter es bien conocido en la zona. Un buen inicio en la infancia, pero después un descenso a lo salvaje y disoluto, resultado natural de exponer a un joven a una vida a la que jamás podría aspirar por sus propios medios, y a compañías de una clase a la que nunca llegaría a pertenecer. Se rumorea que podría ser otra la causa del antagonismo entre ustedes algo relacionado con su matrimonio con la hermana de su esposa.

—Siempre existen rumores —observó Darcy—. Su ingratitud y falta de respeto por la memoria de mi padre, y nuestras diferencias de posición e intereses bastan para explicar nuestra falta de amistad. Pero ¿no estamos olvidando el motivo de mi visita? No puede existir ningún vínculo entre mi relación con George Wickham y la muerte del capitán Denny.

—Discúlpeme, Darcy, pero no estoy de acuerdo. Sí existen vínculos. El asesinato del capitán Denny, si es que lo es, tuvo lugar en una finca de su propiedad, y el responsable del mismo podría ser un hombre que es su cuñado y del que se conocen las discrepancias que tiene con usted. Cuando a mi mente acuden asuntos relevantes, tiendo a expresarlos. Su posición es algo delicada. Comprenderá que usted no puede participar en la investigación.

—Por eso he venido.

—Habrá que informar al alto comisario, por supuesto. Supongo que es algo que no se ha hecho todavía.

—He considerado más importante notificárselo a usted de inmediato.

—Ha hecho bien. Yo mismo se lo comunicaré a sir Miles Culpepper y, por supuesto, le informaré del curso de las investigaciones a medida que estas se desarrollen. Con todo, dudo que ponga mucho interés personal. Desde que contrajo matrimonio con su nueva esposa parece pasar más tiempo gozando de las variadas diversiones de Londres que ocupándose de los asuntos locales. No lo critico. En ciertos aspectos, su cargo es poco agradable. Sus deberes, como bien sabe, pasan por hacer cumplir los estatutos y por ejecutar las decisiones de la justicia, así como por supervisar y dirigir a los comisarios de rango inferior que trabajan en su jurisdicción. Dado que carece de autoridad formal sobre ellos, cuesta imaginar que sea capaz de lograrlo de un modo eficaz, pero, como sucede con tantas otras cosas en nuestro país, el sistema funciona satisfactoriamente siempre y cuando se deje en manos de personas del lugar. Usted se acuerda de sir Miles, por supuesto. Usted y yo fuimos los magistrados que asistimos a su jura del cargo hace dos años. También me pondré en contacto con el doctor Clitheroe. Tal vez no pueda participar activamente, pero suele ser de gran ayuda en cuestiones legales, y me resisto a asumir yo solo toda la responsabilidad. Sí, creo que entre los dos lo haremos bien. Ahora le acompañaré de regreso a Pemberley en mi coche. Habrá que ir a buscar al doctor Belcher antes de que el cadáver sea levantado, y yo mandaré el furgón mortuorio y a dos agentes rasos. A ambos los conoce: son Thomas Brownrigg, que prefiere ser considerado jefe de distrito en honor a su antigüedad, y el joven William Mason.

Sin esperar a que Darcy dijera nada, se puso en pie, se acercó al cordón y, tirando de él vigorosamente, llamó al mayordomo.

Buckle llegó con tal premura que Darcy supuso que llevaba todo ese tiempo aguardando fuera.

—El abrigo y el sombrero, Buckle —le ordenó su señor—. Y despierte a Postgate si está acostado, cosa que dudo. Quiero que disponga mi carruaje. Han de llevarme a Pemberley, pero en ruta nos detendremos a recoger a dos policías y al doctor Belcher. El señor Darcy nos acompañará a caballo.

Buckle desapareció en la penumbra del corredor, cerrando la puerta tras de sí con lo que pareció una fuerza innecesaria.

—Lamento que mi esposa no vaya a poder recibirlo —dijo Darcy—. Espero que la señora Bingley y ella se hayan retirado a descansar, pero los responsables del servicio estarán despiertos y en sus puestos, y el doctor McFee se encuentra en casa. La señora Wickham se hallaba en un estado de angustia considerable a su llegada a Pemberley, y a la señora Darcy y a mí nos ha parecido adecuado que recibiera atención médica inmediata.

—Y a mí me parece adecuado —comentó sir Selwyn— que el doctor Belcher, en tanto que encargado de asesorar a la policía en cuestiones médicas, participe desde el primer momento. Él ya está acostumbrado a que lo despierten en plena noche. ¿Ha examinado al prisionero el doctor McFee? Doy por sentado que mantienen ustedes encerrado al señor Wickham.

—Encerrado no, pero sí sometido a vigilancia constante. Cuando me disponía a venir hacia aquí, mi mayordomo, Stoughton, y el señor Alveston se encontraban con él. También ha sido atendido por el doctor McFee, y tal vez ahora esté dormido y tarde unas horas en despertar. Quizá fuera más conveniente que llegara usted cuando ya haya amanecido.

—¿Conveniente para quién? —dijo sir Selwyn—. La inconveniencia será sobre todo mía, pero eso no importa cuando es cuestión de deber. ¿Y ha interferido de algún modo el doctor McFee con el cadáver del capitán Denny? Supongo que se habrá asegurado de que sea inaccesible para todos hasta mi llegada.

—El cuerpo del capitán Denny se encuentra tendido sobre la mesa de la armería, que, en este caso sí, está cerrada bajo llave. He considerado que no debía hacerse nada para discernir la causa de la muerte hasta su llegada.

—Ha hecho bien. Sería desgraciado que alguien pudiera sugerir que el cadáver ha sido manipulado de uno u otro modo. Es evidente que lo ideal habría sido dejarlo en el bosque hasta que la policía hubiera podido verlo, pero entiendo que, en el momento, haya parecido una opción poco práctica.

Darcy estuvo tentado de añadir que ni se le ocurrió dejar el cadáver donde estaba, pero consideró más prudente decir lo menos posible.

Buckle acababa de regresar. Sir Selwyn se puso la peluca, que llevaba siempre que se ocupaba de algún asunto oficial en calidad de juez de paz, y el mayordomo le ayudó a enfundarse el abrigo y le alargó el sombrero. Así ataviado, y claramente investido de autoridad para enfrentarse a las posibles misiones que se esperaban de él, pareció al momento más alto y más respetable, la encarnación misma de la ley.

Buckle los acompañó hasta la puerta principal, y Darcy oyó el chasquido de tres cerrojos mientras esperaban, a oscuras, la llegada del carruaje. Sir Selwyn no mostró la menor impaciencia ante la demora, y le formuló una pregunta:

—¿Dijo algo George Wickham cuando lo encontró arrodillado, como dice, junto al cuerpo del capitán?

Darcy sabía que le formularían aquella pregunta tarde o temprano, y no solo a él.

—Se encontraba en un estado de gran agitación —respondió—. Incluso lloraba, y apenas se mostraba coherente. No había duda de que había estado bebiendo, tal vez en grandes cantidades. Parecía creer que era, en alguna medida, responsable de la tragedia, quizá por no haber disuadido a su amigo de abandonar el carruaje. El bosque es lo bastante denso como para proporcionar refugio a cualquier fugitivo desesperado, y ningún hombre prudente se aventuraría a solas por él después de anochecer.

—Darcy, preferiría oír las palabras exactas. Deben de haber quedado impresas en su mente.

Así era, y Darcy las repitió tal como las recordaba.

—«He matado a mi amigo, a mi único amigo. Es culpa mía.» Tal vez no lo haya dicho en el mismo orden, pero ese es el sentido de lo que oí.

—De modo que contamos con una confesión —aventuró Hardcastle.

—No tanto. No podemos estar seguros de lo que estaba admitiendo, ni del estado en que se encontraba en ese momento.

El impresionante carruaje, antiguo y aparatoso, asomó con estrépito tras doblar la esquina de la casa. Volviéndose para añadir algo más, antes de montarse en él, sir Selwyn dijo:

—No busco complicaciones. Usted y yo llevamos ya varios años trabajando juntos como magistrados, y creo que nos comprendemos mutuamente. Tengo plena confianza en que conoce usted sus deberes como yo conozco los míos. Soy un hombre sencillo, Darcy. Cuando un hombre confiesa, y cuando un hombre no se encuentra sometido a amenazas, yo tiendo a creerlo. Pero ya se verá, ya se verá. No debo teorizar por adelantado sobre los hechos.

Apenas unos minutos después, a Darcy le trajeron su caballo, lo montó y el carruaje se puso en marcha con un chasquido. Ya estaban en marcha.

5

Eran más de las once. Elizabeth estaba segura de que sir Selwyn emprendería el camino apenas tuviera conocimiento del asesinato, y pensó que debía ir a ver cómo se encontraba Wickham. Era muy poco probable que siguiera despierto, pero necesitaba convencerse a sí misma de que todo iba bien.

Sin embargo, cuando se encontraba a cuatro pasos de la puerta vaciló, paralizada por un instante de lucidez que su sinceridad le obligó a aceptar. La razón por la que se encontraba ahí era a la vez más compleja y más ineludible que su mero deber de anfitriona y, quizá, más difícil de justificar. No le cabía duda de que sir Selwyn Hardcastle se llevaría detenido a Wickham, y ella no pensaba presenciar cómo se lo llevaban con escolta policial y posiblemente con grilletes. Al menos esa humillación podían ahorrársela. Una vez que lo detuvieran, era poco probable que volvieran a verse, y a ella se le hacía intolerable pensar que aquella fuera la última imagen que quedara fijada en su mente: el joven apuesto, el galante George Wickham, reducido a una figura deplorable, ebria y ensangrentada, gritando maldiciones mientras lo arrastraban, empujándolo casi, hacia el interior de Pemberley.

Cubrió resuelta la distancia que la separaba de la puerta y llamó con los nudillos. Abrió Bingley, y ella se sorprendió al descubrir que Jane y la señora Reynolds se encontraban de pie junto al lecho. Sobre una silla reposaba un cuenco con agua, teñida de sangre y, mientras observaba, vio que la señora Reynolds terminaba de secarse las manos con un paño y lo colgaba junto al recipiente.

—Lydia sigue dormida —comentó Jane—, pero sé que insistirá en acudir junto al señor Wickham en cuanto despierte, y no quería que lo viera en el estado en que estaba cuando lo han traído. Tiene todo el derecho a ver a su esposo aunque esté inconsciente, pero sería horrible que todavía tuviera el rostro manchado de la sangre del capitán Denny. Es posible que una parte sea suya, tiene dos rasguños en la frente, y algunos más en las manos, pero son superficiales, y seguramente se los ha hecho cuando se abría paso entre los arbustos.

Elizabeth se preguntó si había sido buena idea lavarle el rostro. ¿No era posible que sir Selwyn, a su llegada, esperase ver a Wickham en el estado en que se hallaba cuando lo encontraron inclinado sobre el cuerpo? Con todo, la acción de Jane no la sorprendió, ni que Bingley estuviera presente para mostrar su apoyo. A pesar de toda su dulzura y amabilidad, había en su hermana una determinación interior extraordinaria y, una vez que llegaba a la conclusión de que algo estaba bien, no era probable que ningún argumento la disuadiera de su propósito.

—¿Lo ha visto ya el doctor McFee? —preguntó Elizabeth.

—Le ha echado un vistazo hará una media hora, y regresará si se despierta. Esperamos que para entonces esté ya más tranquilo y pueda comer algo antes de que llegue sir Selwyn, aunque el doctor McFee lo considera poco probable. Le ha costado mucho convencerlo para que tomara un poco de brebaje, que de todos modos es muy potente y, según él, le asegurará varias horas de sueño reparador.

Elizabeth se acercó a la cama y permaneció unos instantes contemplando a Wickham. Era evidente que la pócima del doctor McFee había surtido su efecto: el aliento hediondo había desaparecido, y dormía como un niño, respirando apenas, como si estuviera muerto. Con el rostro limpio, los cabellos oscuros esparcidos sobre la almohada, la camisa abierta, por la que asomaba la delicada línea del cuello, su aspecto era el de un joven caballero herido, exhausto tras la batalla. Al contemplarlo, Elizabeth fue sacudida por un vaivén de emociones. Su mente regresó, sin quererlo, a unos recuerdos tan dolorosos que solo lograba enfrentarse a ellos a su pesar. Había estado tan a punto de enamorarse de él... ¿Se habría casado con él si hubiera sido rico en vez de pobre? Seguro que no, ahora sabía que lo que había sentido entonces no había sido amor. Él, el seductor de Meryton, el apuesto recién llegado que subyugaba a todas las muchachas, la había escogido a ella como favorita. Todo había sido vanidad, un juego peligroso en el que los dos habían participado. Ella había aceptado y, lo que era peor, había transmitido a Jane sus argumentos sobre la perfidia del señor Darcy, la convicción de que este le había arruinado todas las posibilidades en la vida, lo había traicionado como amigo y había descuidado fríamente las responsabilidades sobre Wickham que su padre le había encomendado. Y ella no se dio cuenta hasta mucho después de lo inapropiadas que habían sido aquellas revelaciones, confiadas por alguien que apenas le conocía.

Ahora, al contemplarlo, sintió renacer la vergüenza y la humillación por haber mostrado tan poco sentido común, tan poco juicio, tan poco discernimiento sobre el carácter de otras personas, del que siempre se había vanagloriado. Con todo, algo sobrevivía, un sentimiento próximo a la compasión que hacía que le resultara desagradable plantearse cuál podría ser su final y, ni siquiera ahora, ahora que ya sabía que era capaz de lo peor, llegaba a creer que fuera un asesino. Además, fuera cual fuese el resultado, su matrimonio con Lydia lo había convertido en parte de su familia, en parte de su vida y en parte de la vida de Darcy. Ahora, todas las ideas sobre él aparecían manchadas por imágenes terroríficas: el griterío de la multitud que cesaba de pronto, cuando la figura esposada abandonaba la cárcel; los grilletes y la soga al cuello. Ella había deseado que se alejara de sus vidas, pero nunca quiso que fuera así. Así no, por Dios.

LIBRO III

LA POLICÍA EN PEMBERLEY

1

Cuando el carruaje de sir Selwyn y el furgón fúnebre se detuvieron frente a la entrada principal de Pemberley, Stoughton se apresuró a abrir la puerta. Al poco, un mozo de cuadras llegó para ocuparse del caballo de Darcy, y el mayordomo y él, tras un breve intercambio de palabras, convinieron que el vehículo del magistrado y el furgón resultarían menos visibles a cualquier posible curioso si se retiraban de la entrada y, a través de los establos, eran conducidos al patio trasero, desde donde el cuerpo sin vida de Denny podría ser retirado más rápida y discretamente, o eso esperaban. A Elizabeth le había parecido adecuado recibir formalmente a un invitado que llegaba tan tarde y que no era precisamente bienvenido en aquella casa, pero sir Selwyn dejó claro desde el primer momento que tenía prisa por ponerse a trabajar, y se detuvo apenas para dedicarle la preceptiva inclinación de cabeza, que fue respondida, por parte de ella, con una reverencia, y para disculparse por lo intempestivo de la hora y lo inapropiado de la visita, antes de anunciar que empezaría visitando a Wickham, acompañado del doctor Belcher y de los dos policías, el jefe de distrito Thomas Brownrigg y el agente Mason.

A Wickham lo custodiaban Bingley y Alveston, quien abrió cuando Darcy llamó a la puerta. La habitación parecía haber sido pensada como trastero. Estaba amueblada parcamente, con gran sencillez, solo con una cama individual bajo una de las ventanas altas, una jofaina, un armario pequeño y dos sillas de madera. Otras dos, algo más cómodas, habían sido llevadas hasta allí e instaladas a ambos lados de la puerta para que quienes montaran guardia durante la noche lo hicieran algo más descansados. El doctor McFee, sentado a la derecha de la cama, se puso en pie al ver a Hardcastle. Sir Selwyn, que había conocido a Alveston en una de las cenas celebradas en Highmarten y, por supuesto, mantenía contacto con el médico, inclinó levemente la cabeza, a modo de saludo, y se aproximó. Alveston y Bingley se miraron, conscientes de que se esperaba que abandonaran la estancia, y así lo hicieron, en silencio, mientras Darcy permanecía de pie, algo más apartado. Brownrigg y Mason se situaron a ambos lados de la puerta, mirando al frente como para demostrar que, aunque en aquella situación no era adecuado que participaran de modo más activo en la investigación, el aposento y la custodia de su ocupante serían, a partir de ese momento, responsabilidad suya.

El doctor Obadiah Belcher era el asesor médico con el que contaba el alto comisario o el magistrado para que ayudara con las investigaciones y había adquirido una reputación siniestra —algo que no podía sorprender, tratándose como se trataba de un hombre más acostumbrado a diseccionar a los muertos que a tratar a los vivos— a la que contribuía su desgraciado aspecto. Sus cabellos, tan finos como los de un bebé, eran de un rubio casi blanco, y se le pegaban a la piel macilenta. Observaba el mundo con ojos desconfiados, enmarcados por unas cejas delgadísimas. Tenía los dedos largos, muy bien cuidados, y la reacción que solía suscitar en los demás la había resumido a la perfección el cocinero de Highmarten al sentenciar: «No pienso dejar nunca que el doctor Belcher me ponga las manos encima. A saber qué es lo que acaban de tocar.»

A su fama de excéntrico y siniestro también contribuía el hecho de que contara con un pequeño aposento en la parte superior de su vivienda, equipado como laboratorio. Allí, según se rumoreaba, llevaba a cabo experimentos sobre el tiempo que tardaba la sangre en coagular en determinadas circunstancias, o sobre el ritmo de los cambios que se operaban en los cuerpos una vez muertos. Aunque teóricamente era médico de cabecera, solo contaba con dos pacientes, el alto comisario y sir Selwyn Hardcastle, y dado que no constaba que ninguno de los dos hubiera estado nunca enfermo, eso no contribuía en nada a mejorar su reputación médica. Sir Selwyn y otros caballeros relacionados con la aplicación de la ley lo tenían en gran consideración, puesto que en los tribunales expresaba su opinión de hombre de ciencia con gran autoridad. De él también se sabía que estaba en contacto con la Royal Society, y que se carteaba con otros caballeros interesados en experimentos científicos. En general, sus vecinos mejor educados se mostraban más orgullosos de su reputación pública que temerosos ante las escasas explosiones que de tarde en tarde sacudían su laboratorio. Rara vez hablaba sin haber meditado antes lo que decía, y ahora se acercó al lecho y permaneció de pie, en silencio, observando al hombre que dormía.

La respiración de Wickham era tan tenue que apenas se oía, y tenía los labios entreabiertos. Estaba tendido boca arriba, con el brazo izquierdo extendido y el derecho curvado sobre la almohada.

Hardcastle se volvió hacia Darcy.

—Evidentemente, no se encuentra en el estado en el que, según usted me ha dado a entender, se encontraba cuando lo trajeron hasta aquí. Alguien le ha lavado la cara.

Tras un momento de silencio, Darcy miró al magistrado a los ojos y dijo:

—Asumo la responsabilidad de todo lo que ha ocurrido desde que el señor Wickham ha llegado a mi casa.

La respuesta de Hardcastle fue sorprendente. Arqueó los labios fugazmente, componiendo lo que, en cualquier otro hombre, podría haberse considerado una sonrisa.

—Muy caballeroso por su parte, Darcy, pero creo que en este punto cabe sospechar de las damas. ¿Acaso no es esa la que ellas consideran su función? ¿Limpiar el desastre en que convertimos nuestras habitaciones y a veces, también, nuestras vidas? No importa. Su personal de servicio aportará pruebas más que suficientes del estado en que se encontraba Wickham cuando fue trasladado hasta esta casa. No parece haber muestras evidentes de lesiones en su cuerpo, salvo por los pequeños rasguños de la frente y los dedos. La mayor parte de la sangre del rostro y las manos habrá sido del capitán Denny. —Se volvió hacia Belcher—. Supongo, Belcher, que sus avispados colegas científicos todavía no han descubierto la manera de distinguir la sangre de un hombre de la de otro, ¿verdad? A nosotros nos vendría muy bien la ayuda, a pesar de que, claro está, a mí me privaría de mi función, y a Brownrigg y a Mason, de sus empleos.

—Me temo que no, sir Selwyn. No nos planteamos ejercer de dioses.

—¿No? Me alegra oírlo. Yo creía que sí lo hacían.

Como si acabara de percatarse de que la conversación había adquirido un tono excesivamente banal, Hardcastle se volvió con autoridad hacia McFee y se dirigió a él con voz áspera.

—¿Qué le ha administrado? No parece dormido, sino más bien inconsciente. ¿Acaso no sabía que este hombre podría ser el principal sospechoso en una investigación por asesinato, y que yo querría interrogarlo?

—A mis efectos, señor, este hombre es mi paciente —respondió McFee en voz baja—. Cuando lo he visto por primera vez, su estado de embriaguez era manifiesto, se mostraba violento y había empezado a perder el control de sus actos. Después, antes de que el brebaje que le he administrado surtiera completamente su efecto, se ha mostrado incoherente y asustado, aterrorizado más bien, gritando cosas que carecían de sentido. Al parecer veía cuerpos ahorcados en cadalsos, con los cuellos rotos. Era un hombre sumido en una pesadilla antes incluso de conciliar el sueño.

—¿Cadalsos? No sorprende, dada su situación. ¿Y esta es la medicación? Supongo que se trata de una especie de sedante.

—Una mezcla que preparo yo mismo y que he usado en numerosos casos. Lo he convencido para que la tome, asegurándole que le calmaría. En el estado en que se encontraba, no habría podido arrancarle usted nada coherente.

—En este estado, tampoco. ¿Cuánto tiempo cree usted que tardará en despertar y en estar lo bastante sobrio como para poder ser interrogado?

—Es difícil precisarlo. En ocasiones, tras un impacto, la mente se refugia en su inconsciencia, y el sueño es profundo y prolongado. Atendiendo estrictamente a la dosis que le he administrado, debería despertar mañana hacia las nueve, tal vez antes, aunque no puedo asegurárselo. Me ha costado convencerlo para que tomara más de un par de sorbos. Si el señor Darcy da su permiso, propongo quedarme hasta que mi paciente recobre el sentido. La señora Wickham también está a mi cuidado.

—Y, sin duda, también ella está sedada y no puede responder a preguntas.

—La señora Wickham estaba histérica, alterada por el impacto. Se había convencido a sí misma de que su esposo había muerto. He tenido que enfrentarme a una mujer gravemente perturbada que necesitaba el alivio del sueño. No habría obtenido nada de ella hasta que se hubiera calmado.

—Tal vez habría obtenido la verdad. Creo que yo lo entiendo a usted, y que usted me entiende a mí, doctor. Usted tiene sus responsabilidades, y yo tengo las mías. Me considero una persona razonable, y no es mi intención molestar a la señora Wickham hasta la mañana. —Se volvió hacia el doctor Belcher—. ¿Tiene alguna observación que hacer, Belcher?

—Ninguna, sir Selwyn, salvo que apruebo la decisión del doctor McFee de administrar un sedante a Wickham. No habría podido interrogarlo satisfactoriamente en el estado descrito y, si posteriormente fuera llevado a juicio, cualquier cosa que hubiese dicho podría ser cuestionada en el tribunal.

Hardcastle se volvió hacia Darcy.

—En ese caso, regresaré mañana a las nueve en punto. Hasta entonces, el jefe de distrito Brownrigg y el agente Mason montarán guardia y quedarán a cargo de la llave. Si Wickham requiere atención médica, ellos darán aviso. De otro modo, nadie podrá acceder a este aposento hasta que yo regrese. Los comisarios van a necesitar mantas, y comida y bebida para pasar la noche: fiambres, algo de pan, lo acostumbrado.

—Se les proporcionará todo lo que necesiten —dijo Darcy al momento.

Solo entonces Hardcastle pareció percatarse, por primera vez, del gabán de Wickham, colgado de una de las sillas, y del bolso de cuero que reposaba en el suelo, a su lado.

—¿Este es todo el equipaje que viajaba en el coche?

—Aparte de un baúl, un sombrerero y un bolso propiedad de la señora Wickham —respondió Darcy—, en el vehículo encontramos otras dos bolsas, una marcada con las iniciales GW, y la otra con el nombre del capitán Denny. Como Pratt me informó de que el cabriolé había sido contratado para llevar a los dos caballeros hasta la posada King's Arms de Lambton, dejamos las bolsas en el coche hasta que regresamos con el cuerpo sin vida del capitán Denny, y solo entonces ordenamos que las entraran en casa.

—Habrá que examinarlas, por supuesto —anunció el magistrado—. Confiscaré todas las que no pertenezcan a la señora Wickham. Entretanto, veamos qué llevaba encima.

Sostuvo el gabán con las manos y lo agitó vigorosamente. Tres hojas secas pegadas a la tela descendieron revoloteando hasta el suelo, y Darcy se fijó en que había algunas más adheridas a las mangas. Hardcastle entregó la prenda a Mason, que la sujetó mientras sir Selwyn hundía las manos en los bolsillos. Del izquierdo extrajo las pequeñas pertenencias que los viajeros suelen llevar consigo: un lápiz, una libreta pequeña sin ninguna anotación, dos pañuelos, y una petaca a la que Hardcastle quitó el tapón antes de confirmar que contenía whisky. El bolsillo derecho aportó un objeto más interesante, una billetera de piel que Hardcastle abrió, y de la que extrajo un fajo de billetes cuidadosamente doblados, que se dispuso a contar.

—Treinta libras justas. En billetes claramente nuevos, o al menos emitidos recientemente. Le extenderé un recibo por ellos, Darcy, hasta que descubramos quién es su legítimo propietario. Esta misma noche los depositaré en mi caja fuerte. Tal vez mañana a primera hora obtenga alguna explicación sobre dónde ha obtenido tan notable suma. Una posibilidad es que se los quitara a Denny, en cuyo caso podríamos tener un móvil.

Darcy abrió la boca para protestar, pero pensó que si hablaba solo lograría que las cosas empeoraran, y no dijo nada.

—Y ahora —prosiguió Hardcastle—, propongo que vayamos a inspeccionar el cadáver. Supongo que se encuentra custodiado.

—Custodiado, no —admitió Darcy—. El cadáver del capitán Denny está en la armería, bajo llave. La mesa que hay allí me ha parecido un lugar adecuado. Conservo en mi poder las llaves tanto de la habitación como del armario que contiene las armas y la munición; no he considerado necesario disponer la presencia de más vigilantes. Podemos ir ahora. Si no tiene inconveniente, me gustaría que el doctor McFee nos acompañara. Una segunda opinión sobre el estado del cadáver puede resultar ventajosa, ¿no le parece?

Tras unos instantes de vacilación, Hardcastle dijo:

—No veo inconveniente. Usted mismo deseará estar presente, y a mí me harán falta el doctor Belcher y el jefe de distrito Brownrigg, pero nadie más. No hagamos de los muertos un espectáculo público. Vamos a necesitar, eso sí, muchas velas.

—Eso ya lo he previsto —replicó Darcy—. Hemos llevado bastantes a la armería, donde ya solo hace falta encenderlas. Creo que le parecerá que la iluminación es más que suficiente, para ser de noche.

—Necesito que alguien se quede aquí con Mason mientras Brownrigg se ausenta. Stoughton parece una elección acertada. ¿Puede darle orden de que regrese?

El mayordomo, como si ya supusiera que iban a convocarlo, esperaba cerca de la puerta. Entró en la estancia y se colocó junto al agente Mason sin decir palabra. Sosteniendo sus velas, Hardcastle y el grupo salieron, y Darcy, ya desde fuera, oyó que la puerta se cerraba con llave.

Un silencio absoluto reinaba sobre la casa, que bien podría haber estado abandonada. La señora Reynolds había dado orden de acostarse a todos los sirvientes que seguían preparando la comida del día siguiente, y solo ella, Stoughton y Belton seguían de servicio. El ama de llaves aguardaba en el vestíbulo, junto a una mesa sobre la que se alineaban varias velas en altas palmatorias de plata. Cuatro estaban ya encendidas, y sus llamas parecían enfatizar, más que iluminar, la oscuridad circundante del gran recibidor.

—Tal vez no hagan falta todas —dijo la señora Reynolds—, pero he pensado que quizá necesiten algo más de luz.

Cada uno de los hombres cogió y encendió una vela nueva.

—Dejen las otras donde están —sugirió Hardcastle—. El agente vendrá a buscarlas si es necesario. —Se volvió hacia Darcy—. ¿Dice que tiene la llave de la armería, y que la ha provisto del número necesario de velas?

—Sir Selwyn, allí ya contamos con catorce. Las he llevado yo mismo, ayudado por Stoughton. Exceptuando esa visita, nadie más ha entrado en la habitación desde que el cadáver del capitán Denny ha sido llevado hasta allí.

—Empecemos, pues. Cuanto antes examinemos el cuerpo, mejor.

Darcy se alegraba de que el magistrado hubiera aceptado su derecho a formar parte de la expedición. El cadáver de Denny había sido trasladado a Pemberley, y procedía que el señor de la casa estuviera presente cuando lo examinaran, aunque no se le ocurría de qué modo podría ser útil. Encabezó la procesión de velas hacia el ala trasera de la casa y, tras extraer del bolsillo dos llaves unidas por una arandela, usó la mayor para abrir la puerta de la armería. Sus dimensiones eran sorprendentes y en las paredes colgaban cuadros de antiguas partidas de caza y de las piezas abatidas, un estante con libros de registro encuadernados en piel brillante que databan de al menos un siglo atrás, un escritorio de caoba y una silla, y un armario cerrado que contenía las armas y la munición. Resultaba evidente que la mesa estrecha había sido apartada de la pared, y ahora ocupaba el centro del aposento, con el cadáver cubierto por una sábana limpia.

Antes de partir a informar a sir Selwyn de la muerte de Denny, Darcy había ordenado a Stoughton que se ocupara de traer candelas del mismo tamaño, además de algunas de las mejores y más largas velas de cera, lujo que supuso que habría suscitado las murmuraciones del mayordomo y la señora Reynolds. Se trataba de velas normalmente reservadas al comedor. Juntos, Stoughton y él las habían dispuesto en dos hileras sobre el escritorio, con la mecha hacia fuera. Ahora las encendieron y, a medida que las mechas prendían, la habitación se fue iluminando y los rostros atentos quedaron bañados de un resplandor cálido, suavizando incluso los rasgos angulosos y huesudos de Hardcastle. Rastros de humo se elevaban de ellas como incienso, su dulzura pasajera camuflada por el olor de la cera de abeja. Darcy pensó que el escritorio, con sus hileras de luz resplandeciente, se había convertido en un abigarrado altar, que la austera armería era una capilla y que los cinco presentes participaban secretamente en los ritos de alguna religión desconocida pero muy precisa.

Mientras permanecían allí de pie, como acólitos mal ataviados, alrededor del cadáver, Hardcastle apartó la sábana. El ojo derecho apareció ennegrecido por la sangre, que había manchado gran parte del rostro, pero el ojo izquierdo había quedado muy abierto, con la pupila hacia arriba, por lo que Darcy, de pie tras la cabeza de Denny, sintió que se clavaba en él, no con la fijeza de la muerte, sino concentrando una vida entera de reproches.

El doctor Belcher puso las manos sobre el rostro del capitán, sobre los brazos y las piernas, antes de declarar:

—El *rigor mortis* ya está presente en la cara. A modo de estimación aproximada, diría que lleva muerto unas cinco horas.

Hardcastle tardó poco en sacar sus cálculos.

—Ello confirma lo que ya habíamos inferido, que murió poco después de abandonar el cabriolé y coincidiendo aproximadamente con el momento en que se oyeron los disparos. Fue asesinado hacia las nueve de la noche de ayer. ¿Qué me dice de la herida?

El doctor Belcher y el doctor McFee se aproximaron más, al tiempo que entregaban las velas a Brownrigg, quien, tras dejar la suya sobre el escritorio, las mantuvo en alto mientras los dos médicos observaban atentamente la mancha oscura de sangre.

—Tenemos que lavarla antes de determinar la profundidad del impacto —dijo el doctor Belcher—, pero antes de hacerlo, conviene hacer constar que existen un fragmento de hoja seca y una pequeña mancha de tierra sobre la concentración de sangre. En determinado momento, después de infligida la herida, debió de caer de cara. ¿Dónde está el agua?

Miró a su alrededor, como si esperase que esta surgiera de la nada.

Darcy entreabrió la puerta, asomó la cabeza y ordenó a la señora Reynolds que trajera un cuenco con agua y toallas pequeñas. Ella tardó tan poco en traerlas que Darcy supuso que debía de haberse anticipado a su petición y habría estado esperando junto al grifo del guardarropa contiguo. El ama de llaves alargó el cuenco y los paños desde el exterior, sin acceder a la armería, y el doctor Belcher se acercó a su maletín, extrajo unas pequeñas madejas de lana blanca y, con firmeza, limpió la piel, antes de arrojar las madejas enrojecidas al agua. El doctor McFee y él, por turnos, observaron con gran atención la herida, y volvieron a tocar la piel que la rodeaba.

Fue el doctor Belcher quien, finalmente, aventuró una opinión.

—Lo golpearon con algo contundente, posiblemente de forma redonda, pero como la piel se ha desgarrado no me es posible especificar la forma y el tamaño del arma. De lo que sí estoy seguro es de que el golpe no lo mató. Produjo una pérdida de sangre considerable, como suele ocurrir cuando las heridas se producen en la cabeza, pero no hasta el punto de resultar mortal. No sé si mi colega está de acuerdo.

El doctor McFee se tomó su tiempo y volvió a presionar la carne que rodeaba la herida.

—Estoy de acuerdo —dijo al fin—; la herida es superficial.

La voz grave de Hardcastle rompió el silencio.

—En ese caso, denle la vuelta. —Denny era un hombre corpulento, pero Brownrigg, con ayuda del doctor McFee, lo volteó con un solo movimiento—. Más luz, por favor —pidió el magistrado entonces, y Darcy y Brownrigg se dirigieron al escritorio, cogieron una vela cada uno y se acercaron al cadáver.

Se hizo el silencio, como si nadie quisiera manifestar lo obvio. Finalmente, Hardcastle habló:

—Ahí, caballeros, tienen la causa de la muerte.

Todos vieron una brecha de medio palmo de longitud en la base del cráneo, aunque su dimensión total quedaba oculta por el pelo, que en algunas zonas se había introducido en la herida. El doctor Belcher recurrió una vez más a su maletín y regresó con lo que parecía un cuchillito plateado. Con él, cuidadosamente, retiró los cabellos del cráneo, que dejaron al descubierto una abertura de medio dedo de ancho. Por debajo, el pelo estaba pegajoso y apelmazado, pero resultaba difícil precisar si era a causa de la sangre o de alguna supuración de la herida. Darcy se obligaba a sí mismo a mirar, pero una mezcla de espanto y compasión le llevó a sentir náuseas. Oyó una especie de gruñido sordo, y se preguntó si lo habría emitido él.

Los dos médicos se inclinaron sobre el cadáver, muy atentos. El doctor Belcher volvió a tomarse su tiempo antes de hablar.

—Ha sido golpeado, pero la herida no presenta desgarros ni laceraciones, lo que sugiere que el arma era pesada pero de bordes redondeados. Se trata de una herida frecuente en casos graves de ataques a la cabeza. Presenta mechones de pelo, tejido y sangre pegados al hueso, pero incluso si el cráneo hubiera permanecido intacto, el sangrado de los vasos sanguíneos situados por debajo del cráneo habría causado una hemorragia interna entre este y la membrana que recubre el cerebro. El golpe se infligió con una fuerza extraordinaria, bien por un asaltante más alto que la víctima, bien por uno de su misma estatura. Diría que el atacante es diestro, y que el arma pudo ser algo parecido al mango de un hacha, es decir, pesada pero lisa. Si se hubiera tratado de un hacha o una espada, la herida sería más profunda, y el cuerpo aparecería prácticamente decapitado.

—De modo —intervino Hardcastle— que el asesino atacó primero por delante, incapacitando a su víctima, y después, cuando esta se alejaba tambaleándose, cegada por la sangre que, instintivamente, intentaba apartarse de los ojos, el asesino atacó de nuevo, esta vez por la espalda. ¿Podría haber sido el arma una piedra grande y puntiaguda?

—Puntiaguda no —precisó Belcher—. La herida no presenta desgarros. Es evidente que podría haber sido una piedra, pesada pero de canto redondeado, y sin duda en el bosque se encuentran algunas. ¿No llegan por ese camino las piedras y los troncos que usan en las reparaciones de la finca? Algunas piedras pudieron haberse caído de un carro y, después, alguien pudo apartarlas empujándolas hacia la maleza, donde tal vez hayan permanecido años enteros. Sin embargo, si se trató de una piedra, el hombre que asestó el golpe tendría que ser excepcionalmente fuerte. Es más probable que la víctima hubiera caído de bruces y la piedra le cayera con fuerza mientras se encontraba boca abajo, indefenso.

—¿Cuánto tiempo pudo sobrevivir a esta herida? —preguntó Hardcastle.

—No es fácil saberlo a ciencia cierta. Pudo morir en cuestión de segundos, y en ningún caso la muerte tardó mucho en producirse —respondió Belcher.

—He conocido casos —añadió el doctor McFee— en los que una caída de cabeza ha causado pocos síntomas, más allá de un dolor de cabeza, y en los que el paciente ha seguido llevando su vida normal para morir apenas unas horas después. Ese no puede haber sido el caso que nos ocupa. La herida es demasiado grave para sobrevivir a ella más allá de un tiempo breve, y eso en el mejor de los casos.

El doctor Belcher se agachó más para observar mejor la herida.

—Cuando haya realizado la exploración *post mortem* podré informar de los daños cerebrales —dijo.

Darcy sabía que a Hardcastle le desagradaban profundamente aquellas exploraciones, y aunque Belcher se salía siempre con la suya cuando discrepaban en ese aspecto, en esa ocasión dijo:

—¿De veras la considera necesaria, Belcher? ¿No está clara para todos la causa de la muerte? Lo que parece haber ocurrido es que un asaltante le asestó el primer golpe en la frente, cuando se encontraba ante la víctima. El capitán Denny, cegado por la sangre, intentó huir, pero recibió por la espalda el golpe mortal. Sabemos, por los restos encontrados en la frente, que cayó boca abajo. Según recuerdo, Darcy, cuando usted me ha relatado lo ocurrido me ha dicho que lo encontraron boca arriba.

—Así es, sir Selwyn, y así fue como lo subimos a la camilla. Esta es la primera vez que veo esa herida.

Volvió a hacerse el silencio, hasta que Hardcastle se dirigió a Belcher.

—Gracias, doctor. Por supuesto, si lo considera necesario podrá llevar a cabo otros exámenes del cadáver. No es mi intención entorpecer el avance del conocimiento científico. Aquí ya hemos hecho todo lo que podíamos hacer. Ahora podemos llevarnos el cuerpo. —Se volvió hacia Darcy—. Estaré de vuelta a las nueve en punto de la mañana, con la esperanza de hablar con el señor Wickham y con los miembros de la familia y el servicio, a fin de establecer las coartadas respecto de la hora estimada de la muerte. Estoy seguro de que comprenderá la necesidad de proceder de ese modo. Como ya he dispuesto, el jefe de distrito Brownrigg y el agente Mason siguen de guardia, y su misión consiste en custodiar a Wickham. La habitación permanecerá cerrada por dentro, y solo se abrirá en caso de necesidad. En todo momento ha de haber dos vigilantes. Me gustaría contar con su confirmación de que mis instrucciones serán cumplidas.

—Naturalmente, así se hará. ¿Puedo ofrecerles a usted y al doctor Belcher algún refrigerio antes de su partida?

—No, gracias. —Y, como si acabara de caer en la cuenta de que debía decir algo más, añadió—: Siento que esta tragedia haya ocurrido en su finca. Inevitablemente va a ser causa de disgusto, sobre todo entre las damas de la familia. El hecho de que Wickham y usted no mantuvieran una buena relación no la hará más fácil de soportar. Como magistrado, usted comprenderá mi responsabilidad en este asunto. Le enviaré un mensaje al juez de instrucción, y espero que las pesquisas puedan tener lugar en Lambton en unos días. Se constituirá un jurado local. Como es natural, se reclamará su presencia, así como la de los demás testigos que encontraron el cadáver.

—Allí estaré, sir Selwyn.

—Voy a necesitar ayuda con la camilla para llevar a la víctima hasta el furgón fúnebre. —Selwyn se volvió hacia Brownrigg—. ¿Puede asumir la misión de vigilar a Wickham y enviar a Stoughton aquí abajo? Y, doctor McFee, ya que está usted aquí y sin duda desea ser útil, tal vez usted también pueda ayudarnos a cargar con el cuerpo.

Menos de cinco minutos después, el cadáver de Denny, no sin algún resoplido del doctor McFee, fue transportado desde la armería hasta el furgón. Despertaron al cochero, que se había dormido, y sir Selwyn y el doctor Belcher se montaron en el coche. Darcy y Stoughton esperaron junto a la puerta abierta hasta que los vehículos, alejándose con estrépito, se perdieron de vista.

El mayordomo dio media vuelta, dispuesto a entrar en casa.

—Entréguemelas llaves, Stoughton —le ordenó Darcy—. Ya cerraré yo. Necesito tomar el aire.

El viento había amainado, pero ahora unos gruesos goterones de lluvia caían sobre la superficie moteada del río, bañado por la luz de la luna llena. ¿Cuántas veces habría estado ahí mismo, a solas, para huir unos minutos de la música y el griterío de la sala de baile? Ahora, tras él, la casa estaba en silencio, a oscuras, y la belleza que había sido su solaz durante toda su vida no alcanzaba a rozar su espíritu. Elizabeth debía de estar en la cama, aunque dudaba de que estuviera dormida. Le hacía falta el consuelo de sentirse a su lado, pero debía de estar exhausta y aunque añoraba su voz, sus palabras tranquilizadoras y su amor, no pensaba despertarla. Pero cuando volvió a entrar en el vestíbulo y giró la llave, después de pasar los cerrojos, percibió una luz tenue tras él y, al darse la vuelta, vio a Elizabeth, que, sosteniendo una vela, bajaba por la escalera y se dirigía hacia él para que la estrechara en sus brazos.

Tras unos segundos de silencio reparador, se apartó un poco de él.

—Amor mío —le dijo—, no has comido nada desde la cena, y pareces fatigado. Debes alimentarte un poco. La señora Reynolds ha llevado algo de sopa caliente al comedor. El coronel y Charles ya se encuentran ahí.

Pero el alivio del lecho compartido y de los brazos amorosos de Elizabeth iba a serle denegado. En el comedor pequeño vio que Bingley y el coronel ya habían saciado su apetito, y que este estaba decidido a asumir el mando una vez más.

—Darcy —le dijo—, propongo que pasemos la noche en la biblioteca, que se encuentra lo bastante cerca de la puerta principal y nos permitirá garantizar hasta cierto punto la seguridad de la casa. Me he tomado la libertad de pedir a la señora Reynolds que nos traiga mantas y almohadas. Pero no hace falta que me acompañe, si necesita la mayor comodidad de su propio lecho.

A Darcy le pareció que la precaución de pasar lo que quedaba de noche junto a una puerta cerrada con llave era innecesaria, pero no podía permitir que un invitado suyo durmiera incómodamente mientras él lo hacía en su dormitorio. Sintiendo que no tenía elección, dijo:

—No creo que la persona que ha matado a Denny sea tan imprudente como para atacar Pemberley, pero por supuesto me quedaré con usted.

—La señora Bingley duerme en el sofá del dormitorio de la señora Wickham —intervino Elizabeth—, y Belton estará despierta, como yo. Iré a comprobar que todo esté bien antes de retirarme. Les deseo, caballeros, una noche sin sobresaltos, y espero que puedan dormir algunas horas seguidas. Puesto que sir Selwyn Hardcastle estará de vuelta a las nueve, ordenaré que sirvan el desayuno temprano. Que tengan buenas noches.

2

Al entrar en la biblioteca, Darcy vio que Stoughton y la señora Reynolds se habían esmerado en procurarles la máxima comodidad posible al coronel y a él. Habían avivado la lumbre, habían cubierto los carbones con papel para que no crepitaran, y sobre la rejilla estaban preparados los troncos nuevos. La cantidad de mantas y almohadones era más que suficiente. Una fuente cubierta, repleta de sabrosas tartas, botellas de vino y agua, platos, vasos y servilletas cubrían una mesa redonda, situada a cierta distancia de la chimenea.

Personalmente, Darcy consideraba innecesaria aquella guardia nocturna. La puerta principal de Pemberley quedaba bien cerrada con llave y cerrojos, e incluso si Denny había sido asesinado por un desconocido, tal vez algún desertor del ejército al que habían desenmascarado y que había respondido con una violencia mortífera, el hombre no supondría la menor amenaza física para la casa, ni para quienes residían en ella. Estaba a la vez cansado e inquieto, estado poco propicio para sumirse en el sueño, algo que, incluso en el caso de que llegara a suceder, parecería una dejación de su responsabilidad. Le perturbaba la premonición de que algún peligro amenazaba Pemberley, a pesar de que no era capaz de llegar a definir con un mínimo de lógica de qué peligro podía tratarse. Y allí, en una de las butacas de la biblioteca, con el coronel como compañía, no creía que fuera a echar más que alguna cabezada en las horas que quedaban de noche.

Mientras se instalaban en los asientos mullidos y bien tapizados —el coronel en el más cercano al fuego—, se le ocurrió que tal vez su primo hubiera propiciado aquella guardia porque quería confiarle algo. Nadie le había preguntado nada sobre su paseo a caballo, justo antes de las nueve, y sabía que, como él, Elizabeth, Bingley y Jane debían de esperar que les proporcionara alguna explicación. Como esta aún no había llegado, la discreción prohibía formular preguntas. Con todo, la delicadeza no impediría que Hardcastle las planteara a su regreso; Fitzwilliam sabía sin duda que era el único miembro de la familia y de los invitados que aún no había presentado una coartada. Darcy no se había planteado siquiera que el coronel estuviera implicado de algún modo en la muerte de Denny, pero el silencio de su primo resultaba preocupante y, lo que era más sorprendente en un hombre tan formal como él, sonaba a descortesía.

Para su sorpresa, sintió que se quedaba dormido mucho más deprisa de lo que había supuesto, e incluso tuvo que hacer esfuerzos para responder a unos pocos comentarios superficiales que le llegaban desde una distancia remota. Cada vez que se revolvía en la silla, Darcy regresaba momentáneamente a la conciencia, y su mente se percataba de dónde se encontraba. Observó brevemente al coronel, medio tendido en la butaca, el rostro de hermosas facciones enrojecido por el fuego, la respiración profunda y acompasada, y se fijó durante unos instantes en las llamas moribundas que lamían un tronco tiznado. Obligó a sus miembros entumecidos a levantarse y, con infinito cuidado, añadió más leña a la chimenea, volvió a cubrirse con la manta y se quedó dormido.

Su siguiente despertar fue curioso. Fue un retorno súbito y absoluto a la conciencia, durante el cual todos sus sentidos pasaron a un estado de alerta tan agudo que tuvo la sensación de que hubiera estado esperando ese momento. Se encontraba acurrucado, de perfil, y a pesar de tener los ojos casi cerrados vio al coronel plantarse frente a la chimenea, bloqueando momentáneamente el brillo que aportaba la única fuente de luz a la estancia. Darcy no sabía si había sido ese cambio lo que lo había despertado. No le costó fingir que seguía dormido, ni seguir observando a través de sus ojos entornados. La casaca del coronel colgaba del respaldo de su silla, y en ese momento este rebuscó algo en un bolsillo y extrajo un sobre. Todavía de pie, desplegó un documento y pasó un rato estudiándolo. Después, Darcy no vio más que la espalda de su primo, el movimiento brusco de su brazo y el destello de una llamarada; el papel estaba ardiendo. Darcy soltó un gruñido débil, y apartó más el rostro del fuego. En condiciones normales, habría dado a entender a su primo que estaba despierto, y le habría preguntado si había podido dormir un poco. Ahora, su pequeño engaño le parecía innoble. Pero la sorpresa y el horror al ver por primera vez el cadáver de Denny, la desorientación causada por la luz de la luna, lo habían agitado como un terremoto mental tras el que ya no estaba seguro de nada, y tras el que todas las cómodas convenciones y presuposiciones que, desde la infancia, habían regido su vida, se esfumaban a su alrededor, convertidas en escombros. Comparados con la sacudida inicial, el extraño comportamiento del coronel, su paseo nocturno a caballo, aún sin explicar y, ahora, la destrucción aparentemente furtiva de un documento no eran sino réplicas pequeñas que, de todos modos, resultaban desconcertantes.

Conocía a su primo desde que eran niños, y el coronel siempre le había parecido el hombre menos complicado del mundo, el menos dado al subterfugio y el engaño. Pero desde que se había convertido en hijo mayor y heredero de un conde, en él se había operado un cambio. ¿Qué se había hecho del joven y galante coronel de espíritu alegre, de aquel ser sociable, confiado y de trato fácil, tan distinto de Darcy y su timidez, que en ocasiones lo paralizaba? Antes parecía el hombre más popular y más afable. Pero ya entonces era consciente de sus responsabilidades familiares, de lo que se esperaba de un hijo menor. Él no se habría casado jamás con una mujer como Elizabeth Bennet, y Darcy sentía en ocasiones que había perdido algo del respeto que le profesaba su primo, por haber antepuesto su deseo por una mujer a las responsabilidades de familia y clase. Sin duda, Elizabeth parecía haber detectado también algún cambio, aunque a él nunca le había hablado del coronel, salvo para advertirle de que su primo pretendía pedirle la mano de su hermana Georgiana. A ella le había parecido lo correcto prepararlo para ese encuentro, pero este, por razones obvias, no se había producido, ni se produciría ya; supo, desde el momento en que Wickham, en estado de embriaguez, cruzó casi en volandas el umbral de Pemberley, que el vizconde Hartlep buscaría a su futura condesa en otro lugar. Lo que ahora le sorprendía no era que la oferta no llegara a formularse, sino que él, que había acariciado tan altas ambiciones para su hermana, se alegrara de que por lo menos ella no se sintiera tentada de aceptarla.

No podía sorprender que su primo se sintiera oprimido por el peso de sus responsabilidades futuras. Darcy pensaba en el gran castillo de sus antepasados, en las millas de bocaminas que salpicaban el oro negro de sus campos de carbón, en la mansión de Warwickshire con sus grandes extensiones de tierras fértiles, en la posibilidad de que el coronel, cuando heredara, pudiera sentir la obligación de renunciar a la carrera que tanto amaba para ocupar su escaño en la Cámara de los Lores. Era como si se hubiera impuesto la disciplina de modificar el núcleo mismo de su personalidad, y Darcy no sabía si algo así era posible o siquiera recomendable. ¿Se enfrentaba tal vez a alguna otra obligación privada, a algún problema, más allá de los que conllevaba la responsabilidad de su herencia? Volvió a pensar en lo extraño que le parecía el nerviosismo de su primo, que le había llevado a pasar la noche en la biblioteca. Si quería destruir una carta, la casa estaba llena de chimeneas encendidas, y habría podido encontrar un momento de privacidad para hacerlo. En cualquier caso, ¿por qué había escogido ese momento y había obrado con ese secretismo? ¿Había ocurrido algo que hiciera ineludible su destrucción? Intentando acomodarse lo mejor posible para dormir un rato más, Darcy se dijo que ya había suficientes misterios, y que no hacía falta añadir más, y finalmente volvió a entregarse al sueño.

Lo despertó el coronel, que descorrió las cortinas con gran estrépito, echó un vistazo al exterior y volvió a correrlas.

—Apenas hay luz todavía —anunció—. Tú has dormido bien, diría.

—Bien no, pero correctamente. —Darcy consultó el reloj.

—¿Qué hora es?

—Las siete.

—Creo que iré a ver si Wickham está despierto. Si es así, tendrá que comer y beber algo, y es posible que sus custodios tengan hambre. No podemos relevarlos, las instrucciones de Hardcastle han sido muy claras. Pero creo que alguien debería acercarse a ver. Si Wickham ha despertado y se encuentra en el mismo estado en que, según el doctor McFee, se encontraba cuando lo trajimos, quizá Brownrigg y Mason tengan dificultades para controlarlo.

—Ya voy yo —dijo Darcy, levantándose—. Llama tú para pedir el desayuno. Hasta las ocho no lo servirán en el comedor.

Pero el coronel se encontraba ya junto a la puerta.

—Mejor déjamelo a mí —insistió—. Cuanto menos trato tengas con Wickham, mejor. Hardcastle está alerta ante cualquier interferencia por tu parte. Él se ocupa del caso y no te conviene enemistarte con él.

En su fuero interno, Darcy admitía que el coronel tenía razón. Él seguía empeñado en ver a Wickham como a un invitado de su casa, pero habría sido insensato negar la realidad. Wickham era el principal sospechoso en una investigación por asesinato, y Hardcastle tenía todo el derecho a esperar que Darcy se mantuviera apartado de él, al menos hasta que aquel hubiera sido interrogado.

El coronel acababa de ausentarse cuando entró Stoughton con café, seguido de una criada que iba a encargarse de la chimenea, y de la señora Reynolds, que preguntó si deseaba que sirvieran el desayuno. Los rescoldos de un tronco enterrado en la ceniza crepitaron, volvieron a la vida alimentados por el nuevo combustible, y las llamaradas iluminaron las cuatro esquinas de la biblioteca e hicieron más patente la oscuridad de la mañana otoñal.

Amanecía un nuevo día, un día que para Darcy no presagiaba más que el desastre.

El coronel no tardó ni diez minutos en regresar, y lo hizo cuando la señora Reynolds ya se retiraba. Se dirigió directamente a la mesa para servirse café. Acomodándose una vez más en la butaca, dijo:

—Wickham está inquieto, y balbucea cosas, pero sigue dormido, y es probable que así siga un rato más. Volveré a visitarlo antes de las nueve y lo prepararé para la llegada de Hardcastle. A Brownrigg y a Mason les han suministrado alimentos y bebida esta noche. El jefe de distrito estaba adormilado en su silla, y Mason ha comentado que tenía las piernas agarrotadas y debía ejercitarlas. Seguramente lo que le hacía falta era visitar el inodoro, ese aparato infernal que habéis instalado aquí, y que, según creo, ha suscitado el interés obsceno del vecindario, por lo que le he indicado cómo llegar a él y lo he reemplazado hasta su regreso. Por lo que he podido ver, Wickham estará lo bastante despierto a las nueve para que Hardcastle pueda interrogarlo. ¿Es tu intención estar presente?

—Wickham se halla en mi casa, y Denny ha sido asesinado en mi finca. Lo correcto, evidentemente, es que yo no participe en la investigación, que sin duda se desarrollará bajo la dirección del alto comisario cuando Hardcastle se lo haya comunicado, pero no es probable que tome parte activa en ella. Me temo que todo esto va a resultarte inconveniente. Hardcastle querrá iniciar sus pesquisas lo antes posible. Con suerte, el juez de instrucción se encontrará en Lambton, por lo que no debería haber retraso en la selección de los veintitrés miembros de los que ha de salir el jurado. Serán lugareños, aunque no sé si eso constituirá una ventaja. La gente sabe que a Wickham no se lo recibe en Pemberley y no me cabe duda de que los chismosos habrán especulado mucho sobre las razones. Sin duda, los dos tendremos que aportar pruebas y supongo que ello pesará más que tu incorporación a filas.

—Nada puede pesar más que mi deber —precisó el coronel Fitzwilliam—, pero si la instrucción del caso se lleva a cabo pronto, no debería haber problemas. El joven Alveston goza de una posición más propicia: al parecer, no le preocupa descuidar la que se dice que es una carrera muy activa en Londres para disfrutar de la hospitalidad de Highmarten y Pemberley.

Darcy no comentó nada. Tras un breve silencio, el coronel Fitzwilliam prosiguió.

—¿Qué has planeado para hoy? Supongo que habrá que informar al servicio de lo que ocurre, y prepararlo para el interrogatorio de Hardcastle.

—Primero iré a ver si Elizabeth está despierta, tal como creo, y juntos hablaremos con el servicio. Si Wickham recobra la conciencia, Lydia exigirá verlo, y tiene derecho a ello, por supuesto. Después, claro está, todos deberemos prepararnos para el interrogatorio. Conviene que tengamos las coartadas listas, para que Hardcastle no haya de perder demasiado tiempo determinando quién se encontraba en Pemberley ayer noche. Es seguro que te preguntará cuándo iniciaste tu paseo a caballo, y cuándo regresaste.

—Espero poder responder satisfactoriamente —se limitó a replicar el coronel.

—Cuando la señora Reynolds regrese, infórmale, por favor, de que estoy con la señora Darcy, y de que tomaré el desayuno en el comedor pequeño, como de costumbre.

Dicho esto, se retiró. La noche había resultado incómoda en más de un aspecto, y se alegraba de que hubiera terminado.

3

Jane, que desde el día de su boda no se había separado de su esposo ni una sola noche, pasó muy inquieta las horas nocturnas en el sofá, junto al lecho de Lydia, y sus breves instantes de sopor se vieron interrumpidos en todo momento por su necesidad de comprobar que esta no se hubiera despertado. El sedante que le había administrado el doctor McFee había surtido efecto, y su hermana dormía profundamente, pero a las cinco y media se había desvelado y exigió que la llevaran de inmediato junto a su esposo. Para Jane, aquella era una petición natural y razonable, pero le pareció sensato advertir a Lydia que era poco probable que Wickham estuviera despierto. Su hermana no estaba dispuesta a esperar, y Jane la ayudó a vestirse; fue un proceso dilatado, pues había insistido en que debía estar deslumbrante. Tardaron bastante en rebuscar en el baúl, del que Lydia sacaba algunos vestidos que extendía para que Jane le diera su opinión. Los descartados se iban amontonando en el suelo. El estado de sus cabellos también le preocupaba. Jane no sabía si estaba justificado despertar a Bingley, pero como se acercó a escuchar y no oyó el menor sonido en la habitación contigua, no se decidió a perturbar su sueño. Sin duda, acompañar a Lydia cuando esta viera a su esposo por primera vez tras todo lo ocurrido era asunto de mujeres, y no estaba bien contar con la buena disposición natural de Bingley solo por su propia tranquilidad. Finalmente, Lydia se declaró satisfecha con su aspecto y, llevando las velas encendidas, avanzaron por los largos pasadizos hasta la habitación en la que custodiaban a Wickham.

Fue Brownrigg quien abrió la puerta y, al notar que entraban, Mason, que dormía en una silla, despertó sobresaltado. Después llegó el caos. Lydia se abalanzó sobre la cama, en la que Wickham seguía inconsciente, se arrojó sobre él como si estuviera muerto, y rompió a llorar, sumida en un estado de angustia manifiesta. Jane tardó bastante en arrancarla con delicadeza del lecho, susurrándole, mientras lo hacía, que sería mejor que regresara más tarde, cuando su esposo despertara y pudiera hablarle. Lydia, tras un último estallido de llanto, se dejó arrastrar hasta el dormitorio, donde, al fin, Jane logró que se calmara, llamó al servicio y pidió desayuno para las dos. No fue la doncella habitual, sino la señora Reynolds, quien lo trajo enseguida, y Lydia, observando con evidente satisfacción los manjares que le habían traído, descubrió que la tristeza le había abierto el apetito y comió con avidez. A Jane le sorprendió que no pareciera preocupada por Denny, quien había sido su preferido entre los oficiales que compartían destino con Wickham en Meryton; la noticia de su muerte brutal, que ella misma le había revelado con el mayor tacto posible, no parecía apenas haber sido registrada por su entendimiento.

Una vez que hubo dado cuenta del desayuno, el humor de Lydia iba del llanto a la autocompasión, del terror ante su futuro y el de Wickham al resentimiento hacia Elizabeth. Si ella y su esposo hubieran sido invitados al baile, como procedía, habrían llegado a la mañana siguiente y por el camino principal. Si habían llegado por el bosque había sido porque su llegada había de ser una sorpresa, de otro modo Elizabeth, probablemente, no le habría permitido la entrada. Era culpa suya que hubieran tenido que contratar un cabriolé y pernoctar en la taberna Green Man, que no era precisamente la clase de lugar que a Wickham y a ella les gustaba. Si su hermana hubiera sido más generosa y les hubiera ayudado, habrían podido permitirse alojarse la noche del viernes en el King's Arms, de Lambton, y uno de los carruajes de Pemberley habría sido enviado al día siguiente a recogerlos para llevarlos al baile, y Denny no habría viajado con ellos, y nada de todo aquello habría sucedido. Jane tuvo que oírlo todo, con gran dolor de corazón. Como de costumbre, intentó aliviar su resentimiento, le aconsejó paciencia y le infundió esperanza, pero Lydia se regodeaba tanto de su desgracia que no atendía a razones ni aceptaba consejos.

En cualquier caso, nada de todo ello la sorprendía. Desde que era niña, Lydia había sentido rechazo por Elizabeth, y jamás habría podido reinar la comprensión o el afecto fraternal entre dos caracteres tan distintos. La menor, escandalosa y desbocada, ordinaria en su expresión y en su conducta, inmune a todo intento de controlarla, había sido fuente continua de bochorno para las dos Bennett mayores. Era, además, la favorita de su madre y, de hecho, su parecido era notorio, pero existían otros motivos para el antagonismo entre Elizabeth y Lydia. Esta sospechaba, con razón, que aquella había intentado persuadir a su padre para que le prohibiera visitar Brighton. Kitty le había contado que había visto a Elizabeth llamar a la puerta de la biblioteca, y que había sido admitida al santuario, raro privilegio, pues el señor Bennett defendía encarnizadamente que la biblioteca siguiera siendo el lugar de la casa donde podía encontrar paz y sosiego. Intentar negar a Lydia cualquier placer que se hubiera propuesto disfrutar figuraba en un puesto de honor de su lista de agravios fraternales, y para ella se trataba de una cuestión de principio que no debía ni perdonar ni olvidar.

Otra causa de aquel rechazo rayano en enemistad era que Lydia sabía que su hermana había sido escogida por Wickham como su favorita. En una de las visitas de Lydia a Highmarten, Jane la había oído hablar con el ama de llaves. Era la misma de siempre, egoísta e indiscreta: «No, por supuesto que al señor Wickham y a mí nunca nos invitarán a Pemberley. La señora Darcy siente celos de mí, y en Meryton todo el mundo sabe por qué. Cuando él estuvo destinado allí, ella estaba loca por él, y lo habría hecho suyo de haber podido. Pero él escogió a otra... ¡Yo fui la afortunada! Y, de todos modos, Elizabeth nunca lo habría aceptado, no sin dinero; si lo hubiera tenido, hoy sería la señora Wickham por voluntad propia. Solo se casó con Darcy, un hombre horrendo, soberbio y malhumorado, por Pemberley y por su dinero. Eso, en Meryton, también lo sabe todo el mundo.»

Que implicara a un ama de llaves en los asuntos privados de la familia, y la mezcla de falsedades y vulgaridad con la que Lydia chismorreaba sin reparos, hizo que Jane se replanteara la conveniencia de aceptar de tan buen grado las visitas de su hermana, por lo general sorpresivas, y resolvió no alentarlas en lo venidero, tanto por el bien de Bingley y los niños como por el suyo propio. Pero una más sí habría de soportar: le había prometido a Lydia llevarla a Highmarten cuando, según lo dispuesto, Bingley y ella abandonaran Pemberley el domingo por la tarde, y sabía de la gran carga de la que libraría a Elizabeth si esta podía dejar de atender las constantes reclamaciones de atención y compasión, sus impredecibles arrebatos de tristeza combinados con interminables quejas. Jane se había sentido impotente ante la tragedia que se había cernido sobre Pemberley, pero aquel pequeño servicio era lo mínimo que podía hacer por su querida Elizabeth.

4

Elizabeth dormía profundamente, aunque aquellos breves períodos de reparadora inconsciencia quedaban interrumpidos por pesadillas que la despertaban sobresaltada, y entonces a su mente regresaba el verdadero horror que se cernía como un nubarrón sobre Pemberley. Instintivamente, buscó a su esposo, pero al momento recordó que pasaba la noche con el coronel Fitzwilliam en la biblioteca. Sentía una necesidad casi irreprimible de levantarse y ponerse a caminar de un lado a otro del dormitorio, pero se controlaba y procuraba conciliar el sueño una vez más. Las sábanas de hilo, por lo general frescas y cómodas, habían quedado más retorcidas que una soga, y las almohadas, rellenas de suaves plumas de ganso, parecían duras y calientes, y había que ahuecarlas y darles la vuelta constantemente para que proporcionaran algo de comodidad.

Sus pensamientos la llevaron hasta Darcy y el coronel. Le parecía mal que estuvieran durmiendo, o intentando dormir, tan incómodamente, y más después de un día espantoso. ¿Qué le habría pasado por la cabeza al coronel Fitzwilliam para proponer algo así? Ella sabía que la idea había sido suya. ¿Acaso había algo importante que debía comunicar a Darcy, y necesitaba pasar unas horas con él sin que nadie los interrumpiera? ¿Le revelaría algún dato sobre aquel misterioso paseo a caballo o sus confidencias tendrían que ver más bien con Georgiana? Entonces se le ocurrió que, tal vez, su interés en forzar ese encuentro lo motivara su deseo de impedir que Darcy y ella pasaran un rato a solas; desde que habían regresado con el cadáver de Denny, su esposo y ella apenas habían tenido tiempo de conversar en privado. Pero al momento apartó aquella ridícula idea de su mente e intentó dormir un rato más.

A pesar de saber que su cuerpo estaba extenuado, su mente no se había mostrado nunca tan activa. Pensaba en lo mucho que había que hacer antes de la llegada de sir Selwyn Hardcastle. Habría que notificar a cincuenta casas la cancelación del baile. No habría servido de nada enviar notas esa noche, pues la mayoría de los invitados estarían ya acostados. Con todo, tal vez ella debería haberse quedado levantada hasta más tarde y, como mínimo, haber empezado con la tarea. Pero existía una responsabilidad más inmediata que debía atender antes. Georgiana se había acostado temprano, y no sabría nada de la tragedia de la noche. Desde su intento de seducirla, ocurrido siete años atrás, Wickham no había vuelto a ser recibido en Pemberley, y su nombre no se había pronunciado ni una sola vez. Todos habían actuado como si aquello no hubiera sucedido. Ella sabía que la muerte de Denny haría aumentar el dolor del presente y resucitaría la tristeza del pasado. ¿Conservaba Georgiana algo del afecto que había sentido por Wickham? ¿Cómo soportaría verlo, teniendo, como tenía, a dos pretendientes en casa, y más en aquellas circunstancias de sospecha y horror? Elizabeth y Darcy pensaban reunirse con todos los miembros del servicio en cuanto hubieran terminado el desayuno, para informarles de la desgracia, pero resultaría imposible mantener ignorantes de la llegada de Lydia y Wickham a las doncellas, que, ya desde las cinco de la mañana, estarían atareadas limpiando habitaciones y encendiendo fuegos. Ella sabía que Georgiana solía despertarse temprano, y que su camarera descorrería las cortinas y le traería el té, puntualmente, a las siete. Era ella, Elizabeth, la que debía hablar con Georgiana antes de que alguien, sin querer, le revelara la noticia.

Consultó la hora en el pequeño reloj dorado de la mesilla de noche, y vio que eran las seis y cuarto. Y precisamente entonces, cuando era tan importante que se mantuviera despierta, sintió que le llegaba el sueño. Pero no, debía resistir, tenía que levantarse y, diez minutos antes de las siete, encendió una vela y se dirigió en silencio al dormitorio de Georgiana. Elizabeth siempre se despertaba temprano, a medida que los sonidos familiares de la casa cobraban vida, saludando la nueva jornada con las expectativas renovadas de la alegría, las horas por venir llenas de los placeres de una comunidad que vivía en paz consigo misma. Ahora, en cambio, hasta ella llegaban ruidos lejanos, arañazos de ratones que indicaban que las doncellas ya se habían puesto en marcha. No era probable que las encontrara en la planta noble, pero, si lo hacía, esbozaría una sonrisa y se pegaría a la pared para cederles el paso.

Llamó con delicadeza a la puerta y, al entrar, vio que Georgiana ya llevaba puesto el salto de cama y estaba de pie junto a la ventana, contemplando la oscuridad compacta. Casi al momento llegó su camarera. Elizabeth recibió la bandeja y la dejó sobre el velador del dormitorio. Georgiana parecía presentir que algo iba mal. Tan pronto como la doncella se retiró, se acercó a ella y le habló con aprensión en la voz.

—Pareces cansada, querida Elizabeth. ¿No te sientes bien?

—Estoy bien, aunque preocupada. Sentémonos aquí las dos juntas, Georgiana, tengo algo que decirte.

—¿Le ocurre algo al señor Alveston?

—No, no es el señor Alveston.

Y entonces, Elizabeth le contó resumidamente lo que había sucedido la noche anterior. Le dijo que, cuando encontraron el cuerpo sin vida del capitán Denny, Wickham estaba arrodillado junto a él, profundamente alterado, pero no reprodujo las palabras que, según Darcy, había pronunciado. Georgiana permaneció sentada, en silencio, mientras ella hablaba, con las manos apoyadas en el regazo. Al mirarla, Elizabeth vio que dos lágrimas brillaban en sus ojos y descendían sin freno por sus mejillas. Alargó la mano y cubrió con ella las de la joven.

Tras unos momentos en silencio, Georgiana se secó los ojos y dijo con calma:

—Debe de parecerte extraño, mi querida Elizabeth, que llore por un joven al que no conozco, pero no puedo evitar acordarme de lo felices que estábamos en la sala de música, pensar que, mientras yo tocaba y cantaba con el señor Alveston, el capitán Denny era brutalmente asesinado a menos de dos millas de casa. ¿Cómo afrontarán sus padres la terrible noticia? Qué pérdida, qué dolor para sus amigos. —Y entonces, tal vez al percatarse de la expresión de sorpresa dibujada en el rostro de Elizabeth, añadió—: Hermana querida, ¿creías que lloraba por el señor Wickham? Está vivo, y Lydia y él volverán a estar juntos muy pronto. Me alegro por los dos. No me sorprende que él se mostrara tan alterado por la muerte de su amigo, incapaz de salvarle la vida, pero, querida Elizabeth, no pienses, te lo ruego, que me perturba que haya regresado a nuestras vidas. El tiempo en que creí estar enamorada de él ya pasó, y ahora sé que fue solo un recuerdo de lo amable que era conmigo cuando era niña, y que fue gratitud por su afecto, y tal vez causa de la soledad, pero nunca amor. Incluso en aquella época, a mí misma me parecía más una aventura infantil que una realidad.

—Georgiana, él quería casarse contigo. Nunca lo negó.

—Ah, sí, eso sí era totalmente en serio. —Se sonrojó—. Pero me prometió que viviríamos como hermanos hasta que se celebrase la boda.

—¿Y tú le creíste?

Elizabeth detectó una nota de tristeza en la voz de Georgiana.

—Sí, claro que le creí. Entiéndelo, él no estuvo nunca enamorado de mí, lo que él quería era dinero. Él siempre quería dinero. No le guardo rencor, salvo por los problemas y el sufrimiento que causó a mi hermano. Pero preferiría no verlo.

—Sí, será mucho mejor —coincidió Elizabeth—, y además no es necesario.

No añadió que, a menos que fuera muy afortunado, George Wickham abandonaría Pemberley algo más tarde custodiado por la policía.

Terminaron el té casi en silencio. Y entonces, cuando Elizabeth se levantaba para irse, Georgiana dijo:

—Fitzwilliam no menciona nunca a Wickham ni lo que ocurrió hace ya años. Resultaría más fácil si lo hiciera. Sin duda es importante que los que se aman sean capaces de hablar abierta y sinceramente sobre las cuestiones que les afectan.

—Creo que así es, aunque en ocasiones resulta difícil. Depende de si se encuentra el momento adecuado.

—Nunca encontraremos el momento adecuado. La única amargura que siento es la vergüenza de haber decepcionado a un hermano querido, y la certeza de que ya nunca volverá a confiar en mi buen juicio. Pero, Elizabeth, el señor Wickham no es un hombre malo.

—Tal vez no, tal vez solo sea peligroso y muy temerario —observó Elizabeth.

—Con el señor Alveston sí he comentado lo que ocurrió, y él opina que es posible que el señor Wickham estuviera enamorado de mí, aunque siempre lo motivó su necesidad de dinero. Si puedo hablar abiertamente con el señor Alveston, ¿por qué no puedo hacerlo con mi hermano?

—¿De modo que el señor Alveston conoce el secreto? —preguntó Elizabeth.

—Por supuesto, somos muy amigos. Pero el señor Alveston comprenderá, como lo comprendo yo, que no podremos ser nada más mientras este horrible misterio siga ensombreciendo Pemberley. Él no ha declarado sus deseos, y no existe ningún compromiso oculto entre nosotros. Yo nunca te mantendría ajena a algo así, querida Elizabeth, ni a mi hermano, pero los dos sabemos qué sienten nuestros corazones, y esperamos confiados.

De modo que ya había otro secreto más en la familia. Elizabeth creía saber por qué Henry Alveston no le había propuesto matrimonio a Georgiana ni le había dejado claras sus intenciones. De haberlo hecho, habría podido interpretarse que deseaba sacar partido de cualquier ayuda que pudiera ofrecer a Darcy, y Alveston y Georgiana eran lo suficientemente sensibles como para saber que un amor con visos de éxito no puede celebrarse bajo la sombra del patíbulo. De modo que Elizabeth se limitó a besar a Georgiana y a susurrarle lo bien que le caía el señor Alveston, y expresó sus mejores deseos para los dos.

Elizabeth consideró que ya había llegado la hora de vestirse y comenzar el nuevo día. Le agobiaba pensar en lo mucho que quedaba por hacer antes de la llegada del señor Selwyn Hardcastle, prevista para las nueve. Lo más importante era enviar notas a los invitados explicando someramente, sin entrar en detalles, las razones que los llevaban a suspender el baile. Georgiana acababa de decirle que, aunque había pedido que le trajeran el desayuno al dormitorio, se reuniría con los demás en el comedor pequeño para tomar café, y que ayudaría gustosamente en lo que pudiera. A Lydia también se lo habían servido en su cuarto, y Jane seguía haciéndole compañía. Una vez que las dos damas estuvieran vestidas y el dormitorio hubiera sido adecentado, Bingley, impaciente siempre por estar junto a su esposa, acudiría a su encuentro.

Tan pronto como se hubo vestido y Belton se hubo ausentado para ver si Jane requería de sus servicios, Elizabeth salió a buscar a su esposo, y juntos se dirigieron a los aposentos de los niños. Por lo general, aquella visita diaria tenía lugar tras el desayuno, pero ambos sentían el temor supersticioso de que el mal que se cernía sobre Pemberley pudiera llegar a los aposentos infantiles, y querían asegurarse de que todo fuera bien. Pero no, nada había cambiado en aquel pequeño reducto de seguridad. Los niños se mostraron encantados de ver a sus padres antes de la hora acostumbrada y, tras los abrazos de rigor, la señora Donovan llevó a Elizabeth aparte y le dijo:

—La señora Reynolds ha tenido la amabilidad de venir a verme a primerísima hora para informarme de la muerte del capitán Denny. Ha sido una sorpresa enorme para todos nosotros, pero puede estar segura de que no revelaremos nada al señorito Fitzwilliam hasta que el señor Darcy considere que es momento de hablar con él y explicarle lo que un niño ha de saber. No tema, señora, que no permitiremos que las doncellas vengan hasta aquí con sus chismes.

Cuando se iban, Darcy mostró su alivio y agradecimiento al saber que Elizabeth ya se lo había contado todo a Georgiana, y que esta había recibido la noticia con un grado de sorpresa que podía considerarse normal. Con todo, Elizabeth notaba que sus viejas dudas y preocupaciones habían vuelto a aflorar, y que él habría preferido que su hermana se mantuviera ignorante de hechos que, sin duda, la devolverían al pasado.

Poco antes de las ocho, Elizabeth y Darcy entraron en el comedor pequeño, donde constataron que todo estaba prácticamente intacto, y que el único presente era Henry Alveston. Todos bebieron mucho café, pero prácticamente no probaron los alimentos que solían servirse durante el desayuno: huevos, bacon, salchichas y riñones.

El encuentro resultaba algo incómodo, y el comedimiento general, tan atípico cuando se encontraban todos juntos, se vio reforzado con la llegada del coronel, y con la de Georgiana, que se produjo segundos después. Ella se sentó entre Alveston y Fitzwilliam y, mientras aquel le servía café, se dirigió a Elizabeth.

—Si te parece, después del desayuno podemos empezar a escribir las notas. Si tú redactas un modelo, yo puedo dedicarme a copiarlo. Puede ser el mismo para todos los invitados, y no tiene por qué ser largo.

Se hizo un silencio que todos sintieron incómodo, y entonces el coronel intervino, volviéndose hacia Darcy:

—Sin duda la señorita Darcy debería abandonar Pemberley, y pronto. Resulta inapropiado que tome parte en este asunto, o que se vea sometida de un modo u otro a los interrogatorios previos a los que procederán sir Selwyn o los comisarios.

Georgiana empalideció visiblemente, pero se expresó con voz firme.

—Me gustaría ayudar. —Se dirigió a Elizabeth—. A medida que avance la mañana, te requerirán desde muchos frentes, pero si redactas el modelo, yo puedo escribir las copias, y así solo tendrás que firmarlas.

Entonces intervino Alveston.

—Un plan excelente. Solo será necesaria una nota breve. —Se volvió hacia Darcy—. Permítame ser de ayuda, señor. Si dispusiera de un caballo veloz, podría contribuir entregando las cartas. Siendo, como soy, desconocido para la mayoría de los invitados, me resultaría más fácil evitar unas explicaciones que, en cambio, sí demorarían a un miembro de la familia. Si la señorita Darcy y yo pudiéramos consultar juntos un plano de la zona, trazaríamos la ruta más racional y rápida. Las casas con vecinos cercanos que también hayan sido invitados podrían ocuparse de transmitir la noticia.

Elizabeth pensó que algunos de ellos se mostrarían sin duda encantados con la idea. Si había algo que podía compensarlos de la cancelación del baile era saber que en Pemberley se estaba desarrollando un drama. Aunque algunos de sus amigos lamentarían, sin duda, la zozobra que se había apoderado de todos en la casa y se apresurarían a escribir cartas de apoyo y condolencia, y se dijo que muchas de ellas nacerían de una preocupación y un afecto sinceros. No debía permitir que el cinismo desacreditara el impulso de la compasión y el amor.

Pero Darcy habló con voz fría.

—Mi hermana no ha de participar en esto. Nada de lo ocurrido tiene que ver con ella, y sería del todo inapropiado que lo hiciera.

Georgiana habló sin levantar la voz, pero manteniendo la misma firmeza.

—Pero, Fitzwilliam, sí tiene que ver conmigo. Tiene que ver con todos nosotros.

Antes de que Darcy tuviera tiempo de responder, el coronel intervino.

—Es importante, señorita Georgiana, que no permanezca en Pemberley hasta que se investigue bien el asunto. Esta misma noche enviaré una carta por correo expreso a lady Catherine, y no tengo duda de que ella la invitará de inmediato a Rosings. Sé que a usted no le complace especialmente la casa, y la invitación le resultará, hasta cierto punto, molesta, pero es deseo de su hermano que vaya donde esté a salvo y donde ni el señor ni la señora Darcy deban preocuparse por su seguridad y bienestar. Estoy seguro de que su buen juicio la llevará a comprender que lo que se le propone es sensato... y apropiado.

Ignorándolo, Georgiana se volvió hacia Darcy.

—No tienes de qué preocuparte. Por favor, no me pidas que me vaya. Solo deseo ser útil a Elizabeth, y espero poder serlo. No veo que haya nada inapropiado en ello.

Fue entonces cuando intervino Alveston:

—Discúlpeme, señor, pero siento que es mi deber manifestar algo. Hablan ustedes sobre lo que ha de hacer la señorita Darcy como si fuera una niña. Estamos ya en el siglo diecinueve. No hace falta ser discípulo de Wollstonecraft para opinar que a la mujer no debe negársele la voz en los asuntos que la incumben. Hace ya siglos se aceptó que las mujeres tienen alma. ¿No va siendo hora de que se acepte que también tienen mente?

El coronel hacía esfuerzos por controlarse, y tardó un poco en replicar.

—Le sugiero, señor, que reserve sus alegatos para el tribunal.

Darcy se dirigió a Georgiana.

—Yo solo pensaba en tu bienestar y felicidad. Por supuesto que puedes quedarte si lo deseas. Me consta que Elizabeth se alegrará de contar con tu ayuda.

La aludida llevaba un rato sentada en silencio, porque no quería empeorar las cosas opinando algo inadecuado. Pero ahora decidió intervenir.

—Me alegraré mucho, sí. Debo estar disponible para sir Selwyn Hardcastle cuando llegue, y no veo la manera de que las notas puedan entregarse a tiempo a menos que cuente con ayuda. De modo que ¿por qué no nos ponemos manos a la obra?

Retirando la silla con más fuerza de la necesaria, el coronel dedicó una reverencia envarada a Elizabeth y a Georgiana, y abandonó la estancia.

Alveston se puso en pie.

—Debo disculparme, señor —dijo, dirigiéndose a Darcy—, por haber intervenido en un asunto de familia que no me incumbe. Me he dejado llevar, y he hablado con más énfasis del que es correcto o aconsejable.

—La disculpa se la debe más al coronel que a mí —replicó Darcy—. Es posible que sus comentarios hayan sido inadecuados o presuntuosos, pero ello no significa que no sean acertados. —Se volvió hacia Elizabeth—. Si puedes, amor mío, aclara la cuestión de las notas ahora mismo. Creo que ya es hora de que hablemos con el servicio, tanto con el interno como con los miembros que puedan estar trabajando en la casa. La señora Reynolds y Stoughton les habrán comunicado solo que ha habido un accidente y que se ha suspendido el baile, y en estos momentos deben de reinar la preocupación y el nerviosismo. Voy a llamar a la señora Reynolds para notificarle que vamos a bajar a la sala del servicio para hablar con todos tan pronto como hayas terminado de redactar el modelo de carta que Georgiana ha de copiar.

Media hora más tarde, Darcy y Elizabeth hacían su entrada en la sala del servicio, acompañados por el estrépito de dieciséis sillas que arañaban el suelo al retirarse, al que siguieron los «buenos días, señor» que llegaron en respuesta al saludo de Darcy, aunque pronunciados en voz tan baja que resultaron apenas audibles. A Elizabeth le sorprendió constatar la sucesión de delantales blanquísimos, recién almidonados, y de cofias plisadas, antes de recordar que, siguiendo instrucciones de la señora Reynolds, todo el personal debía vestirse impecablemente el día del baile de lady Anne. En el aire flotaba un aroma intenso y delicioso: a falta de órdenes en sentido contrario, era probable que las cocineras hubieran decidido empezar a hornear ya las primeras tartas y exquisiteces. Al pasar junto a la puerta abierta de la galería, a Elizabeth casi la abrumó el perfume de las flores cortadas. Ahora que ya no hacían falta, se preguntó cuántas sobrevivirían con buen aspecto hasta el lunes. Se descubrió a sí misma pensando en el mejor uso que podría darse a las aves dispuestas para ser asadas, a las grandes piezas de carne, a las frutas traídas de los invernaderos, a la sopa blanca y a los ponches. No todo estaría preparado todavía, pero, si no se daban las instrucciones pertinentes, habría sin duda un excedente, y no debía permitirse que se echara a perder. Le pareció una preocupación absurda en aquellas circunstancias, pero aun así llegó a ella mezclada con muchas otras. ¿Por qué el coronel Fitzwilliam no había mencionado su paseo a caballo, ni hasta dónde le había llevado? No era probable que se hubiera limitado solo a cabalgar junto al río, empujado por el viento. Y si finalmente detenían a Wickham y se lo llevaban, posibilidad que nadie había mencionado pero que todos debían tener por muy cierta, ¿qué ocurriría con Lydia? Seguramente ella no querría quedarse en Pemberley, pero había que ofrecerle hospitalidad cerca de donde se encontrara su esposo. Tal vez el mejor plan, y sin duda el más adecuado, sería que Jane y Bingley se la llevaran a Highmarten, pero ¿sería justo para su hermana mayor?

Con todas aquellas preocupaciones agolpándose en su mente, apenas registraba las palabras de su esposo, que eran recibidas en medio de un silencio sepulcral, y solo las últimas frases franquearon su conciencia. Se había solicitado la presencia de sir Selwyn Hardcastle aquella noche, y se había procedido al levantamiento del cadáver del capitán Denny, que había sido trasladado a Lambton. Sir Selwyn regresaría a las nueve en punto, y querría interrogar a todos los que se encontraban en Pemberley en el momento de los hechos. La señora Darcy y él mismo estarían presentes mientras tuvieran lugar los interrogatorios. No se sospechaba en absoluto de ningún miembro del servicio, pero era importante que todos respondieran con sinceridad a las preguntas de sir Selwyn. Entretanto, debían proseguir con sus tareas sin hablar de la tragedia, y sin chismorrear entre ellos. El acceso al bosque quedaba restringido para todos menos para el señor y la señora Bidwell y sus familiares.

Aquella última afirmación tropezó con un silencio sepulcral, y a Elizabeth le pareció que todos esperaban que fuera ella quien lo rompiera; de modo que se puso en pie, consciente de que dieciséis pares de ojos la miraban con preocupación y temor, pues todos necesitaban oír que al final las cosas se solucionarían, y que ellos, personalmente, no tenían nada que temer, ya que Pemberley seguiría siendo lo que había sido siempre, su refugio y su hogar.

—El baile no podrá celebrarse, claro está —dijo—, y ya se preparan notas para los invitados en las que se explica brevemente lo ocurrido. Pemberley se ha visto golpeado por una gran tragedia, pero sé que todos ustedes proseguirán con sus tareas, sin perder la calma, y que cooperarán con sir Selwyn Hardcastle y con su investigación, pues eso es lo que debemos hacer. Si hay algo en concreto que les preocupe, o cuentan con alguna información que deseen proporcionar, deberían hablar primero con el señor Stoughton o con la señora Reynolds. Quiero agradecerles personalmente las muchas horas que, como cada año, han dedicado a la preparación del baile de lady Anne. Al señor Darcy y a mí nos causa un gran dolor que sus esfuerzos, por unos motivos tan desafortunados, hayan sido en vano. Confiamos, como hemos hecho siempre tanto en los buenos como en los malos momentos, en la lealtad y en la devoción mutuas que son la base de la vida en Pemberley. No teman por su seguridad ni por su futuro: Pemberley ha soportado muchas tormentas durante su larga historia, y también este episodio quedará atrás.

Sus palabras fueron seguidas de un aplauso breve, acallado al instante por Stoughton, quien, acto seguido y secundado por la señora Reynolds, pronunció algunas frases con las que expresaba su comprensión y su afán de cumplir las órdenes del señor Darcy. Al poco se conminó a los asistentes a proseguir con sus deberes. En cuanto llegara sir Selwyn Hardcastle volverían a convocarlos.

Cuando Darcy y Elizabeth regresaban a la zona noble de la residencia, este comentó:

—Tal vez yo haya dicho demasiado poco, y tú, amor mío, algo más de la cuenta, pero como de costumbre, juntos nos hemos complementado bien. Y ahora debemos prepararnos para recibir a su majestad la ley, encarnada en la persona de sir Selwyn Hardcastle.

6

La visita de sir Selwyn resultó menos tensa y más corta de lo que los Darcy temían. El alto comisario, sir Miles Culpepper, había escrito a su mayordomo el jueves anterior para informarle de que regresaría a Derbyshire a tiempo para la cena del lunes, y este había estimado prudente comunicar la noticia a sir Selwyn. No se facilitó explicación alguna para aquel cambio de planes, pero a este no le costó adivinar la causa. La visita de sir Miles y lady Culpepper a Londres, con sus espléndidos comercios y su gran variedad de seductoras distracciones, había exacerbado las discrepancias entre ellos, frecuentes en matrimonios en que los maridos, de más edad, creen que el dinero ha de usarse para ganar más, y en que las esposas, más jóvenes y bonitas, opinan que este está para gastarlo. ¿Cómo, si no —señalaba ella a menudo—, sabría la gente que lo tenían? Tras recibir las primeras facturas de los extravagantes dispendios de su esposa en la capital, el alto comisario había hallado en lo más profundo de su ser un compromiso renovado con las responsabilidades de la vida pública, y había informado a su esposa de que debían regresar inmediatamente. Aunque Hardcastle dudaba de que su carta enviada por correo expreso en la que le informaba del asesinato hubiera llegado aún a manos de sir Miles, sabía bien que apenas el alto comisario supiera de la tragedia exigiría un informe detallado del desarrollo de las investigaciones. Resultaba ridículo considerar que el coronel vizconde Hartlep, o algún miembro de la casa de Pemberley, hubieran participado en la muerte de Denny, por lo que sir Selwyn no pretendía pasar en la casa más tiempo del estrictamente necesario. Brownrigg, el jefe de distrito, ya había comprobado, a su llegada, que ningún caballo o carruaje hubiera abandonado los establos de Pemberley después de que el coronel Fitzwilliam saliera a montar aquella noche. El sospechoso al que se sentía impaciente por interrogar era Wickham, y él había llegado con el furgón penitenciario, acompañado de dos oficiales, con la intención de trasladarlo a un lugar más adecuado en la penitenciaría de Lambton, donde podría obtener toda la información necesaria que le permitiera impresionar al alto comisario con un relato detallado de sus investigaciones y de las de los policías.

Los Darcy recibieron a un sir Selwyn extrañamente afable, que aceptó incluso tomar un refrigerio antes de proceder a interrogar a los miembros de la familia. Estos, junto con Henry Alveston y el coronel, responderían a las preguntas en la biblioteca, todos juntos. Solo el relato de las actividades del coronel suscitó algún interés. Este empezó por disculparse ante los Darcy por el silencio que había mantenido hasta el momento. La noche anterior había acudido al King's Arms de Lambton a instancias de una dama que requería de su consejo y ayuda en relación con un asunto delicado que afectaba a su hermano, un oficial que en el pasado había estado bajo su mando. Ella había estaba visitando a un familiar en la localidad, y él le había sugerido que un encuentro en la posada resultaría más discreto que si este tenía lugar en su despacho de Londres. Si no había hablado antes de él era porque esperaba a que la dama en cuestión pudiera abandonar Lambton antes de que su estancia en la posada fuera del dominio público y se convirtiera en objeto de curiosidad por parte de los lugareños. Podía facilitar su nombre y su dirección de Londres si precisaban verificar sus afirmaciones. Con todo, estaba convencido de que las pruebas aportadas por el posadero y los clientes que se encontraban bebiendo en el lugar entre el momento de su llegada y el de su partida confirmarían su coartada.

Con satisfacción mal disimulada, Hardcastle anunció:

—No hará falta, lord Hartlep. Me ha parecido conveniente detenerme en el King's Arms de camino a Pemberley, esta mañana, para comprobar si en la noche del jueves había pernoctado allí algún desconocido, y se me ha informado de la presencia de la dama. Su amiga ha causado sensación en la posada. Viajaba en una carroza bastante vistosa, e iba acompañada de su propia doncella y de un criado. Supongo que habrá gastado generosamente en el establecimiento y que el posadero habrá lamentado su partida.

A continuación pasó a interrogar al personal de servicio, reunido, como antes, en su sala. La única ausencia fue la de la señora Donovan, que no tenía la menor intención de desatender a los niños. Como la culpa suelen sentirla más los inocentes que los culpables, el ambiente allí era menos de expectación que de nerviosismo. Hardcastle había decidido que su discurso fuera lo más tranquilizador y lo más breve posible, intención parcialmente alterada por sus severas advertencias de rigor sobre las terribles consecuencias que se abatían sobre quienes se negaban a cooperar con la policía o quienes no revelaban información. Con voz algo más amable, prosiguió:

—No me cabe duda de que todos ustedes, la noche anterior al baile de lady Anne, tenían cosas mejores que hacer que aventurarse hasta un bosque en plena noche, y en medio de una tormenta, con el propósito de asesinar a un perfecto desconocido. Con todo, ahora les pido que, si alguno dispone de alguna información que facilitar, o si alguno ha salido de Pemberley entre las siete de la tarde de ayer y las siete de la mañana de hoy, levante la mano.

Solo se alzó una.

—Es Betsy Collard, señor —susurró la señora Reynolds—, una de las doncellas.

Hardcastle le pidió que se pusiera en pie, y Betsy obedeció al momento, sin mostrarse, en apariencia, intimidada. Se trataba de una joven corpulenta, y se expresó con claridad.

—Yo estaba con Joan Miller, señor, en el bosque el pasado miércoles, y vimos el fantasma de la vieja señora Reilly tan claramente como lo estoy viendo a usted. Estaba allí, oculta entre los árboles, cubierta con una capa negra y una capucha, pero su rostro se distinguía muy bien a la luz de la luna. Joan y yo nos asustamos y salimos corriendo del bosque, y ella no nos persiguió. Pero la vimos, señor, y lo que le digo es tan cierto como que hay Dios.

Joan Miller fue conminada a ponerse en pie y, con el terror dibujado en el rostro, la joven balbució tímidamente, corroborando el relato de Betsy. Hardcastle sentía que se adentraba en un terreno femenino e incierto. Miró a la señora Reynolds, y ella asumió el control.

—Betsy y Joan, sabéis muy bien que no os está permitido abandonar Pemberley sin compañía después del anochecer, y es poco cristiano, además de estúpido, creer que los muertos caminan sobre la tierra. Qué vergüenza que hayáis permitido que esas imaginaciones entraran en vuestra mente. Quiero veros a solas en mi saloncito tan pronto como sir Selwyn Hardcastle haya terminado con sus preguntas.

Al magistrado no le cabía duda de que aquella perspectiva las intimidaba más que cualquier pregunta que pudiera formularles él.

—Sí, señora Reynolds —murmuraron las dos, antes de sentarse.

Hardcastle, impresionado por el efecto inmediato de las palabras del ama de llaves, pensó que resultaría adecuado que dejara clara su postura mediante una admonición final.

—Me sorprende —dijo— que una joven que goza del privilegio de trabajar en Pemberley pueda entregarse a la ignorancia y a la superstición. ¿Acaso no habéis estudiado el catecismo?

Por toda respuesta obtuvo un «sí, señor» murmurado.

Hardcastle regresó a la zona noble de la casa y se reunió con Darcy y Elizabeth, visiblemente aliviados al saber que la única tarea pendiente, más sencilla, era la de llevarse a Wick-

ham de allí. Al prisionero, ya esposado, le ahorraron la humillación de abandonar la casa observado por un grupo de personas, y solo a Darcy le pareció que era su deber estar presente
para desearle lo mejor y para presenciar el momento en que el
jefe de distrito Brownrigg y el agente Mason lo subían al furgón de la penitenciaría. Entonces, Hardcastle se montó en su
carruaje, y antes de que el cochero hiciera chasquear las riendas, sacó la cabeza por la ventanilla y le gritó a Darcy:

—En el catecismo se insta a no caer en la idolatría y la superstición, ¿no es cierto?

Darcy recordaba que su madre le había enseñado el catecismo, pero solo un mandamiento se había fijado en su mente, aquel que decía que debía tener las manos quietas y no robar nada, mandamiento que regresaba a su memoria con
embarazosa frecuencia cuando, de niño, George Wickham y
él se acercaban en poni hasta Lambton, y los manzanos de sir
Selwyn, cargados de frutas, alargaban sus ramas hasta el otro
lado del muro.

Y respondió, muy serio:

—Creo, sir Selwyn, que podemos afirmar que el catecismo no contiene nada que sea contrario a los postulados y las
prácticas de la Iglesia anglicana.

—Claro que sí, claro que sí. Lo que yo creía. Qué muchachas tan necias.

Entonces, sir Selwyn, satisfecho con el desarrollo de su
visita, dio una orden, y el carruaje, seguido por el furgón de la
penitenciaría, se alejó lentamente por el camino. Darcy permaneció en su lugar, observándolo, hasta que desapareció.
Pensó que ver partir y llegar a los visitantes empezaba a convertirse en una costumbre, aunque la marcha del furgón de la
penitenciaría que trasladaba a Wickham levantaría sin duda el
manto de horror y zozobra que había cubierto Pemberley.
También esperaba no tener que ver más a sir Selwyn Hardcastle hasta que comenzara la investigación formal.

Libro IV

LA INVESTIGACIÓN

1

En la familia y en la parroquia, todos dieron por seguro que el señor y la señora Darcy, junto con el servicio, acudirían a la iglesia de Santa María a las once de la mañana del domingo. La noticia del asesinato del capitán Denny se había propagado con extraordinaria rapidez, y no hacer acto de presencia habría equivalido a admitir algún tipo de implicación en el crimen o a divulgar su convicción de que el señor Wickham era culpable. Suele aceptarse que los servicios religiosos ofrecen una ocasión legítima para que la congregación valore no solo la apariencia, el porte, la elegancia y la posible riqueza de los recién llegados a la parroquia, sino la conducta de cualquier vecino que pase por una situación interesante, ya sea esta un embarazo, ya sea su ruina económica. Un asesinato brutal cometido en la finca propia por un hermano político con el que, según es sabido, uno se halla enemistado dará lugar a una importante afluencia al servicio religioso, que en esa ocasión no se perderán siquiera personas impedidas, a las que su estado de salud ha privado durante muchos años de oír misa en la iglesia. Y aunque sea tan descortés como para mostrar abiertamente su curiosidad, es mucho lo que puede deducirse gracias a una hábil separación de los dedos en el momento en que las manos se unen para rezar, o mediante una simple mirada protegida por la visera de un gorrito durante el canto de un himno. El reverendo Percival Oliphant, que antes del servicio ya había realizado una visita privada a Pemberley para transmitir sus condolencias y mostrar su comprensión, hizo todo lo que pudo por evitar molestias a la familia, pronunciando primero un sermón más largo que de costumbre y prácticamente incomprensible sobre la conversión de san Pablo, y reteniendo después al señor y la señora Darcy cuando abandonaban la iglesia, con los que entabló una conversación tan prolongada que las personas que esperaban en ordenada fila, cada vez más impacientes por dar cuenta de su almuerzo a base de fiambres, se conformaron con dedicarles una reverencia o una inclinación de cabeza, antes de dirigirse a sus carrozas y sus birlochos.

Lydia no apareció y los Bingley se quedaron en Pemberley tanto para asistirla como para preparar su regreso a casa, que emprenderían esa misma tarde. Tras la exhibición de vestidos que había hecho la hermana menor desde su llegada, volver a guardarlos en el baúl de un modo que a ella le resultara satisfactorio les llevó bastante más tiempo del que invirtieron en su propio equipaje. Pero todo estaba listo cuando Darcy y Elizabeth regresaron, justo antes del almuerzo, y veinte minutos después de las dos los Bingley ya se montaban en su carruaje. Tras las despedidas, el cochero hizo chasquear las riendas. El vehículo se puso en marcha, enfiló el sendero que bordeaba el río y, tras incorporarse al camino, desapareció. Elizabeth permaneció observando, como si con su mirada hubiera de invocar su regreso. Después, el pequeño grupo dio media vuelta y entró de nuevo en casa.

Una vez en el vestíbulo, Darcy se detuvo y se dirigió a Fitzwilliam y a Alveston.

—Les agradecería que se reunieran conmigo en la biblioteca en media hora. Nosotros tres encontramos el cadáver de Denny, y es muy posible que nos citen para aportar pruebas durante la vista previa. Sir Selwyn me ha enviado un mensaje esta mañana, después del desayuno, para informarme de que el juez de instrucción, el doctor Jonah Makepeace, ha ordenado que dé inicio el miércoles a las once. Quiero verificar que nuestros recuerdos concuerden, sobre todo respecto a lo que se dijo tras el hallazgo del cuerpo sin vida del capitán Denny, y tal vez sea conveniente que abordemos en conjunto cómo hemos de proceder en este asunto. El recuerdo de lo que vimos y oímos resulta tan extraño, la luz de la luna es tan engañosa, que en ocasiones debo decirme a mí mismo que todo aquello ocurrió en realidad.

Los interpelados aceptaron la propuesta con voz queda, y a la hora convenida el coronel Fitzwilliam y Alveston se dirigieron a la biblioteca, donde Darcy ya ocupaba su sitio. Había tres sillas de respaldo alto dispuestas alrededor de la mesa rectangular, que exhibía un mapa, y dos mullidos sillones, uno a cada lado de la chimenea. Tras un momento de vacilación, Darcy les indicó que tomaran asiento en ellos y, tras separar una de las sillas de la mesa, se instaló entre los dos. Notó que Alveston, sentado al borde del sillón, se sentía incómodo, casi avergonzado, sentimiento que distaba tanto de su habitual confianza en sí mismo que a su anfitrión le sorprendió que tomara primero la palabra.

—Señor, usted contará con su propio abogado, por supuesto, pero si se encuentra lejos y yo puedo serle de ayuda entretanto, quiero que sepa que estoy a su servicio. Como testigo, no puedo, claro está, representar ni al señor Wickham ni a la finca de Pemberley, pero, si le parece que puedo serle de alguna utilidad, yo podría abusar algo más de la hospitalidad de la señora Bingley. El señor Bingley y ella han tenido la amabilidad de sugerir que así lo haga.

Su discurso era titubeante, y el joven abogado, listo, exitoso, tal vez arrogante, parecía transformado por un momento en un muchacho dubitativo e inseguro. Darcy sabía por qué. Alveston temía que su ofrecimiento pudiera interpretarse, sobre todo por parte del coronel Fitzwilliam, como una estratagema que le permitiera ahondar en su relación con Georgiana. Darcy tardó unos segundos en responder, suficientes para que Alveston se le adelantara y siguiera hablando.

—El coronel Fitzwilliam contará con la experiencia de la ley marcial y de los tribunales militares, por lo que tal vez considere que cualquier consejo que yo pueda ofrecerle estará de más, sobre todo teniendo en cuenta que él posee unos conocimientos locales de los que yo carezco.

Darcy se volvió hacia el coronel.

—Supongo que convendrás, Fitzwilliam, en que debemos aceptar toda la ayuda legal disponible.

El coronel respondió en tono sosegado:

—Yo no soy ni he sido nunca magistrado, y no puedo pretender que mi experiencia ocasional con los tribunales militares me convierta en un conocedor del código penal civil. Dado que no estoy emparentado con George Wickham, como sí lo está Darcy, no estoy legitimado para intervenir en el asunto más que como testigo. Corresponde por tanto a nuestro anfitrión decidir qué consejos pueden resultarle útiles. Como él mismo admite, resulta difícil ver en qué habría de resultar útil Alveston en el asunto que nos ocupa.

Darcy se volvió hacia el aludido.

—Me parece una pérdida de tiempo que tenga que trasladarse diariamente entre Highmarten y Pemberley. La señora Darcy ha hablado con su hermana, y todos esperamos que acepte nuestra invitación a permanecer en nuestra casa. Sir Selwyn Hardcastle puede pedirle que retrase su marcha hasta que la investigación policial haya concluido, aunque no creo que tenga motivos para ello una vez que usted haya aportado las pruebas al juez de instrucción. Pero ¿no se resentirá su trabajo? Se dice que es usted un hombre extraordinariamente ocupado. No deberíamos aceptar su ayuda si esta ha de ir en detrimento suyo.

—En los siguientes ocho días no he de ocuparme de ningún caso que requiera de mi presencia, y mi experimentado socio se ocupará sin problemas de los aspectos rutinarios.

—En ese caso, agradeceré su consejo cuando estime apropiado proporcionármelo. Los abogados de la finca se ocupan de cuestiones familiares, sobre todo de los testamentos, de la compraventa de propiedades, de disputas locales, y cuentan, en el mejor de los casos, con muy poca experiencia en asesinatos, y con ninguna en crímenes de sangre cometidos en

Pemberley. Yo ya les he escrito para comunicarles lo ocurrido, y es mi intención enviarles otra carta por correo expreso para informarles de la participación de usted. Debo advertirle de que es poco probable que sir Selwyn Hardcastle se muestre dispuesto a colaborar. Se trata de un magistrado justo y experimentado, muy interesado en los procesos detectivescos que por lo general quedan en manos de comisarios locales, y se muestra siempre vigilante ante cualquier intento de interferir en sus atribuciones

El coronel no comentó nada.

—Sería de ayuda —prosiguió Alveston—, o al menos a mí me lo parece, que abordáramos primero nuestra reacción inicial ante el crimen, sobre todo en relación con la confesión aparente del detenido. ¿Creemos en la afirmación de Wickham, según la cual lo que quiso decir es que, si no hubiera discutido con su amigo, Denny no se habría bajado del cabriolé ni habría encontrado la muerte? ¿O acaso siguió al capitán con intenciones asesinas? Se trata, básicamente, de una cuestión de carácter. Yo no conozco al señor Wickham, pero creo que se trata del hijo del secretario de su difunto padre, y que usted lo conoció bien de niño. ¿Lo creen usted, señor, y coronel, capaz de un acto semejante?

Miró a Darcy, que, tras un instante de vacilación, respondió:

—Antes de su matrimonio con la hermana menor de mi esposa, llevábamos muchos años sin vernos, y después de este no volvimos a coincidir. En el pasado, me pareció desagradecido, envidioso, deshonesto y mentiroso. Es apuesto, y posee unos modales agradables en sociedad, sobre todo ante las damas, con cuyo favor cuenta. Que logre mantenerlo en relaciones más duraderas ya es otra cuestión, aunque yo nunca lo he visto actuar con violencia, ni he oído que lo hayan acusado jamás de ejercerla. Sus agravios son de naturaleza más mezquina, y prefiero no hablar de ellos. Todos tenemos la capacidad de cambiar. Lo único que puedo decir es que no creo que el Wickham al que yo conocí, a pesar de sus faltas, fuera capaz de asesinar brutalmente a un antiguo camarada y amigo. Diría que era un hombre contrario a la violencia, y que la evitaba en la medida de lo posible.

—Se enfrentó a los rebeldes de Irlanda —objetó el coronel Fitzwilliam—, con cierta eficacia, y su valentía ha sido reconocida. Debemos contar con su arrojo físico.

—Sin duda —intervino Alveston—, si hubiera de elegir entre matar o morir, no mostraría piedad. No es mi intención restar importancia a su valentía, pero la guerra y una experiencia de primera mano de las verdades de la batalla podrían corromper la sensibilidad de un hombre naturalmente pacífico hasta hacer que la violencia le resultara menos aberrante, ¿no creen? ¿No deberíamos contemplar esa posibilidad?

Darcy vio que el coronel hacía esfuerzos por mantener la calma.

—Nadie se corrompe cuando cumple con su deber hacia el rey y el país —dijo al fin—. Si usted hubiera tenido alguna experiencia en la guerra, joven, tal vez se mostraría menos despectivo en su reacción ante actos de excepcional valentía.

Darcy consideró sensato intervenir.

—He leído en el periódico algunas noticias sobre la rebelión irlandesa de mil setecientos noventa y ocho, pero eran muy breves. Probablemente me perdí la mayoría de las crónicas. ¿No fue allí donde Wickham resultó herido y obtuvo una medalla? ¿Qué papel desempeñó exactamente?

—Participó, lo mismo que yo, en la batalla del veintiuno de junio en Enniscorthy, durante la cual avanzamos sobre la colina y obligamos a los rebeldes a batirse en retirada. Después, el ocho de agosto, el general Jean Humbert llegó con un contingente de mil soldados franceses y marchó hacia el sur, en dirección a Castlebar. El general francés animó a sus aliados rebeldes a proclamar la llamada República de Connaught, y el veintisiete de ese mismo mes aniquiló al general Lake en Castlebar, una derrota humillante para el ejército británico. Fue entonces cuando lord Cornwallis solicitó refuerzos. Cornwallis situó a sus efectivos entre los invasores franceses y Dublín, atrapando a Humbert entre el general Lake y él mismo. Ese fue el final de los franceses. Los soldados de la caballería británica cargaron contra el flanco irlandés y contra las líneas francesas, y Humbert acabó por rendirse. Wickham participó en la carga, y posteriormente formó parte de la expedición que rodeó a los rebeldes y puso fin a la República de Connaught. Una misión cruenta, de búsqueda y castigo de los rebeldes.

Darcy estaba convencido de que el coronel había relatado aquellos hechos en multitud de ocasiones, y de que, en cierta medida, le complacía hacerlo.

—¿Y dice que George Wickham participó? —preguntó Alveston—. Sabemos qué implica sofocar una rebelión. ¿No bastaría ello para, al menos, familiarizar a un hombre con la violencia? Después de todo, lo que estamos intentando es alcanzar alguna conclusión sobre la clase de hombre en que se había convertido George Wickham.

—Se había convertido en un buen y valeroso soldado —reiteró el coronel Fitzwilliam—. Coincido con Darcy. No consigo verlo como asesino. ¿Sabemos cómo han vivido él y su esposa desde que abandonó el ejército, en 1800?

—Nunca se le ha permitido el acceso a Pemberley —explicó entonces Darcy—. Y no hemos mantenido comunicación alguna, pero la señora Wickham sí es recibida en Highmarten. Sé que no han prosperado. Wickham se convirtió en algo parecido a un héroe nacional tras la campaña irlandesa, lo que hizo que no le costara conseguir empleos, si bien no le ha servido para mantenerlos. Al parecer, la pareja se trasladó a Longbourn cuando Wickham perdió su última ocupación y el dinero empezó a escasear, y sin duda la señora Wickham lo pasó bien visitando a viejas amigas y alardeando de las hazañas de su esposo. Con todo, aquellas visitas rara vez se prolongaban más allá de las tres semanas. Alguien debía de brindarles ayuda económica de manera regular, pero la señora Wickham nunca dio detalles y, por supuesto, a la señora Bingley no se le ocurrió preguntar. Me temo que eso es todo lo que sé, y todo lo que, de hecho, deseo saber al respecto.

—Dado que hasta el pasado viernes nunca había visto al señor Wickham —dijo Alveston—, mi opinión sobre su culpabilidad o su inocencia no se basa en su personalidad ni en su hoja de servicios, sino exclusivamente en mi valoración de las pruebas disponibles hasta el momento. Considero que cuenta con una defensa excelente. Su supuesta confesión podría no implicar más que la aceptación de su culpabilidad en hacer que su amigo abandonara el coche. Había ingerido alcohol, y ese efusivo sentimentalismo tras un impacto emocional suele darse en hombres ebrios. Pero concentrémonos por ahora en las pruebas materiales. El misterio central de este caso es por qué el capitán Denny se internó en el bosque. ¿Qué debía de temer de Wickham? Denny era más corpulento y más fuerte, e iba armado. Si su intención era regresar a pie a la posada, ¿por qué no hacerlo por el camino? Teóricamente, el cabriolé podría haberlo adelantado, pero, como ya he comentado, no puede decirse que el hombre estuviera en peligro. Wickham no le habría atacado estando su esposa en el vehículo. Podría aducirse que Denny se sintió impulsado a alejarse de Wickham, y de forma inmediata, a causa de la incomodidad que sentía ante el plan de su acompañante de dejar a su esposa en Pemberley sin que esta hubiera sido invitada al baile, y sin haber avisado a la señora Darcy. Dicho plan resultaba a todas luces inapropiado y desconsiderado, pero no por ello justificaba que Denny abandonara el cabriolé de ese modo tan dramático. El bosque estaba a oscuras, y él no llevaba luz de ninguna clase. Su acción me resulta incomprensible.

»Y existen pruebas más contundentes. ¿Dónde están las armas? Sin duda hubieron de ser dos. El primer golpe en la frente causó poco más que una hemorragia que impidió a Denny ver dónde se encontraba, y que lo dejó tambaleante. La herida en la parte posterior del cráneo fue provocada por otra arma, pesada y de canto redondeado, tal vez una piedra. Y, a partir del relato de quienes han visto la herida, entre ellos usted mismo, señor Darcy, esta es tan profunda y larga que un hombre supersticioso podría decir que no la causó una mano humana, y mucho menos la de Wickham. Dudo que este fuera capaz de levantar una piedra de semejante peso hasta la altura necesaria, y que pudiera soltarla con la puntería precisa. ¿Y hemos de suponer que fue el azar quien la dispuso tan convenientemente, tan a mano? Además, están los rasguños en la frente y las manos de Wickham. Sin duda sugieren que este pudo perderse en el bosque después de tropezarse por primera vez con el cuerpo sin vida del capitán Denny.

—¿De modo que usted cree —quiso saber el coronel Fitzwilliam— que, si se presenta ante el tribunal del condado, será absuelto?

—Creo que, con las pruebas disponibles hasta el momento, así debería ser, aunque siempre existe el riesgo, en casos en los que no aparece ningún otro sospechoso, de que los miembros del jurado se pregunten: «Si no lo hizo él, ¿quién lo hizo?» A un juez o a los abogados defensores les resulta difícil alejar esa visión de los miembros del jurado sin, al mismo tiempo, inculcarla en sus mentes. A Wickham va a hacerle falta un buen abogado.

—Esa habrá de ser responsabilidad mía —comentó Darcy.

—Le sugiero que se ponga en contacto con Jeremiah Mickledore —dijo Alveston—. Es brillante en este tipo de casos, y cuando intervienen jurados. Pero solo acepta los casos que le interesan, y no le gusta nada salir de Londres.

—¿Existe alguna posibilidad de que este caso pueda ser derivado a la ciudad? —preguntó Darcy—. De otro modo, no será visto hasta que se presente ante el tribunal itinerante del condado de Derby, la próxima cuaresma, o en verano. —Se volvió hacia el abogado—. Refrésqueme la memoria sobre el procedimiento, se lo ruego.

—Por lo general —le explicó Alveston—, el estado prefiere que los acusados sean juzgados en su jurisdicción. El argumento es que de ese modo la gente ve que se imparte justicia. Si se acepta un traslado, este suele llegar como máximo al condado siguiente, y para ello tendría que existir algún motivo fundado, algún asunto serio que impidiera garantizar un juicio justo en la jurisdicción correspondiente, asunto relacionado con la imparcialidad del tribunal, algún posible engaño a los miembros del jurado, el posible soborno a algún juez... Por otra parte, podría existir un prejuicio local evidente contra el acusado que impidiera una vista justa. Es el fiscal general el que tiene atribuciones para asumir el control y cancelar la acusación criminal, lo que, en el caso que nos ocupa, significa que este puede trasladarse a otra parte si él así lo aprueba.

—De modo que la decisión quedará en manos de Spencer Percival —dedujo Darcy.

—Exacto. Tal vez podría aducirse quedado que el delito se cometió en la propiedad de un magistrado local, él y su familia podrían verse implicados sin motivo o podría darse pie a habladurías en la zona, insinuaciones sobre la relación entre Pemberley y el acusado que podrían interferir en la causa de la justicia. No creo que fuera fácil lograr un traslado del caso, pero el hecho de que Wickham esté relacionado por matrimonio tanto con usted como con el señor Bingley es un factor que podría complicar las cosas y que podría pesar en la decisión del fiscal general. Sus decisiones no se basan en sus deseos personales, sino en si el traslado del caso iría en bien de la justicia. Independientemente de dónde se celebre el juicio, creo que le convendría contar con la defensa de Mickledore. Fui su asistente hace unos dos años y creo que podría convencerlo. Le sugiero que le envíe una carta urgente explicándole los hechos, y yo abordaré el tema con él cuando regrese a Londres, cosa que haré en cuanto termine la instrucción.

Darcy aceptó la propuesta, y le dio las gracias.

—Creo, caballeros —prosiguió Alveston—, que deberíamos refrescar la memoria sobre la declaración que realizaremos al ser interrogados acerca de las palabras que pronunció Wickham cuando llegamos junto a él y lo hallamos arrodillado sobre al cuerpo. Sin duda, se trata de algo crucial para el caso. Es evidente que debemos decir la verdad, pero será interesante constatar si nuestra memoria coincide en las palabras exactas de Wickham.

Sin esperar a que ninguno de los dos hablara, el coronel Fitzwilliam dijo:

—Es natural que causaran una honda impresión en mí, y creo ser capaz de reproducirlas con exactitud. Wickham dijo: «Está muerto. Dios mío, Denny está muerto. Era mi amigo, mi único amigo, y lo he matado. Es culpa mía.» Es opinable, claro está, lo que quiso decir con eso de que la muerte de Denny fuera culpa suya.

—Mi recuerdo —intervino Alveston— es exactamente el mismo que el del coronel, pero, al igual que él, no me atrevo a interpretar sus palabras. Por el momento coincidimos.

Era el turno de Darcy, que dijo:

—Yo no podría ser tan preciso sobre el orden de sus palabras, pero sí me atrevo a afirmar con total seguridad que Wickham dijo que había matado a su amigo, a su único amigo, y que era culpa suya. También a mí me parecen ambiguas sus palabras, y no intentaría explicarlas a menos que me presionaran para que lo hiciera, y tal vez ni aun así lo haría.

—Es poco probable que el juez de instrucción proceda de ese modo —prosiguió Alveston—. Si formula la pregunta, quizá señale que ninguno de nosotros puede estar seguro de lo que pasa por la mente de otra persona. En mi opinión, y esto es ya pura especulación, lo que quiso decir es que Denny no se habría internado en el bosque ni se habría encontrado con su atacante si no hubieran discutido, y que Wickham se consideraba responsable de lo que fuera que había suscitado la repugnancia de Denny. El caso, sin duda, girará alrededor de lo que Wickham quiso decir con esas palabras.

Parecía que la reunión podía darse ya por concluida, pero, antes de que ninguno de los tres se pusiera en pie, Darcy dijo:

—De modo que el destino de Wickham, su vida o su muerte, dependerá de doce hombres influidos, como no puede ser de otro modo, por sus propios prejuicios, de la fuerza de la declaración del acusado, y de la elocuencia de los abogados defensores.

—¿De qué otro modo podría abordarse el caso? —preguntó el coronel—. Se pondrá en manos de doce compatriotas, y no puede haber mayor garantía de justicia que el veredicto de doce ingleses honrados.

—Sin posibilidad de apelación —apostilló Darcy.

—¿Cómo podría haberla? Las decisiones del jurado siempre han sido sagradas. ¿Qué propone usted, Darcy, un segundo tribunal popular, que bajo juramento coincidirá con el primer veredicto o discrepará de él? ¿Y después otro? Eso sería una gran idiotez, y si se llevara *ad infinitum*, acabaría implicando, posiblemente, que un tribunal extranjero juzgara los casos ingleses. Y eso sería el fin de algo más que de nuestro sistema judicial.

—¿No podría existir —planteó Darcy— un tribunal de apelación formado por tres, tal vez cinco jueces, que pudiera convocarse si existiera desacuerdo en alguna cuestión legal particularmente compleja?

Alveston intervino entonces.

—No cuesta imaginar la reacción de un jurado inglés ante la propuesta de que su decisión fuera a ser estudiada por tres jueces. Es el juez, durante la vista, quien decide sobre las cuestiones legales, y si es incapaz de hacerlo, entonces no está capacitado para ser juez. Además, hasta cierto punto, ya existe un tribunal de apelación. El juez puede iniciar el proceso para obtener un indulto si no le satisface el resultado, y un veredicto que a la opinión pública le parece injusto siempre puede desembocar en indignación pública y, en ocasiones, en protesta violenta. Le aseguro que no existe nada más poderoso que un inglés justamente indignado. Pero, como sabrá, yo soy miembro del grupo de abogados que se ocupan de examinar la efectividad de nuestro sistema legal, y existe una reforma que sí me gustaría ver realizada: el derecho de los fiscales a pronunciar un discurso final antes del veredicto debería extenderse también a la defensa. No veo motivos para que tal cambio no pueda producirse, y esperamos que se instituya antes del final del presente siglo.

—¿Cuál podría ser la objeción para implantarlo? —preguntó Darcy.

—Sobre todo, la falta de tiempo. Los tribunales de Londres ya soportan una carga excesiva de trabajo, y son demasiados los casos que se ven con una rapidez indecente. Los ingleses son aficionados a los abogados, pero no hasta el punto de desear pasarse la tarde escuchando más discursos de los que ya escuchan. Se considera que es suficiente con que el acusado hable por sí mismo, y que los interrogatorios a los testigos aportados por la defensa bastan para asegurar un juicio justo. A mí, estos argumentos no me resultan del todo convincentes, pero me consta que se defienden con sinceridad.

—Hablas como un radical, Darcy —intervino el coronel—. No sabía que tuvieras tanto interés por las leyes, ni que estuvieras tan entregado a su reforma.

—Yo tampoco, pero cuando uno se enfrenta, como nosotros ahora, a la realidad que aguarda a George Wickham, y ve la línea tan estrecha que separa la vida de la muerte, tal vez sea natural mostrarse a la vez interesado y preocupado por la ley. —Hizo una pausa antes de proseguir—. Si no tienen nada más que añadir, tal vez podríamos prepararnos para cenar con las damas.

2

Recién estrenado, el martes prometía ser un día agradable, con la esperanza, incluso, de algo de sol otoñal. Wilkinson, el cochero, se había labrado merecidamente la reputación de prever los cambios de tiempo, y dos días atrás había profetizado que el viento y la lluvia darían paso al sol y algún chubasco. Era la jornada que Darcy había escogido para reunirse con su secretario, John Wooller, quien almorzaría en Pemberley y por la tarde se trasladaría a caballo hasta Lambton para ver a Wickham, deber que, sin duda, no sería fuente de placer para ninguno de los dos.

Elizabeth había planeado aprovechar su ausencia para visitar la cabaña del bosque con Georgiana y el señor Alveston, pues deseaban interesarse por el estado de salud de Will y llevarle vino y exquisiteces que ella y la señora Reynolds esperaban que tentaran su apetito. También quería asegurarse de que a su madre y a su hermana no les preocupara quedarse solas cuando Bidwell trabajaba en Pemberley. Georgiana se había ofrecido gustosamente a acompañarla, y Alveston no había dudado en postularse como el escolta masculino que Darcy consideraba esencial, pues sabía que tranquilizaría por igual a las dos damas. Elizabeth estaba impaciente por ponerse en marcha lo antes posible tras un almuerzo temprano: el sol de otoño era una bendición que no estaba destinada a durar y, además, Darcy había insistido en que iniciaran el camino de regreso antes de que atardeciera.

Sin embargo, antes, tenía algunas cartas que escribir y, tras el desayuno, se dispuso a dedicar varias horas a la tarea. Todavía debía responder a algunas notas de afecto e interés enviadas por amigos que habían sido invitados al baile, y sabía que la familia de Longbourn, a la que Darcy había informado por correo expreso, esperaba, al menos, recibir diariamente una carta con las novedades. También estaban las hermanas de Bingley, la señora Hurst y la señorita Bingley, a las que debía comunicarse lo que iba aconteciendo, aunque en ese caso podía, al menos, delegar la tarea en el propio Bingley. Las dos visitaban a su hermano y a Jane dos veces al año, pero vivían tan inmersas en los placeres de Londres, que pasar más de un mes en el campo les resultaba intolerable. Cuando, finalmente, se instalaban en Highmarten, condescendían a visitar Pemberley. Alardear de sus reuniones, de su relación con el señor Darcy, de los esplendores de su residencia, era un placer demasiado intenso como para sacrificarlo por culpa de sus esperanzas truncadas o su resentimiento, aunque, de hecho, ver a Elizabeth como señora de Pemberley seguía siendo una afrenta que ninguna de las dos toleraba sin un doloroso ejercicio de autocontrol y, para alivio de la esposa de Darcy, sus visitas no eran frecuentes.

Ella sabía que Bingley las habría disuadido con tacto de ir a Pemberley en las actuales circunstancias, y estaba segura de que se mantendrían alejadas. Un asesinato en la familia puede aportar una chispa de emoción en las cenas de gala más solicitadas, pero era poco el beneficio social que podía proporcionar la brutal eliminación de un simple capitán de infantería, sin dinero ni posición que lo convirtieran en personaje interesante. Dado que ni siquiera el más huraño se libra de oír los chismes subidos de tono, siempre es mejor disfrutar de aquello que no puede evitarse, y era del dominio público, tanto en Londres como en Derbyshire, que la señorita Bingley se mostraba más que interesada, en aquella ocasión, en no abandonar Londres. Su caza de un caballero viudo de gran fortuna acababa de entrar en la fase más esperanzadora. Sin duda, sin su posición ni su dinero, habría sido considerado el hombre más tedioso de Londres, pero para que a una la llamen «su gracia» debe estar dispuesta a aceptar algún inconveniente, y la lucha por hacerse con sus riquezas, su título, y cualquier otra cosa que pudiera tener a bien ceder, era, comprensiblemente, encarnizada. Había un par de madres avariciosas, con dilatada experiencia en lances matrimoniales, que trabajaban arduamente en representación de sus hijas, y la señorita Bingley no tenía intención de ausentarse de Londres en una etapa tan delicada de la competición.

Elizabeth había terminado de redactar las cartas que enviaría a su familia de Longbourn, y la de su tía Gardiner, cuando Darcy apareció con una misiva que había llegado la noche anterior por correo urgente y que acababa de abrir. Entregándosela, le dijo:

—Lady Catherine, como era de esperar, ha comunicado la noticia al señor Collins y a Charlotte, y estos adjuntan su carta a la de ella. Supongo que su contenido no te sorprenderá, ni te complacerá. Voy a estar en el despacho con John Wooller, pero espero verte a la hora del almuerzo, antes de mi partida a Lambton.

Lady Catherine había escrito:

Querido sobrino:

Tu carta, como supondrás, supuso un impacto considerable, pero, afortunadamente, puedo aseguraros a ti y a Elizabeth que no he sucumbido. Tuve, eso sí, que llamar al doctor Everidge, que me felicitó por mi fortaleza. Os aseguro que me encuentro tan bien como cabe esperar. La muerte de ese desgraciado joven —de quien, por supuesto, no sé nada— causará inevitablemente una conmoción nacional que, dada la importancia de Pemberley, no podrá evitarse. El señor Wickham, al que la policía ha detenido con gran tino, parece tener un extraordinario talento para crear problemas y avergonzar a las personas respetables, y no puedo evitar sentir que la indulgencia de tus padres hacia él, en su infancia, en contra de la cual me expresé con frecuencia ante lady Anne, ha sido responsable de muchos de sus desmanes posteriores. Con todo, prefiero creer que, al menos de esta monstruosidad, él es inocente y, dado que su desafortunado matrimonio con la hermana de tu esposa lo ha convertido en hermano tuyo, desearás sin duda hacerte cargo de los gastos derivados de su defensa. Esperemos que, al hacerlo, no te arruines tú ni arruines a tus hijos. Necesitarás un buen abogado. Bajo ningún concepto contrates a uno del lugar: solo obtendrás a un don nadie que combinará la ineficacia con unas expectativas de remuneración descabelladas. Yo te ofrecería a mi señor Pegworthy, pero lo necesito aquí. La prolongada discrepancia que mantengo con mi vecino por el asunto de las lindes, de la que ya te he informado, está llegando a su punto álgido, y en los últimos meses ha habido un aumento lamentable de la caza furtiva. Acudiría personalmente a ofrecerte mis consejos —el señor Pegworthy asegura que, de haber sido yo un hombre y de haberme dedicado al derecho, habría sido un orgullo para la abogacía inglesa—, pero hago falta aquí. Si hubiera de visitar a todas las personas que podrían beneficiarse de mis consejos, no estaría nunca en casa. Te sugiero que contrates a un abogado de Inner Temple. Se dice que son todos unos caballeros. Di que acudes de mi parte, y te recibirán bien.

Transmitiré tus noticias al señor Collins, dado que no pueden mantenerse ocultas. En tanto que clérigo, se sentirá inclinado a enviarte sus habituales y deprimentes palabras de consuelo, y yo adjuntaré su misiva a mi carta, aunque le impondré limitaciones en cuanto a su extensión.

Os envío mi comprensión a ti y a la señora Darcy. No dudes en solicitar mi presencia si los acontecimientos del caso se tuercen, y yo me enfrentaré a las nieblas otoñales para estar a tu lado.

Elizabeth no esperaba leer nada interesante en la carta del señor Collins, quien se habría entregado con censurable placer a su habitual mezcla de pomposidad y estupidez. Era, eso sí, más larga de lo que ella suponía. A pesar de lo declarado, lady Catherine había sido indulgente en ese punto. Empezaba afirmando que no tenía palabras para expresar su sorpresa y su espanto para, acto seguido, encontrar un gran número de ellas, aunque pocas acertadas y ninguna de la menor utilidad. Como había hecho en el caso de la boda de Lydia, atribuía todo aquel desgraciado asunto a la falta de control sobre su hija ejercido por el señor y la señora Bennet, y a continuación se felicitaba por el rechazo de la propuesta de matrimonio que lo habría vinculado a él, irremediablemente, a la tragedia. Seguía profetizando un catálogo de desastres para la afligida familia, que empezaba con el peor de todos —el disgusto de lady Catherine, que les vetaría la entrada en Rosings— e iba desde la ignominia pública, hasta la ruina y la muerte. Concluía mencionando que, en cuestión de meses, su querida Charlotte le daría su cuarto hijo. La rectoría de Hunsford empezaba a quedarse un poco pequeña para su familia en aumento, pero confiaba en que la Providencia, a su debido tiempo, le proporcionaría una vida más desahogada y una casa más grande. Elizabeth pensó que con aquellas palabras apelaba, y no era la primera vez que lo hacía, al interés del señor Darcy, y como en ocasiones anteriores recibiría la misma respuesta. La Providencia, por el momento, no se mostraba muy inclinada a ayudarlo y Darcy, desde luego, tampoco lo haría.

La carta de Charlotte, sin lacre, era la que Elizabeth estaba esperando. Constaba apenas de unas frases breves y convencionales mostrando su consternación, su condolencia, y le aseguraba que sus pensamientos y los de su esposo estaban con la afligida familia. Sin duda, el señor Collins habría de leer la carta, y por tanto de ella no cabía esperar nada más íntimo ni afectuoso. Charlotte Lucas había sido amiga de Elizabeth durante la infancia y la primera juventud, la única mujer, además de su hermana Jane, con la que le había sido posible entablar conversaciones racionales, y Elizabeth todavía lamentaba que aquella confianza mutua se hubiera transformado en cordialidad y en una correspondencia regular pero nada reveladora. Durante las dos visitas que Darcy y ella habían hecho a lady Catherine desde su matrimonio, se había impuesto un encuentro formal en la rectoría, y Elizabeth, reacia a exponer a su esposo al presuntuoso señor Collins, había acudido sola. Había intentado comprender que Charlotte aceptara la proposición matrimonial de este, hecha apenas un día después de la que pronunció ante ella y fue rechazado, pero era improbable que Charlotte hubiera olvidado o perdonado la primera reacción sorprendida de su amiga al conocer la noticia.

Elizabeth sospechaba que en una ocasión Charlotte había llegado incluso a vengarse de ella. Se había preguntado a menudo cómo había llegado a saber lady Catherine que era probable que el señor Darcy y ella se prometieran en matrimonio. Ella no había hablado nunca de aquella primera y desastrosa proposición, salvo con Jane, y había llegado a la conclusión de que había sido Charlotte quien la había traicionado. Recordaba la tarde en que Darcy, junto con los Bingley, había hecho su primera aparición en la sala de reuniones de Meryton, y Charlotte, sospechando que tal vez estuviera interesado en su amiga, le había aconsejado, al ver que ella prefería a Wickham, que no debía ignorar a un hombre de mucha mayor relevancia, como era Darcy. Y después estuvo la visita de Elizabeth a la rectoría, en compañía de William Lucas y su hija. La propia Charlotte había comentado lo frecuente de las visitas del señor Darcy y el coronel Fitzwilliam durante su estancia, y había manifestado que estas solo podían interpretarse como cumplidos a Elizabeth. Y también había que tener en cuenta la proposición misma. Cuando Darcy se hubo ido, Elizabeth había salido a caminar sola para intentar aclararse las ideas y aplacar su ira, pero Charlotte, a su regreso, debió de haberse percatado de que, en su ausencia, había ocurrido algo inapropiado.

No, era imposible que nadie, salvo Charlotte, hubiera adivinado la causa de su zozobra, y esta, en algún momento de confidencia conyugal, habría transmitido sus sospechas al señor Collins. Él sin duda no habría perdido el tiempo a la hora de advertir a lady Catherine, y tal vez hubiera exagerado el peligro, convirtiendo la sospecha en certeza. Sus motivos para hacerlo resultaban curiosamente contradictorios. Por una parte, si la boda llegaba a celebrarse, tal vez confiara en beneficiarse de una relación estrecha con el acaudalado señor Darcy. ¿Qué medios económicos no estaría en su poder proporcionarle? Pero la prudencia y el ánimo de venganza seguramente habrían pesado más que otros motivos. Nunca había perdonado a Elizabeth que lo hubiera rechazado. Su castigo por ello debería haber sido la condena a una soltería miserable y solitaria, y no un matrimonio esplendoroso, del que no habría podido mofarse ni la hija de un conde. ¿Acaso no se había casado lady Anne con el padre de Darcy? También era posible que Charlotte hubiera tenido motivos para albergar un resentimiento más justificado hacia ella, pues estaba convencida, como todo el mundo en Meryton, de que Elizabeth odiaba a Darcy. Ella, su única amiga, que se había mostrado crítica cuando Charlotte aceptó casarse por prudencia y por la necesidad de contar con un hogar, había acabado aceptando a un hombre al que detestaba, como era del dominio público, incapaz de resistirse al trofeo que significaba Pemberley. Nunca resulta tan difícil felicitar a un amigo por su buena fortuna como cuando esa buena fortuna parece inmerecida.

El matrimonio de Charlotte podía verse como un éxito, lo mismo tal vez que todos los matrimonios cuando los dos miembros de la pareja obtienen exactamente lo que la unión les prometía. El señor Collins contaba con una esposa y un ama de casa competente, con una madre para sus hijos, y con la aprobación de su patrona, mientras que Charlotte había emprendido el único camino mediante el cual una mujer soltera, carente de belleza y de escasa fortuna, podía aspirar a obtener independencia. Elizabeth recordaba que Jane, amable y tolerante como siempre, le había aconsejado que no culpara a Charlotte por aceptar el compromiso sin recordar qué era lo que con él dejaba atrás. A Elizabeth nunca le habían gustado los hijos varones de los Lucas. Ya de niños resultaban escandalosos, antipáticos y anodinos, y no le cabía duda de que de adultos habrían despreciado y sentido como una vergüenza y una carga a una hermana soltera, y no se habrían molestado en ocultar sus sentimientos. Desde el principio, Charlotte había manejado a su esposo con la misma habilidad con que trataba a los criados y se ocupaba del corral, y Elizabeth, durante su primera visita a Hunsford con sir William y su hija, había visto cómo su amiga minimizaba la desventaja de su situación. Al señor Collins le habían asignado un aposento en el ala delantera de la rectoría, donde la posibilidad de ver pasar a los transeúntes, entre ellos a lady Catherine montada en su carruaje, lo mantenía felizmente sentado junto a la ventana, mientras que pasaba casi todo el tiempo libre del que disponía, con el beneplácito y el aliento de su esposa, dedicado a la jardinería, actividad por la que demostraba talento y entusiasmo. Trabajar la tierra suele considerarse una actividad virtuosa, y ver a un jardinero entregado diligentemente a su tarea provoca, sin excepción, una corriente de simpatía y aprobación, aunque solo sea porque evoca la imagen de unas patatas o unos guisantes a punto de ser desenterrados. Elizabeth sospechaba que el señor Collins nunca le parecía mejor marido a Charlotte como cuando esta lo veía, desde una distancia prudencial, inclinando la espalda sobre su huerto.

Charlotte era la mayor de una familia numerosa, lo que le había dado cierta destreza para enfrentarse a los desmanes masculinos, y el método que seguía con su marido resultaba ingenioso. Le elogiaba sistemáticamente cualidades que no poseía, con la esperanza de que, halagado por sus loas y su aprobación, acabara por adquirirlas. Elizabeth tuvo ocasión de ver ese método en acción cuando, instada con urgencia por su amiga, le dedicó una visita breve en solitario, unos dieciocho meses después de su boda. Los congregados se dirigían de regreso a la rectoría en uno de los carruajes de lady Catherine de Bourgh, cuando la conversación se centró en otro de los invitados, el clérigo de una parroquia vecina ordenado recientemente, y pariente lejano de la patrona.

Charlotte dijo:

—El señor Thompson es, sin duda, un joven excelente, pero parlotea demasiado para mi gusto. Elogiar todos los platos ha resultado innecesariamente servil, y le ha hecho parecer ávido en exceso. Y, una o dos veces, cuando hablaba sin parar, me he percatado de que a lady Catherine no le complacía. Qué lástima que no te haya tomado a ti como ejemplo, amor mío. Habría dicho menos, y habría estado más atinado.

El señor Collins no era lo bastante sutil como para detectar la ironía, ni para sospechar que se trataba de una estratagema. Su vanidad le había llevado a aceptar sin más el elogio, y durante la siguiente cena en Rosings a la que fueron invitados, se pasó casi toda la velada sumido en un silencio tan forzado que Elizabeth temió que lady Catherine diera unos golpecitos en la mesa con la cuchara y le preguntara por qué tenía tan poco que decir.

Durante los últimos diez minutos, Elizabeth había apoyado la pluma en el escritorio y había dejado que su mente vagara hasta sus días de Longbourn, hasta Charlotte y su larga amistad. Ya iba siendo hora de olvidarse de aquellas cartas y de bajar a ver qué había preparado la señora Reynolds para los Bidwell. Cuando se dirigía a los aposentos del ama de llaves, recordó que lady Catherine, en una de sus visitas del año anterior, la había acompañado a llevar a la cabaña del bosque algunos alimentos adecuados para un hombre en estado grave. No la habían invitado a entrar en la habitación del enfermo, y lady Catherine no había mostrado intención de hacerlo, y cuando regresaban a casa se había limitado a comentar:

—El diagnóstico del doctor McFee ha de considerarse altamente sospechoso. Nunca he sido partidaria de las muertes dilatadas. En la aristocracia, son señal de afectación; en las clases bajas, son simples excusas para no trabajar. El segundo hijo del herrero lleva cuatro años muriéndose, supuestamente, pero cuando paso por delante de su negocio lo veo ayudar a su padre, robusto y gozando de muy buena salud. Los De Bourgh nunca hemos sido dados a las muertes prolongadas. La gente debería decidir si quiere vivir o morir, y hacer una cosa o la otra, causando los menores inconvenientes a los demás.

El asombro y la sorpresa de Elizabeth al oír aquellas palabras fueron tales que no logró articular palabra. ¿Cómo podía hablar lady Catherine con semejante desapego de las muertes dilatadas apenas tres años después de haber perdido a su única hija, que había muerto tras una larga enfermedad? Sin duda, tras los primeros momentos de dolor, la dama había recobrado la calma —y, con ella, gran parte de su intolerancia anterior— a una velocidad asombrosa. La señorita De Bourgh, una muchacha simple y silenciosa, no había causado demasiado impacto en el mundo mientras vivió, y menos aún al morir. Elizabeth, que para entonces ya había sido madre, había hecho todo lo posible, invitándola afectuosamente a visitar Pemberley, y trasladándose ella misma hasta Rosings, para apoyar a lady Catherine durante las primeras semanas del luto, y tanto sus ofrecimientos como sus muestras de comprensión, que tal vez la madre no esperaba, habían surtido efecto. Lady Catherine seguía siendo, en esencia, la misma mujer que siempre había sido, pero ahora las sombras de Pemberley parecían menos contaminadas cuando Elizabeth emprendía su paseo diario bajo los árboles, y la tía de su esposo parecía más dispuesta a visitar Pemberley que Darcy y Elizabeth a recibirla en su casa.

3

Todos los días había tareas de las que ocuparse, y en su responsabilidad hacia Pemberley, su familia y la servidumbre Elizabeth hallaba, al menos, un antídoto contra los peores horrores de su imaginación. Esa era una jornada con obligaciones tanto para su esposo como para ella. Sabía que no podía demorar más su visita a la cabaña del bosque. Los disparos en la noche, el conocimiento de que el brutal asesinato había tenido lugar a menos de cien yardas de la cabaña, y mientras Bidwell se encontraba en Pemberley, debían de haber dejado en la esposa de este un poso de espanto y tristeza que se añadiría a su ya pesada carga de dolor. Elizabeth sabía que Darcy había visitado la cabaña el jueves anterior, donde sugirió que Bidwell sería liberado de sus tareas la víspera del baile para que pudiera acompañar a su familia en aquellos momentos difíciles, pero tanto el marido como la mujer se negaron con vehemencia al privilegio, alegando que no era necesario, y Darcy había notado que su insistencia solo había servido para alterarlos más. Bidwell nunca aceptaba nada que pudiera implicar que no era indispensable, aunque fuera temporalmente, para Pemberley y su señor. Desde que había renunciado a su cargo como jefe de cocheros, siempre había pulido la plata la noche anterior al baile de lady Anne y, en su opinión, no había nadie más en la casa a quien pudiera encomendarse la tarea.

Durante el año anterior, cuando la salud del joven Will se debilitó más y menguó la esperanza de que se restableciera, Elizabeth había realizado visitas periódicas a la cabaña, donde, al principio, le permitían la entrada al pequeño dormitorio de la entrada en el que yacía el paciente. Últimamente, se había percatado de que su presencia junto al lecho, en compañía de la señora Bidwell, causaba más vergüenza que alivio al enfermo, y, de hecho, podía interpretarse como una imposición por su parte, por lo que a partir de cierto momento había decidido permanecer en el saloncito, consolando en la medida de sus posibilidades a la desolada madre. Cuando los Bingley se instalaban en Pemberley, Jane la acompañaba siempre, junto a su esposo, y ese día sintió que echaría de menos la presencia de su hermana, y cuánto consuelo le había proporcionado siempre contar con una encantadora y amada compañera a la que poder confiar incluso sus más oscuros pensamientos, y cuya bondad y dulzura aliviaban todas las zozobras. En ausencia de Jane, Georgiana y una de las doncellas de mayor rango la acompañaban, pero aquella, sensible a la posibilidad de que la señora Bidwell hallara mayor consuelo en una conversación confidencial con la señora Darcy, solía presentarle sus respetos brevemente y se sentaba fuera, en un banco de madera fabricado tiempo atrás por el joven Will. Darcy participaba en contadas ocasiones en aquellas visitas rutinarias, puesto que llevar una cesta con exquisiteces preparada por la cocinera de Pemberley se consideraba más bien cosa de mujeres. Ese día, salvo por la visita a Wickham, había manifestado su preferencia por quedarse en Pemberley, por si sucedía algo que requiriera su atención, y durante el desayuno acordaron que un criado acompañaría a Elizabeth y a Georgiana. Fue entonces cuando Alveston, dirigiéndose a Darcy, dijo en voz baja que para él sería un privilegio acompañar a la señora Darcy y a la señorita Georgiana, si a ellas les complacía la idea. Y, en efecto, ellas la recibieron con gratitud. Elizabeth miró fugazmente a su cuñada, y al hacerlo vio en sus ojos una alegría que se apresuró a ocultar, pero que en cualquier caso convirtió en obvia su respuesta afirmativa.

Elizabeth y Georgiana partieron hacia el bosque en un landó pequeño, mientras Alveston, a su lado, las escoltaba montado a lomos de su caballo, *Pompeyo*. La neblina matutina se había disipado tras la noche, y el día era radiante, frío pero soleado, y el aire estaba impregnado de los aromas dulces y conocidos del otoño: hojas, tierra fresca y un olor lejano a leña quemada. Incluso los caballos parecían disfrutar del tiempo apacible, moviendo la testuz arriba y abajo, y tirando de las bridas. El viento había cesado, pero los restos de la tormenta se amontonaban en el camino. Las hojas secas crujían bajo las ruedas o se arremolinaban a su paso. Los árboles todavía no estaban desnudos, y las ricas tonalidades otoñales, rojizas y amarillas, parecían más intensas bajo el cielo azul tan pálido. En días como ese, a Elizabeth le resultaba imposible no sentir alegría en el corazón, y por primera vez desde que se había despertado, sintió un ligero estallido de esperanza. Pensó que, si alguien los viera, pensaría que salían a comer al aire libre: las crines de los animales al viento, el cochero ataviado con su librea, la cesta con las provisiones, el joven apuesto cabalgando a su lado. Cuando se adentraron en el bosque, constató que las ramas oscuras, entrelazadas en lo alto, que al anochecer transmitían la imagen descarnada del techo de una cárcel, dejaban pasar haces de luz que se posaban en el camino cubierto de hojas y teñían el verde oscuro de los arbustos de un resplandor primaveral.

El landó se detuvo y el cochero recibió la orden de regresar transcurrida una hora exacta. Entonces, Alveston encabezó la expedición, sosteniendo en una mano las riendas de *Pompeyo*, y en la otra la cesta con las viandas. Los tres caminaron entre los troncos brillantes de los árboles y, por el transitado sendero, llegaron a la cabaña. No llevaban aquellos alimentos por caridad —en Pemberley no había ningún miembro del servicio sin techo, comida o ropa—, sino que eran exquisiteces que la cocinera preparaba con esmero por si abrían el apetito de Will: consomés hechos con el mejor buey, ligados con jerez, según una receta inventada por el doctor McFee, pequeñas y sabrosas tartaletas que se derretían en la boca, jaleas de fruta, y melocotones y peras madurados en los invernaderos. El enfermo ya apenas toleraba siquiera aquellas delicias, pero eran recibidas con gratitud, y si Will no las comía, su madre y su hermana darían buena cuenta de ellas.

A pesar de avanzar en silencio, la señora Bidwell debió de oírlos, pues esperaba junto a la puerta para darles la bienvenida. Era una mujer menuda y delgada, cuyo rostro, como una acuarela borrosa, seguía evocando la belleza frágil y la promesa de la juventud, aunque últimamente la angustia y la dureza de la muerte lenta de su hijo la habían convertido en una anciana. Elizabeth le presentó a Alveston, quien, sin mencionar directamente a Will, logró transmitirle un sentimiento de auténtica compasión. Le dijo que era un placer conocerla y sugirió que esperaría a la señora y a la señorita Darcy en el banco exterior.

—Lo hizo mi hijo William, señor, y lo terminó la semana antes de caer enfermo. Era un buen carpintero, como verá, y le gustaba crear y fabricar muebles. La señora Darcy tiene en su casa una mecedora, ¿no es cierto, señora?, que Will fabricó la Navidad anterior al nacimiento del señorito Fitzwilliam.

—Así es —corroboró Elizabeth—. La tenemos en gran estima y siempre pensamos en Will cuando los niños se suben en ella.

Alveston le dedicó una inclinación de cabeza, salió y se sentó en el banco, que estaba situado donde empezaba el bosque y resultaba apenas visible desde la cabaña, mientras Elizabeth y Georgiana lo hacían en el saloncito, en los lugares que les indicaron. Se trataba de una estancia amueblada con sencillez, con una mesa ovalada y cuatro sillas, y otras dos más cómodas a cada lado de la chimenea, rematada por una ancha repisa atestada de recuerdos familiares. La ventana delantera estaba entreabierta, pero aun así el calor resultaba sofocante, y aunque el dormitorio de Will Bidwell se encontraba en la planta superior, la cabaña entera parecía impregnada del olor acre de una larga enfermedad. Junto a la ventana había una cuna-balancín, y a su lado una mecedora. Con el permiso de la señora Bidwell, Elizabeth se acercó a ver al pequeño durmiente y felicitó a la abuela por la belleza y la buena salud del recién llegado. Louisa no se veía por ninguna parte. Georgiana sabía que la señora Bidwell agradecería poder hablar a solas con Elizabeth y, tras preguntar por Will y expresar su admiración por el bebé, aceptó la sugerencia de su cuñada, que las dos habían acordado de antemano, de que saliera a reunirse con Alveston. En un momento vaciaron el cesto, cuyo contenido fue recibido con muestras de agradecimiento, y las dos mujeres se sentaron frente a la chimenea.

—Ya casi no admite alimentos —dijo la señora Bidwell—, pero le gusta esa sopa de buey tan fina, y yo lo tiento con alguna natilla y, claro está, con vino. Le agradezco que haya venido, señora, pero no le pediré que suba a verlo. Solo conseguiría disgustarse, y él ya no tiene fuerzas para decir casi nada.

—El doctor McFee lo visita con frecuencia, ¿no es cierto? ¿Logra procurarle algún alivio?

—Viene cada dos días, señora, por más ocupado que esté, y nunca nos cobra ni un penique. Dice que a Will ya no le queda mucho tiempo. Oh, señora, usted conoció a mi pequeño cuando llegó a Pemberley recién casada. ¿Por qué ha tenido que ocurrirle a él, señora? Si existiera alguna razón, algún propósito, tal vez lo sobrellevaría mejor.

Elizabeth le tomó la mano.

—Esta es una pregunta que siempre nos hacemos, y no obtenemos respuesta —dijo con voz sosegada—. ¿La visita el reverendo Oliphant? El domingo, tras el servicio, comentó que quería venir a ver a Will.

—Sí viene, señora, y nos sirve de consuelo, sin duda. Pero recientemente Will me ha pedido que no lo haga entrar, de modo que yo le pongo excusas. Espero que no se ofenda.

—Estoy segura de que no se ofenderá, señora Bidwell. El señor Oliphant es un hombre sensible y comprensivo. El señor Darcy confía mucho en él.

—Todos nosotros también, señora.

Permanecieron en silencio unos instantes, al cabo de los cuales la señora Bidwell dijo:

—No le he dicho nada sobre la muerte de ese pobre muchacho, señora. A Will le afectó profundamente que algo así ocurriera en el bosque, tan cerca de casa, y que él no pudiera hacer nada para protegernos.

—Espero que, de todos modos, ustedes no corrieran peligro, señora Bidwell —replicó Elizabeth—. Me dijeron que usted no había oído nada.

—No, señora, salvo los disparos de pistola, aunque lo ocurrido le ha recordado a Will su impotencia, la carga que su padre debe soportar. Pero esta tragedia es espantosa para usted y para el señor, y yo no debería hablar de asuntos de los que nada sé.

—¿Conoció usted al señor Wickham de niño?

—Por supuesto, señora. Él y el señor, cuando eran jóvenes, solían jugar en el bosque. Eran ruidosos, como todos los niños, pero el señor, ya entonces, era el más callado de los dos. Sé que el señor Wickham, con la edad, se descarrió, y que fue fuente de preocupación para el señor, pero desde su matrimonio con usted no ha vuelto a hablarse de él, y sin duda así es mejor. Con todo, no puedo creer que el muchacho al que yo conocí haya terminado siendo un asesino.

Volvieron a sumirse largo rato en el silencio. Elizabeth había acudido a realizar una propuesta delicada, y no sabía bien cómo plantearla. A Darcy y a ella les preocupaba que, desde el ataque, los Bidwell se sintieran inseguros, viviendo, como vivían, en la cabaña del bosque, y más considerando que su hijo estaba gravemente enfermo, y que el propio Bidwell pasaba mucho tiempo en Pemberley. Resultaría comprensible que se sintieran inquietos, y Darcy y Elizabeth habían acordado que esta les propondría la mudanza de todos a la casa, al menos hasta que se resolviera el misterio. La viabilidad de la idea dependería, en primer lugar, de si Will estaba en condiciones de afrontar el traslado, que en todo caso se realizaría con sumo cuidado, en camilla, para evitar los bandazos de un carruaje, y tras el cual el enfermo recibiría los cuidados más esmerados una vez que lo hubieran instalado en una habitación tranquila de Pemberley. Pero cuando Elizabeth formuló su propuesta, la reacción de la señora Bidwell la desconcertó. Por primera vez, la mujer pareció sinceramente asustada, y respondió con gesto horrorizado.

—¡Oh, no, señora! ¡Por favor, no nos pida algo así! Will no sería feliz lejos de la cabaña. Aquí no tenemos miedo. Incluso cuando Bidwell se ausenta, Louisa y yo no tememos nada. Cuando el coronel Fitzwilliam tuvo a bien acercarse hasta aquí para asegurarse de que todo estuviera en orden, seguimos sus instrucciones e hicimos lo que nos dijo. Yo pasé el cerrojo de la puerta y cerré las ventanas de la planta baja. Además, por aquí no se acercó nadie. Fue un cazador furtivo, señora, al que sorprendieron y que actuó por impulso. No tenía nada en contra de nosotros. Y estoy segura de que el doctor McFee opinaría que Will no soportaría el viaje. Por favor, exprese nuestro agradecimiento al señor Darcy, y dígale que no hace falta, de veras.

Sus ojos, sus manos extendidas, eran una súplica.

—Si no es su deseo, no se hará —dijo Elizabeth en voz baja—, pero podemos asegurarnos, al menos, de que su esposo pase más tiempo aquí, con ustedes. Lo echaremos mucho de menos, pero los demás asumirán sus tareas mientras Will siga tan enfermo y requiera de sus cuidados.

—No aceptará, señora. Le dolerá pensar que otros pueden reemplazarlo.

Elizabeth estuvo tentada de replicar que, si ese era el caso, él tendría que aguantarse, pero percibió que allí había algo más serio que el mero deseo de Bidwell de sentirse constantemente necesitado. Decidió no ahondar más en el asunto por el momento; sin duda, la señora Bidwell hablaría con su esposo, y tal vez cambiara de opinión. Además, por supuesto, ella tenía razón: si el doctor McFee creía que Will no resistiría el traslado, sería una locura intentarlo.

Intercambiaron las primeras frases de despedida, y ya se ponían en pie cuando dos piececillos regordetes aparecieron sobre el borde de la cuna y el bebé empezó a lloriquear. Mirando con aprensión hacia arriba, en dirección al dormitorio de su hijo, la señora Bidwell se acercó al momento y cogió al pequeño en brazos. Casi inmediatamente se oyeron pasos en la escalera, y en el saloncito apareció Louisa Bidwell. Elizabeth tardó unos instantes en reconocer a la muchacha que, en sus anteriores visitas a la cabaña desde que era señora de Pemberley, le había parecido siempre la viva imagen de la salud y la juventud feliz, de mejillas sonrosadas y ojos limpios, fresca como una mañana de primavera, con la ropa siempre impecablemente planchada. Ahora, en cambio, se veía diez años mayor, estaba pálida y demacrada, y los cabellos, peinados hacia atrás sin gracia, dejaban al descubierto un rostro surcado por el cansancio y la preocupación. Llevaba el vestido manchado de leche. Dedicó una brevísima inclinación de cabeza a Elizabeth y entonces, sin decir nada, arrancó casi al niño de los brazos de su madre y dijo:

—Me lo llevo a la cocina para que no despierte a Will. Yo me encargo de la leche de esta toma, madre, y le daré también la papilla buena. A ver si así se calma.

Y desapareció tras la puerta.

—Debe de ser una alegría inmensa tener al nieto en casa —comentó Elizabeth para romper el silencio—, pero también una gran responsabilidad. ¿Cuánto tiempo va a quedarse? Espero que su madre se alegre de que se lo devuelvan.

—Sí, claro que se alegrará, señora. Para Will ha sido un gran placer ver al pequeño, pero no le gusta oírlo llorar, aunque sea lo más normal cuando los recién nacidos tienen hambre.

—¿Cuándo volverá a casa? —preguntó Elizabeth.

—La semana próxima, señora. Michael Simpkins, el marido de mi hija mayor, un buen hombre, como usted sabe, señora, irá a buscarlos a la casa de postas en Birmingham, y allí recogerá al niño. Estamos esperando a que nos diga qué día le resulta más conveniente. Es un hombre ocupado, y para él no es fácil abandonar la tienda, pero mi hija y él están impacientes por volver a ver a Georgie. —Era imposible no percatarse de la tensión que se había apoderado de su voz.

Elizabeth supo que había llegado la hora de irse. Se despidió, escuchó una vez más el agradecimiento de la señora Bidwell e, inmediatamente, la puerta de la cabaña se cerró tras ella. Salió deprimida por la infelicidad evidente de la que había sido testigo, y con la mente confusa. ¿Por qué la propuesta de que la familia se trasladara a Pemberley había sido recibida con semejante aprensión? ¿Habría constituido, tal vez, una falta de tacto plantearla, una admisión tácita de que el moribundo estaría mejor cuidado en la casa grande que en su hogar, atendido por una madre amorosa? Nada más lejos de su intención. ¿Creía realmente la señora Bidwell que el desplazamiento mataría a su hijo? ¿Podía considerarse un riesgo, cuando este se realizaría en camilla, el enfermo iría bien abrigado y acompañado en todo momento del doctor McFee? La madre no había atendido a ninguna otra consideración. De hecho, parecía más angustiada ante la idea de un traslado que por la posible presencia de un asesino merodeando por el bosque. Y en Elizabeth nació una sospecha, una sospecha que era casi una certeza, que no podía compartir con sus acompañantes y que dudaba que fuera correcto referir a nadie. Volvió a pensar en lo mucho que le gustaría seguir contando con Jane en Pemberley. Pero era normal que los Bingley hubieran regresado a su casa. El puesto de su hermana estaba con sus hijos, y además, de ese modo, Lydia estaría más cerca del calabozo local, en el que, al menos, podría visitar a su esposo. Los sentimientos de Elizabeth se complicaban más aún cuando pensaba que Pemberley se había quedado más tranquilo sin los repentinos cambios de humor de su hermana menor, sin sus constantes quejas y lamentos.

Por un momento, inmersa en aquella maraña de ideas y emociones, prestó poca atención a sus acompañantes, pero entonces vio que habían caminado juntos hasta el límite del claro, y la miraban como si se preguntaran cuándo iba a ponerse en marcha. Ella ahuyentó de su mente las preocupaciones y fue a su encuentro.

—Faltan veinte minutos para que regrese el landó —dijo, tras consultar la hora en su reloj—. Ya que hace sol, y aunque no vaya a durar mucho, ¿por qué no nos sentamos un rato antes de volver?

El banco estaba situado de espaldas a la cabaña, y proporcionaba vistas a una ladera lejana que descendía hasta el río. Elizabeth y Georgiana se sentaron en un extremo, y Alveston en el otro, con las piernas extendidas y las manos entrelazadas detrás de la nuca. Ahora que los vientos otoñales habían despojado los árboles de muchas de sus hojas, podía distinguirse, en la distancia, la delgada línea resplandeciente que separaba el río del cielo. ¿Acaso fueron aquellas vistas del cauce las que llevaron al bisabuelo de Georgiana a escoger el lugar? El banco original había desaparecido hacía mucho, pero el nuevo, fabricado por Will, era resistente y bastante cómodo. Junto a él, con la forma de medio escudo, se alzaban unos matorrales de bayas rojas y un arbusto cuyo nombre Elizabeth no era capaz de recordar, de hojas duras y flores blancas.

Transcurridos unos minutos, Alveston se volvió hacia Georgiana.

—¿Residía permanentemente aquí su bisabuelo o se trataba de un retiro ocasional para descansar del ajetreo de la casa grande?

—Vivía aquí siempre. Mandó construir la cabaña y se trasladó a ella sin criados ni cocineros. Le traían comida de vez en cuando, pero él y su perro, *Soldado*, solo querían su compañía mutua. Su vida fue un gran escándalo para la época, y ni siquiera su familia lo comprendió. Que un Darcy no residiera en Pemberley les parecía una falta de responsabilidad. Y después, cuando *Soldado* envejeció y enfermó, mi bisabuelo le pegó un tiro al animal y se pegó otro él. Dejó una nota en la que pedía que los enterraran juntos, en la misma tumba, en el bosque, y de hecho existen una lápida y una sepultura, aunque solo para *Soldado*. A la familia le horrorizó la idea de que un Darcy quisiera yacer eternamente en tierra no consagrada, y ya supondrá lo que pensó de ello el párroco. Así pues, el bisabuelo está enterrado en el panteón familiar, y *Soldado* en el bosque. Yo siempre sentí lástima por mi antepasado y, cuando era niña, iba con mi institutriz a dejar flores o frutos del bosque sobre la tumba. En mi imaginación infantil, yo creía que el abuelo estaba ahí, junto a su perro. Pero, cuando mi madre descubrió lo que ocurría, despidieron a la institutriz y me prohibieron acercarme al bosque.

—Te lo prohibieron a ti, no a tu hermano —intervino Elizabeth.

—No, a Fitzwilliam no. Pero él es diez años mayor que yo, ya era adulto cuando yo era una niña, y no creo que sintiera lo mismo que yo por el bisabuelo.

Se hizo un silencio, y Alveston dijo:

—¿Todavía existe esa tumba? Podría acercarse a dejar unas flores, si lo desea, ahora que ya no es una niña.

A Elizabeth le pareció que, con sus palabras, insinuaba algo más que una visita a la sepultura de un perro.

—Sí, me gustaría —dijo Georgiana—. Desde que tenía once años no he vuelto. Me interesaría ver si algo ha cambiado, aunque no lo creo. Recuerdo cómo se llega, y no es lejos del camino. No haríamos esperar al landó.

Así pues, se pusieron en marcha. Georgiana daba las indicaciones, y Alveston, tirando de *Pompeyo*, avanzaba un poco por delante para aplastar las ortigas y apartar las ramas que dificultaban el paso. Georgiana sostenía un ramillete que Alveston había recogido para ella. Sorprendía cuánto brillo, cuántos recuerdos de la primavera eran capaces de evocar aquellas pocas florecillas obtenidas un día soleado de octubre. Había encontrado algunas flores blancas, otoñales, unas bayas de un rojo encendido, aunque no lo bastante maduras como para desprenderse de sus tallos, y una o dos hojas veteadas de oro. Ninguno de los tres hablaba. Elizabeth, cuya mente había regresado a su maraña de preocupaciones, se preguntaba si era sensato iniciar aquella expedición, por más que no acertaba a pensar en qué sentido podía no resultar recomendable. Ese día cualquier hecho que se saliera de la norma parecía infundir temor y evocar posibles peligros.

Fue entonces cuando se fijó en que el camino había sido transitado recientemente. En ciertos lugares, las ramas más frágiles y los tallos estaban rotos, y en un punto en que la tierra formaba una ligera pendiente y las hojas húmedas se acumulaban, le pareció que estas habían sido pisadas con fuerza. No sabía si Alveston se habría fijado también, pero no dijo nada y, en cuestión de unos minutos, abandonaron el sotobosque y llegaron a un pequeño claro rodeado de abedules. En su centro se alzaba una estela funeraria de granito de unos dos pies de altura, con el remate redondeado. No había lápida horizontal elevada, y la piedra, que brillaba al tenue sol, parecía surgir espontáneamente de la tierra. En silencio, leyeron las palabras grabadas en ella. «*Soldado*. Fiel hasta la muerte. Murió aquí, junto a su amo, el 3 de noviembre de 1735.»

Sin decir nada, Georgiana se acercó para dejar el ramillete a los pies de la estela. Permanecieron un instante más, contemplándolo, y entonces ella dijo:

—Pobre bisabuelo. Me gustaría haberlo conocido. Nadie me hablaba de él cuando era niña, ni siquiera las personas que lo recordaban. Era un descrédito para la familia, el Darcy que había deshonrado su nombre por haber antepuesto la felicidad privada a las responsabilidades públicas. Pero no volveré a visitar la tumba. Después de todo, su cuerpo no se encuentra aquí. Era solo una fantasía infantil pensar que tal vez, de algún modo, él supiera que me preocupaba por él. Espero que fuera feliz en su soledad. Al menos consiguió escapar.

«¿Escapar de dónde?», pensó Elizabeth.

—Creo —dijo, impaciente por regresar al landó— que deberíamos regresar a casa. El señor Darcy no tardará en volver de la cárcel y se inquietará si no hemos abandonado el bosque.

Tomaron en sentido inverso el sendero cubierto de hojas hasta llegar al camino en el que el landó estaría esperándolos. Aunque llevaban menos de una hora en el bosque, la promesa radiante de la tarde ya se había extinguido, y Elizabeth, que nunca había sido amante de caminar por espacios cerrados, sintió que los arbustos y los árboles se cernían sobre ella y la oprimían. El olor a enfermedad impregnaba aún sus fosas nasales, y la infelicidad de la señora Bidwell, la falta de esperanza por Will, le causaba un hondo dolor de corazón. Al llegar al camino principal, y cuando su anchura lo permitía, caminaban los tres juntos. Cuando volvía a estrecharse, Alveston se adelantaba unos pasos en compañía de *Pompeyo*, fijándose en el suelo, y también en lo que veía a ambos lados, como si buscara pistas. Elizabeth sabía que preferiría ir del brazo de Georgiana, pero no iba a permitir que ninguna de las dos damas caminara sola. También su cuñada avanzaba sin decir nada, sumida, tal vez, en la misma sensación de mal presagio y amenaza.

De pronto, Alveston se detuvo y se acercó precipitadamente a un roble. Parecía evidente que algo había llamado su atención. Las dos damas se reunieron con él y leyeron, en el tronco, las iniciales «F. D-Y.», grabadas a unos cuatro pies del suelo.

—¿No hay otra inscripción similar en ese acebo? —preguntó Georgiana mirando alrededor.

Un rápido examen confirmó que, en efecto, también se distinguían unas iniciales grabadas en otros dos troncos.

—No parecen las clásicas marcas que inscriben los enamorados —comentó Alveston—. A los amantes les basta con dejar constancia de sus iniciales. Quienquiera que haya grabado estas quería por todos los medios que no hubiera duda de que las letras corresponden a Fitzwilliam Darcy.

—¿Cuándo habrán sido grabadas? —se preguntó Elizabeth en voz alta—. Parecen bastante recientes.

—No tienen más de un mes, eso seguro, y son obra de dos personas. La F y la D son poco profundas, y podría haberlas escrito una mujer. Pero el guión que sigue, y la Y, son muy profundos, y estoy casi seguro de que fueron realizados con un objeto más afilado.

—No creo que ningún enamorado grabara algo así —aventuró Elizabeth—. Opino que las letras las grabó un enemigo con mala intención. Están escritas por odio, no por amor.

Apenas lo hubo dicho, se preguntó si no habría sido insensato preocupar a Georgiana, pero entonces Alveston intervino:

—Supongo que las iniciales podrían corresponder a Denny. ¿Conocemos su nombre de pila?

Elizabeth hizo esfuerzos por recordar si lo había oído pronunciar en Meryton, y finalmente dijo:

—Creo que era Martin, o tal vez Matthew, pero supongo que la policía lo sabrá. Deben de haberse puesto en contacto con sus familiares, si los tenía. Pero, por lo que yo sé, hasta el pasado viernes Denny no había puesto los pies en este bosque, y es un hecho que nunca estuvo en Pemberley.

Alveston hizo ademán de ponerse de nuevo en marcha.

—Informaremos de esto al llegar a casa, y habrá que avisar a la policía. Si los agentes hubieran llevado a cabo una investigación exhaustiva, como debían, tal vez hubieran descubierto estas marcas, y habrían llegado a alguna conclusión sobre su significado. Entretanto, espero que no se preocupen demasiado. Podría tratarse solo de una travesura cometida sin maldad. Tal vez de una muchacha enamorada que vive en alguna cabaña de la zona, tal vez de algún criado metido en un juego necio pero inofensivo.

Sin embargo Elizabeth no estaba convencida. Sin decir nada, se alejó del árbol, y Georgiana y Alveston siguieron su ejemplo. En ese silencio, que ninguno de ellos estaba dispuesto a romper, las dos mujeres siguieron a Alveston por el camino del bosque, en busca del landó, que ya los esperaba. El ánimo sombrío de Elizabeth parecía haberse contagiado a sus acompañantes, y una vez que el caballero hubo ayudado a las damas a subir al carruaje, cerró la portezuela, se montó en su caballo y, juntos, emprendieron el camino de regreso.

4

La prisión municipal de Lambton, a diferencia de la del condado, situada en Derby, intimidaba más por su exterior que por su interior, y había sido construida en la creencia de que era mejor gastar el dinero público disuadiendo a posibles delincuentes que atemorizándoles una vez que ya habían sido encarcelados. No se trataba de un edificio desconocido para Darcy, que alguna vez lo había visitado en su condición de magistrado, sobre todo con motivo del suicidio de un interno con las facultades mentales perturbadas, ocurrido hacía ocho años. El hombre se había ahorcado en su celda, y el alcaide había mandado llamar al único magistrado disponible para proceder al levantamiento del cadáver. La experiencia había sido tan desagradable que había dejado a Darcy un horror permanente por la horca, y nunca había podido regresar a la cárcel sin que a su memoria regresaran las vívidas imágenes del cuerpo suspendido y el cuello alargado. Ese día, la visión regresaba a él con más fuerza que nunca. El celador de la cárcel y su ayudante eran hombres compasivos, y aunque ninguna de las celdas podía considerarse espaciosa, no se ejercía en ellas ningún maltrato deliberado, y los presos que podían pagarse la comida y la bebida podían recibir visitas con cierto grado de comodidad, y no tenían muchos motivos de queja.

Dado que Hardcastle había advertido con vehemencia que no sería prudente que Darcy se reuniera con Wickham antes de que concluyera la investigación, Bingley, con su bonhomía habitual, se había ofrecido voluntariamente a hacerlo en su lugar, y había ido a ver al preso el lunes por la mañana, después de que sus necesidades básicas hubieran sido satisfechas y de que le hubieran facilitado una cantidad suficiente de dinero para asegurarle el alimento y las comodidades imprescindibles para que su estancia resultara, como mínimo, soportable. Pero, tras pensarlo mejor, Darcy había decidido que era su deber visitar a Wickham, al menos una vez antes de que concluyera la investigación. No hacerlo habría sido visto en Lambton y en la aldea de Pemberley como una señal inequívoca de que consideraba culpable a su cuñado, y era de aquellas dos localidades de las que saldrían los miembros del jurado. Tal vez no pudiera hacer nada por evitar ser llamado a declarar como testigo por la acusación, pero como mínimo podía demostrar, con su gesto silencioso, que creía que Wickham era inocente. Lo movía, además, otra preocupación más personal: temía en gran medida que pudiera especularse sobre las razones del distanciamiento familiar, y que existiera el riesgo de que la propuesta de fuga de Wickham a Georgiana saliera a la luz. De modo que su visita a la cárcel era, a la vez, un acto justo y esperado.

Bingley le había contado que se había encontrado con un Wickham taciturno, poco colaborador y propenso a soltar improperios contra el magistrado y la policía, exigiendo que se redoblaran los esfuerzos para descubrir quién había matado a su gran, su único amigo. ¿Por qué se estaba pudriendo él en el calabozo mientras nadie se dedicaba a buscar al culpable? ¿Por qué la policía no dejaba de interrumpir su descanso para acosarlo con preguntas absurdas e innecesarias? ¿Por qué le habían preguntado por qué había dado la vuelta al cuerpo de Denny? Para verle la cara, por supuesto; se trataba de una acción absolutamente natural. No, no se había percatado de la herida en la cabeza de Denny, probablemente estuviera cubierta por el pelo y, además, él estaba demasiado alterado para fijarse en detalles. Y también le habían preguntado qué había hecho entre el momento en que se oyeron los disparos y el momento en que la expedición de búsqueda había encontrado el cadáver. Pues dar tumbos por el bosque, intentando atrapar al asesino, que era lo que deberían hacer ellos, en vez de perder el tiempo agobiando a un hombre inocente.

Ese día, en cambio, Darcy se encontró con una persona muy distinta. Vestido con ropa limpia, afeitado y bien peinado, Wickham lo recibió como si estuviera en su propia casa e hiciera un favor a un invitado molesto. Darcy recordaba que siempre había sido de temperamento voluble, y al verlo reconoció al Wickham de antes, apuesto, seguro de sí mismo y más inclinado a disfrutar de su notoriedad que a considerarla una deshonra. Bingley le había llevado los artículos que había pedido: tabaco, varias camisas y corbatines, zapatillas, sabrosas tartas cocinadas en Highmarten para complementar los alimentos que le traían desde una panadería cercana, y papel y tinta, con los que Wickham pretendía escribir tanto la crónica de su participación en la campaña irlandesa como el relato de la grave injusticia que se había cometido con su encarcelamiento, relato personal que, estaba convencido, hallaría un mercado receptivo. Ninguno de los dos habló del pasado. Darcy no podía librarse de la influencia que este ejercía sobre él, pero Wickham vivía el presente, se mostraba absolutamente optimista sobre el futuro y reinventaba el pasado adaptándolo a su interlocutor, y Darcy casi llegó a creer que, por el momento, había ahuyentado de su mente sus aspectos peores.

Wickham le dijo que, la tarde anterior, los Bingley habían traído a Lydia desde Highmarten para que pudiera verlo, pero ella se había mostrado tan desbocada en sus quejas, y lloraba tanto, que se había deprimido más de lo tolerable, y había pedido que, en adelante, la trajeran solo si él lo solicitaba, y durante un plazo máximo de quince minutos. Con todo, confiaba en que no hicieran falta más visitas; la vista previa se celebraría el miércoles a las once, y esperaba que ese día lo pusieran en libertad, tras lo cual imaginaba el regreso triunfal de Lydia y de él mismo a Longbourn, y las felicitaciones de sus antiguos amigos de Meryton. De Pemberley no dijo nada, tal vez ni siquiera en su euforia esperaba ser bien recibido allí, ni lo deseaba. Darcy pensó que, sin duda, si felizmente era liberado, primero se reuniría con Lydia en Highmarten, antes de trasladarse a Hertfordshire. Le parecía injusto que Jane y Bingley cargaran con la presencia de Lydia un día más de lo estrictamente necesario, pero todo ello podría decidirse si la liberación llegaba efectivamente a producirse. Le habría gustado compartir la confianza de Wickham.

Su reunión duró solo media hora, y de ella salió con una lista de cosas que debía llevar al día siguiente, y con la petición de Wickham de que presentara sus respetos a la señora y a la señorita Darcy. Al salir, constató que había sido un alivio no encontrarlo hundido en el pesimismo y el reproche, aunque a él la visita le resultó incómoda y especialmente desagradable.

Sabía, y le desagradaba saberlo, que si el juicio iba bien tendría que ayudar a Wickham y a Lydia, como mínimo durante el futuro más inmediato. Sus gastos habían excedido siempre sus ingresos, y suponía que hasta entonces habían dependido de las donaciones privadas de Jane y Elizabeth para complementar sus insuficientes ingresos. Jane seguía invitando a Lydia a Highmarten de vez en cuando mientras Wickham, que en privado se quejaba a viva voz, se divertía pernoctando en varias posadas de los alrededores, y era por Jane por quien Elizabeth tenía noticias de la pareja. Ninguno de los trabajos temporales que Wickham había tomado desde que había dejado el ejército había culminado con éxito. Su último intento de adquirir alguna habilidad había sido con sir Walter Elliot, un baronet obligado por sus extravagancias a alquilar su casa a desconocidos, y que se había trasladado a Bath con dos de sus hijas. La más joven, Anne, estaba felizmente casada con un próspero capitán de navío, ahora un distinguido almirante, pero la mayor, Elizabeth, todavía seguía buscando marido. El aristócrata, decepcionado de Bath, había decidido que las cosas volvían a irle lo suficientemente bien como para regresar a casa, por lo que dio aviso a su inquilino y contrató a Wickham como secretario, a fin de que lo asistiera con las tareas derivadas del traslado. Sin embargo, en menos de seis meses, Elliot ya había despedido a Wickham. Siempre que se enfrentaban a noticias negativas sobre discrepancias públicas o, peor aún, disputas familiares, era misión de la conciliadora Jane concluir que ninguna de las partes era demasiado culpable. Pero cuando los datos del último fracaso de Wickham llegaron a oídos de su hermana, más escéptica, Elizabeth sospechó que a la señorita Elliot le habría preocupado la respuesta de su padre a los flirteos de Lydia, mientras que el intento de Wickham de congraciarse con ella se habría topado, primero, con cierto respaldo nacido del aburrimiento y la vanidad, y después con desagrado.

Cuando Lambton quedó atrás, fue un placer aspirar profundamente el aire fresco, librarse del inconfundible olor a cárcel, a cuerpos encerrados, a comida y a sopa barata, del entrechocar de llaves, y con gran alivio, unido a la sensación de que él mismo se había librado del encierro, Darcy guio su caballo hacia Pemberley.

5

Era tal el silencio que reinaba en Pemberley que la casa parecía deshabitada, y era evidente que Elizabeth y Georgiana no habían vuelto aún. Darcy apenas había desmontado cuando uno de los mozos de cuadra se acercó desde la esquina para hacerse cargo del caballo, pero debía de haber vuelto antes de lo esperado, y no había nadie aguardándolo junto a la puerta. Atravesó el vestíbulo silencioso y se dirigió a la biblioteca, donde le pareció que tal vez encontraría al coronel, impaciente por conocer las novedades. Pero, para su sorpresa, a quien encontró fue al señor Bennet, solo, hundido en una butaca de respaldo alto junto a la chimenea, leyendo la *Edinburgh Review*. La taza vacía y el plato sucio sobre una mesa auxilia⁻ indicaban que ya le habían servido un refrigerio tras el viaje. Tras una segunda pausa, ocasionada por la sorpresa, Darcy comprendió que, en realidad, se alegraba muchísimo de ver a aquel visitante inesperado y, mientras su suegro se ponía en pie, le estrechó la mano con gran afecto.

—Por favor, no se moleste, señor. Es un gran placer verlo por aquí. Espero que lo hayan atendido debidamente.

—Ya lo ve. Stoughton ha demostrado su eficiencia habitual, y he coincidido con el coronel Fitzwilliam. Tras intercambiar saludos, me ha comunicado que aprovecharía mi llegada para salir a ejercitar a su caballo. Me ha parecido que el encierro en esta casa le resultaba algo tedioso. También he sido saludado por la estimable señora Reynolds, que me asegura que el dormitorio que ocupo habitualmente se mantiene siempre listo.

—¿Cuándo ha llegado, señor?

—Hará unos cuarenta minutos. He contratado un cabriolé. No es la manera más cómoda de viajar grandes distancias, y tenía previsto venir en el carruaje. Sin embargo, la señora Bennet ha protestado, alegando que lo necesita para transmitir las últimas novedades sobre la desgraciada situación del señor Wickham a la señora Philips, a los Lucas, y a las muchas otras partes interesadas de Meryton. Desplazarse en un coche de punto sería un desdoro, no solo para ella, sino para toda la familia. Habiendo decidido abandonarla en estos difíciles momentos, no podía privarla, además, de una de sus comodidades más apreciadas, de modo que el carruaje se lo ha quedado la señora Bennet. No es mi intención darles más trabajo con esta visita no anunciada, pero me ha parecido que tal vez se alegrara de contar con otro hombre en la casa cuando tenga que atender a la policía u ocuparse del bienestar de Wickham. Elizabeth me contó por carta que es posible que el coronel deba retomar pronto sus deberes y que Alveston regrese a Londres.

—Ambos partirán tras la celebración de la vista previa, que según oí el domingo tendrá lugar mañana. Su presencia aquí, señor, será un consuelo para las damas, y a mí me dará confianza. El coronel Fitzwilliam le habrá informado de los pormenores de la detención de Wickham.

—Sucintamente, aunque con precisión, sin duda. Parecía estar transmitiéndome un informe de campo. Casi me he sentido obligado a ponerme firme y a ejecutar un saludo militar. Creo que se dice «ejecutar», ¿no es así? No tengo experiencia en cuestiones relacionadas con el ejército. El esposo de Lydia parece haber conseguido, con su última hazaña, combinar magistralmente el entretenimiento de las masas y la mayor vergüenza para su familia. El coronel me ha comunicado que se encontraba usted en Lambton, visitando al prisionero. ¿Cómo lo ha encontrado?

—Con buen ánimo. El contraste entre su actual aspecto y el que presentaba el día del ataque a Denny resulta asombroso, aunque, por supuesto, en aquella ocasión se encontraba ebrio y bajo los efectos de un shock profundo. Hoy ya había recobrado su coraje y su buen aspecto. Se muestra notablemente optimista sobre el resultado de la investigación, y Alveston opina que tiene motivos para ello. La ausencia del arma del delito juega, sin duda, a su favor.

Los dos hombres tomaron asiento. Darcy se percató de que la mirada del señor Bennet se dirigía hacia la *Edinburgh Review*, pero este resistió la tentación de seguir leyendo.

—Ojalá el señor Wickham decidiera de una vez qué quiere que el mundo piense de él —dijo—. Cuando se casó era un teniente que realizaba su servicio militar, irresponsable pero encantador, actuando y sonriendo como si hubiera aportado al matrimonio tres mil libras al año y una residencia digna de tal nombre. Después, tras ser destinado a su puesto, se convirtió en hombre de acción y en héroe popular, un cambio a mejor, sin duda, que complació sobremanera a la señora Bennet. Y ahora parece que vamos a verlo hundido del todo en la villanía, y aunque espero que el riesgo sea remoto, podría acabar convertido en espectáculo público. Siempre ha perseguido la notoriedad, si bien no creo que la quisiera con el aspecto final que amenaza con presentársele. No puedo creer que sea culpable de asesinato. Sus faltas, por más inconvenientes que hayan resultado a sus víctimas, no han implicado nunca, por lo que yo sé, violencia sobre él ni sobre los demás.

—No podemos penetrar en las mentes ajenas —comentó Darcy—, pero lo creo inocente, y me aseguraré de que cuente con la mejor asesoría y representación legal.

—Es generoso por su parte, y sospecho, aunque mi conocimiento al respecto no sea firme, que no es este el primer acto de generosidad por el que mi familia le está en deuda. —Sin esperar respuesta, el señor Bennet añadió—: Por lo que me ha contado el coronel Fitzwilliam, entiendo que Elizabeth y la señorita Darcy se encuentran realizando una acción caritativa, que han llevado una cesta con provisiones a una familia afligida. ¿Para cuándo se espera su regreso?

Darcy consultó la hora en su reloj de bolsillo.

—Ya deberían venir de camino. Si le apetece un poco de ejercicio, señor, acompáñeme al bosque, y allí las esperaremos.

Era evidente que el señor Bennet, bien conocido por su sedentarismo, estaba dispuesto a renunciar a su revista y a las comodidades de la biblioteca a cambio del placer de sorprender a su hija. En ese momento apareció Stoughton, disculpándose por no haber estado custodiando la puerta a la llegada de su señor, y rápidamente fue a buscar los sombreros y los abrigos de ambos caballeros. Darcy estaba tan impaciente como su compañero por ver aparecer el landó. De haberla considerado peligrosa, no habría autorizado la expedición, y sabía que Alveston era un hombre tan capaz como digno de confianza, pero desde el asesinato de Denny se apoderaba de él un temor impreciso y tal vez irracional cada vez que su esposa se ausentaba de su lado. Así pues, le causó gran alivio comprobar que el vehículo aminoraba el paso y, finalmente, se detenía a unas cincuenta yardas de Pemberley. No fue plenamente consciente de la gran alegría que le había proporcionado la llegada del señor Bennet hasta que Elizabeth descendió apresuradamente del landó y corrió hacia su padre.

—¡Oh, padre, cómo me alegro de verte! —exclamó con entusiasmo, fundiéndose con él en un abrazo.

6

La vista previa se celebró en una sala espaciosa de la taberna King's Arms, construida en la parte trasera del establecimiento hacía unos ocho años para que sirviera de sala de actos públicos, entre ellos las danzas que se celebraban ocasionalmente, camufladas bajo la apariencia, más digna, de bailes de gala. El entusiasmo de la novedad y el orgullo local habían asegurado su éxito inicial, pero en aquellos tiempos difíciles de guerra y escasez, no había ni dinero ni ánimos para frivolidades, y la sala, que se usaba sobre todo para encuentros oficiales, casi nunca se llenaba y ofrecía el aspecto desangelado y algo triste de todo lugar pensado originalmente para actividades comunitarias. El tabernero, Thomas Simpkins, y su esposa, Mary, se encargaron de los preparativos habituales para un evento que atraería sin duda a un público numeroso y, consiguientemente, aportaría beneficios al bar. A la derecha de la puerta se alzaba un estrado lo bastante espacioso como para que cupiera una orquestina de baile, y sobre él habían colocado un imponente sillón de madera traído desde la taberna contigua, y cuatro sillas más pequeñas, dos a cada lado, para los jueces de paz o el resto de las autoridades que finalmente asistieran. Se habían usado las demás sillas disponibles en el local, y la disparidad de modelos daba a entender que los vecinos también habían contribuido con las suyas. Quien llegara tarde tendría que seguir el acto de pie.

Darcy sabía que el juez de instrucción se tomaba muy en serio su cargo y las responsabilidades inherentes a él, y que le habría alegrado ver que el dueño de Pemberley llegaba en coche, como exigía la ocasión. Él, personalmente, habría preferido hacerlo a caballo, como habían propuesto el coronel y Alveston, pero cedió y recurrió al cabriolé. Al acceder a la sala vio que ya se había congregado bastante gente. Se oía un murmullo animado, aunque el tono, a su juicio, era más sosegado que expectante. A su llegada, los asistentes quedaron en silencio, y muchos se llevaron la mano a la frente y le susurraron algún saludo. Nadie, ni siquiera los arrendatarios de sus propiedades, se levantó a recibirlo, como habrían hecho en circunstancias normales, pero él lo consideró menos una afrenta que la convicción, por parte de ellos, de que era a él a quien correspondía, por posición, dar el primer paso.

Miró a su alrededor para ver si quedaba algún asiento libre al fondo, a poder ser rodeado de otros también desocupados que pudiera reservar para el coronel y para Alveston, pero en ese momento se oyó un revuelo junto a la puerta, y con bastante dificultad asomó por ella una gran silla de mimbre sostenida por una rueda pequeña, en la parte delantera, y por dos más grandes detrás. El doctor Josiah Clitheroe llegaba sentado con empaque, la pierna derecha extendida, apoyada sobre una plancha alargada, el pie envuelto por una venda blanca que daba muchas vueltas. Los asistentes sentados en la primera fila desaparecieron al momento, y el doctor Clitheroe fue empujado con esfuerzo, pues la rueda delantera, cabeceando sin parar, se resistía al avance. Desalojaron de inmediato las sillas contiguas, y en una de ellas el juez dejó la chistera. Hizo una seña a Darcy para que ocupara la otra. El círculo de asientos que los rodeaba había quedado vacío, lo que facilitaría, al menos, cierta privacidad en su conversación.

—No creo que esto vaya a llevarnos todo el día —dijo el doctor Clitheroe—. Jonah Makepeace lo mantendrá todo bajo control. Este es un asunto difícil para usted, Darcy y, cómo no, para su esposa. Confío en que se encuentre bien.

—Me alegra poder decirle que así es, señor.

—Por razones obvias, usted no puede participar en las averiguaciones sobre este crimen, pero sin duda Hardcastle lo habrá mantenido debidamente informado de las novedades.

—Me ha comunicado todo lo que ha estimado prudente revelar —corroboró Darcy—. Su propia posición también es algo delicada.

—Bien, aunque no existe motivo para una cautela excesiva. Cumpliendo con su deber, él mantendrá informado al alto comisario, y también me consultará a mí si lo necesita, aunque dudo de que yo pueda serle de gran ayuda. Brownrigg, el jefe de distrito, el agente Mason y él parecen estar al mando de la situación. Por lo que sé, se han entrevistado con todo el mundo en Pemberley, y les tranquiliza saber que todos tienen coartada, algo que, de hecho, no puede sorprender: el día antes del baile de lady Anne hay cosas mejores que hacer que pasearse por el bosque de Pemberley con intenciones asesinas. También se me ha informado de que lord Hartlep cuenta con coartada, por lo que, al menos usted y él pueden ahuyentar esa inquietud. Dado que todavía no es aforado, en caso de que fuera acusado, el juicio no tendría que celebrarse en la Cámara de los Lores, procedimiento muy vistoso pero caro. También le tranquilizará saber que Hardcastle ha identificado a los familiares más próximos del capitán Denny, gracias a la mediación del coronel de su regimiento. Al parecer, solo tenía un pariente vivo, una tía anciana que reside en Kensington, a la que apenas visitaba, pero que le proporcionaba apoyo económico con cierta regularidad. Tiene casi noventa años, y su edad y estado de salud le impiden en gran medida interesarse personalmente por el caso, aunque sí ha pedido que el cadáver (que el juez de instrucción ya no precisa), sea enviado a Kensington, donde desea que reciba sepultura.

—Si Denny hubiera muerto en el bosque por mano conocida o tras sufrir un accidente, lo correcto sería que la señora Darcy o yo le enviáramos una carta de condolencia, pero en las presentes circunstancias sería poco adecuado, y ni siquiera sería bien recibida. Cuesta creer que incluso los acontecimientos más raros y espantosos acarreen consecuencias sociales, y ha hecho usted bien en informarme de su existencia. Me consta que la señora Darcy se sentirá aliviada. ¿Y qué hay de los arrendatarios de la finca? Preferiría no preguntárselo directamente a Hardcastle. ¿Han sido interrogados?

—Sí, eso creo. La mayoría se encontraba en casa, y entre los que no se resisten a salir ni en una noche tormentosa para hacerse fuertes en la taberna local, se han encontrado varios testigos poco relevantes, algunos de los cuales lo bastante sobrios en el momento del interrogatorio como para considerarlos fiables. Al parecer, nadie vio ni oyó a ningún forastero en las inmediaciones. Ya sabrá, por supuesto, que cuando Hardcastle visitó Pemberley dos jóvenes necias empleadas como doncellas explicaron que habían visto al fantasma de la señora Reilly vagando por el bosque. Como debe ser, este decide manifestarse en noches de luna llena.

—Esa es una vieja superstición —dijo Darcy—. Al parecer, según oímos luego, las muchachas acudieron al bosque por una apuesta, y Hardcastle no tomó en serio su testimonio. A mí, en aquel momento, me pareció que decían la verdad, y que esa noche pudo haber una mujer caminando por el bosque.

—Brownrigg habló con ellas en presencia de la señora Reynolds. Se mostraron bastante firmes diciendo que habían visto a una mujer vestida de oscuro en el bosque dos días antes del asesinato, y que les dedicó un gesto amenazador antes de desaparecer entre los árboles. Reiteraron con convicción que no se trataba de ninguna de las dos mujeres que viven en la cabaña del bosque, aunque cuesta entender cómo pueden defender tal convicción, si la mujer vestía de negro y se esfumó tan pronto como una de las jóvenes empezó a gritar. Aun así, que hubiera una mujer en el bosque resulta poco importante. Este crimen no lo cometió una mujer.

—¿Y Wickham? ¿Coopera con Hardcastle y con la policía? —quiso saber Darcy.

—Creo que se muestra impredecible: en ocasiones responde razonablemente a las preguntas, y en otros momentos critica que a él, un hombre inocente, la policía no lo deje tranquilo. Como ya sabrá, le encontraron treinta libras en billetes en el bolsillo de la casaca: ha mantenido un silencio absoluto sobre la procedencia del dinero, más allá de decir que se trataba de un préstamo que habría de permitirle saldar una deuda de honor, y que había jurado solemnemente no revelar nada al respecto. Lógicamente, Hardcastle pensó que podría haber robado el dinero a Denny una vez este estuvo muerto, pero en ese caso es poco probable que los billetes no presentaran manchas de sangre, teniendo en cuenta, además, que Wickham sí tenía las manos manchadas. Supongo que en ese caso los billetes no estarían tan bien doblados en la cartera. He tenido ocasión de verlos, y parecen recién impresos. Al parecer, el capitán Denny confió al dueño de la posada que no tenía dinero.

Hubo un momento de silencio, tras el que Clitheroe añadió:

—Comprendo que Hardcastle se muestre reacio a compartir información con usted, para protegerlo y para protegerse a sí mismo, pero dado que se considera satisfecho con las coartadas que tienen todos en Pemberley, ya sean familiares, visitantes o criados, parece una discreción innecesaria mantenerlo a usted al margen de las novedades importantes. Por tanto, debo decirle que cree que la policía ha encontrado el arma, un gran bloque de piedra de canto redondeado descubierto bajo unas hojas a unas cincuenta yardas de donde se descubrió el cuerpo sin vida de Denny.

Darcy logró disimular su sorpresa y, mirando al frente, habló en voz baja.

—¿Qué pruebas existen de que, en efecto, se trata del arma del crimen?

—Nada definitivo, puesto que no se han encontrado marcas incriminatorias de sangre ni cabellos sobre la piedra, algo que, en realidad, no puede sorprender. Esa misma noche el viento dio paso a una lluvia intensa, y la tierra y las hojas debieron de empaparse, pero yo he visto la piedra, y por su tamaño y forma puede haber sido la que causó la herida.

Darcy siguió hablando en voz baja.

—Se ha prohibido el acceso al bosque a todos los residentes en la finca de Pemberley, pero sé que la policía ha rastreado exhaustivamente la zona en busca de armas. ¿Sabe qué oficial hizo el descubrimiento?

—No fue Brownrigg ni Mason. Necesitaban refuerzos, y llamaron a varios agentes de la parroquia vecina, entre ellos a Joseph Joseph. Según parece, sus padres estaban tan encantados con su apellido que decidieron ponérselo también como nombre de pila. Es un hombre serio y fiable, aunque, por lo que he podido inferir, no demasiado inteligente. Debería haber dejado la piedra en su lugar y haber llamado a otros policías para que sirvieran de testigos del hallazgo. En lugar de ello, la llevó, triunfante, en presencia del jefe de distrito.

—De modo que no hay pruebas de que estuviera donde dijo que la había encontrado...

—Diría que no. Según me han informado, había varias piedras de tamaños diversos en el lugar, todas medio enterradas en la tierra, bajo las hojas, pero no existen pruebas de que esa en concreto se encontrara entre las demás. Alguien, hace años, pudo volcar el contenido de una carreta, deliberada o accidentalmente, tal vez cuando su bisabuelo ordenó construir la cabaña del bosque y hasta allí se trasladaron los materiales.

—¿Presentarán la piedra esta mañana Hardcastle o la policía?

—No, que yo sepa. Makepeace se muestra inflexible en que, dado que no puede demostrarse que sea el arma, no debería formar parte de las pruebas. El jurado será simplemente informado de que se ha encontrado la piedra, aunque es posible que ni siquiera eso se mencione. Makepeace no desea que la vista previa degenere y se convierta en un juicio. Dejará muy claro cuáles son las atribuciones del tribunal popular, entre las que no se cuenta la usurpación de los poderes de un tribunal itinerante del condado.

—O sea, que usted cree que lo acusarán....

—Indudablemente, considerando lo que ellos verán como una confesión. Sería raro que no lo hicieran. Pero veo que ha llegado el señor Wickham, quien parece muy tranquilo, considerando la delicada situación en la que se encuentra.

Darcy se había percatado de que, junto al estrado, había tres sillas vacías, reservadas por unos agentes, y Wickham, avanzando esposado entre dos oficiales de prisiones, fue escoltado hasta la que ocupaba la posición central. Los dos custodios se sentaron a ambos lados. La actitud del detenido era casi de indiferencia, y observaba a su público potencial con escaso interés, sin fijar la mirada en nadie. El baúl que contenía su ropa había sido trasladado a la cárcel una vez que Hardcastle lo permitió, y parecía claro que se había puesto su mejor casaca. Además, la camisa que se adivinaba debajo parecía haber pasado por las manos expertas de las doncellas de Highmarten encargadas de la ropa blanca. Sonriendo, se volvió hacia uno de los oficiales de prisiones, que le dedicó un leve asentimiento de cabeza. Al mirarlo, a Darcy le pareció ver algo del oficial joven y encantador que había subyugado a las damiselas de Meryton.

Alguien masculló una orden, los murmullos cesaron y el juez de instrucción, Jonah Makepeace, accedió a la sala en compañía de sir Selwyn Hardcastle y, tras dedicar una reverencia a los miembros del jurado, se sentó e invitó a sir Selwyn a hacerlo a su lado. Makepeace era un hombre menudo de rostro muy pálido, que en otros se habría tomado como signo de enfermedad. Llevaba veinte años ejerciendo de juez de instrucción, y se jactaba de que, a sus sesenta años, no había habido ninguna constitución de jurado, ya fuera en Lambton o en el King's Arms, que él no hubiera presidido. Poseía una nariz estrecha y puntiaguda, y una boca de forma peculiar y labio superior carnoso, y sus ojos, enmarcados por unas cejas tan finas como dos líneas trazadas a lápiz, se mantenían tan vivaces como a sus veinte años. Su prestigio como abogado era indiscutible en Lambton y los alrededores, y con su creciente prosperidad y con unos clientes privados ansiosos por recibir sus consejos, nunca se mostraba indulgente con los testigos incapaces de aportar sus pruebas con claridad y concisión. En un extremo de la sala había un reloj de pared, y el juez clavó en él su mirada intimidatoria largo rato.

A su entrada, todos los presentes se habían puesto en pie, y se sentaron una vez que él hubo tomado asiento. Hardcastle estaba a su derecha, y los dos policías, en la primera fila, debajo del estrado. Los miembros del jurado, que hasta entonces se habían dedicado a conversar animadamente entre ellos, ocuparon sus puestos y, al momento, se levantaron. En calidad de magistrado, Darcy había estado presente en algunas vistas previas, y vio que, como en otras ocasiones, allí estaban convocadas las fuerzas vivas de la localidad: George Wainwright, el boticario; Frank Stirling, que regentaba el colmado de Lambton; Bill Mullins, el herrero de la aldea de Pemberley; y John Simpson, el sepulturero, vestido con su traje negro riguroso, que según se decía había heredado de su padre. El resto de los miembros del tribunal eran granjeros, y casi todos ellos habían llegado en el último minuto, confusos y acalorados: siempre había cosas que hacer en sus granjas, y no veían nunca el momento de abandonarlas.

El juez de instrucción se volvió hacia el oficial de prisiones.

—Puede retirar las esposas al señor Wickham. Ningún preso de mi jurisdicción se ha dado nunca a la fuga.

La orden fue cumplida en silencio, y Wickham, tras frotarse las muñecas, permaneció de pie sin decir nada, mirando de vez en cuando la sala, con la intención aparente de buscar algún rostro conocido. Inmediatamente después se hizo prestar juramento a los participantes, y mientras los miembros del jurado lo hacían, Makepeace se dedicó a observarlos con la intensidad escéptica de un hombre que estudiara la compra de un caballo de más que dudosas cualidades, antes de proceder a su habitual advertencia inicial.

—No es la primera vez que nos vemos, caballeros, y creo que conocen ustedes su deber. Su deber es escuchar con atención las pruebas que se presenten, y pronunciarse sobre la causa de la muerte del capitán Martin Denny, cuyo cuerpo sin vida fue hallado en el bosque de Pemberley alrededor de las diez de la noche del viernes catorce de octubre. No han sido convocados aquí a participar en un juicio penal ni a enseñar a la policía cómo ha de llevar a cabo su investigación. Entre las opciones que se les planteen, pueden, si así lo creen, considerar que no se trató de una muerte por accidente o por casualidad, y un hombre no se suicida golpeándose a sí mismo la nuca con una piedra. Eso puede llevarles, lógicamente, a la conclusión de que esta muerte fue un homicidio, y en ese caso deberán dilucidar entre dos posibles veredictos. Si no existen pruebas que indiquen quién fue el responsable, dictarán un veredicto de asesinato cometido por persona o personas desconocidas. Les he planteado las opciones existentes, pero debo hacer hincapié en que el veredicto sobre la causa de la muerte depende enteramente de ustedes. Si las pruebas les llevan a la conclusión de que conocen la identidad del asesino, podrán nombrarlo y, como en todos los casos de delito grave, este será mantenido bajo custodia y llevado a juicio cuando se convoque el siguiente tribunal itinerante del condado de Derby. Si tienen alguna pregunta que formular a algún testigo, por favor, levanten la mano y hablen con claridad. Empezamos. Propongo llamar primero a Nathaniel Piggott, propietario de la taberna Green Man, que aportará pruebas sobre el inicio del último viaje del desgraciado caballero.

A partir de ahí, y para alivio de Darcy, la vista previa se desarrolló a buen ritmo. Parecía evidente que el señor Piggott había sido advertido de que, en los juicios, lo más sensato era decir lo menos posible y, tras prestar juramento, se limitó a confirmar que el señor y la señora Wickham, acompañados del señor Denny, habían llegado a la posada en la tarde del viernes en coche de punto, poco después de las cuatro, y que habían encargado que el cabriolé que él siempre tenía en la posada los llevara a Pemberley esa noche, donde dejarían a la señora Wickham, y desde donde los dos caballeros proseguirían viaje hasta el King's Arms de Lambton. No había oído ninguna discusión entre las partes aquella tarde, ni cuando se subieron al coche. El capitán Denny, que parecía un caballero tranquilo, se había mantenido en silencio, y el señor Wickham no había dejado de beber, aunque, a su juicio, no podía decirse que estuviera ebrio ni incapacitado.

A su testimonio siguió el de George Pratt, el cochero, cuya declaración se esperaba con impaciencia, por razones obvias. Este se explayó con bastante detalle en referencia al comportamiento de las yeguas, *Betty* y *Millie*. Habían avanzado sin problemas hasta que entraron en el bosque, momento a partir del cual se pusieron tan nerviosas que él tuvo problemas para manejarlas. A los caballos siempre les disgustaba entrar en el bosque cuando había luna llena, a causa del fantasma de la señora Reilly. Es posible que los caballeros discutieran en el interior del cabriolé, pero él no los oyó, porque estaba ocupado intentando controlar las monturas. Fue el capitán Denny quien asomó la cabeza por la ventanilla, le ordenó que se detuviera, y acto seguido abandonó el vehículo. Oyó que el capitán decía que, a partir de entonces, el señor Wickham tendría que apañárselas solo, y que él no participaría en ello, o algo por el estilo. Y después, el capitán Denny se internó en el bosque corriendo y el señor Wickham fue tras él. Al poco tiempo se oyeron los disparos, no estaba seguro de cuánto después, y la señora Wickham, sin perder la compostura, le gritó que la llevara hasta Pemberley, cosa que hizo. Para entonces, las yeguas estaban tan aterrorizadas que apenas podía dominarlas, y temió que el cabriolé volcara durante el trayecto. Luego relató el viaje de regreso, incluida la parada que el coronel Fitzwilliam realizó para comprobar que la familia que residía en la cabaña del bosque se encontraba bien. Creía que el coronel se había ausentado durante diez minutos.

A Darcy le pareció que los miembros del jurado habían oído con anterioridad la historia de Pratt, lo mismo probablemente que todo Lambton y la aldea de Pemberley, además de otras más lejanas, y su declaración estuvo acompañada de ruidos de fondo, carraspeos y suspiros comprensivos, sobre todo cuando detalló el sufrimiento de *Betty* y *Millie*. No hubo preguntas.

Llamaron entonces a declarar al vizconde Hartlep, que prestó juramento con gran solemnidad. El coronel contó brevemente, pero con voz firme, su participación en los acontecimientos de aquella noche, incluido el hallazgo del cadáver, declaración que posteriormente reiteraría Alveston, también sin emoción ni florituras, y en último lugar, Darcy. El juez de instrucción preguntó a los tres si Wickham había dicho algo, y los tres repitieron su admisión de culpabilidad.

Antes de que nadie más tuviera ocasión de hablar, Makepeace formuló la pregunta fundamental:

—Señor Wickham, usted mantiene resueltamente su inocencia en el asesinato del capitán Denny. ¿Por qué, entonces, cuando lo encontraron arrodillado junto a su cuerpo, dijo más de una vez que lo había matado y que su muerte era culpa suya?

El aludido respondió sin vacilar:

—Porque, señor, el capitán Denny abandonó el cabriolé disgustado por mi plan de dejar a la señora Wickham en Pemberley sin que esta hubiera sido invitada ni hubiera anunciado su presencia. También me parecía que, de no haber estado ebrio, tal vez habría evitado que abandonara el coche y se internara en el bosque.

Clitheroe susurró a Darcy:

—En absoluto convincente, el muy necio confía demasiado en sí mismo. Tendrá que hacerlo bastante mejor durante el juicio si quiere salvar el cuello. ¿Tan embriagado estaba?

Con todo, nadie planteó preguntas, y pareció que Makepeace aceptaba dejar que el jurado se formara sus propias opiniones sin contar con sus comentarios, y se cuidó mucho de animar a los testigos a que especularan largamente sobre lo que Wickham había querido decir exactamente con sus palabras. Brownrigg, el jefe de distrito, fue el siguiente en declarar, y se demoró con fruición en los detalles de las actividades policiales, incluidas las pesquisas en el bosque. No habían obtenido ninguna información sobre la presencia de forasteros en la vecindad, todos los residentes en Pemberley y en las cabañas circundantes contaban con coartada, y la investigación seguía su curso. El doctor Belcher, por su parte, declaró recurriendo a su jerga médica, que los asistentes escucharon con respeto y el juez con manifiesta irritación, antes de expresar su opinión, ya en lengua vulgar, de que la causa de la muerte era un fuerte golpe en la parte posterior de la cabeza, y de que el capitán Denny no pudo sobrevivir a una herida tan grave más allá de unos pocos minutos, en el mejor de los casos, aunque resultaba imposible calcular con precisión la hora de la muerte. Se había descubierto una piedra que pudo ser usada por el atacante y que, en su opinión, por tamaño y peso, habría podido causar una herida como la de la víctima si se hubiera usado con fuerza, pero no existían pruebas para relacionar esa piedra concreta con el crimen. Solo una mano se alzó antes de que el médico abandonara el asiento reservado a los testigos.

—Bien, Frank Stirling —dijo Makepeace—, ¿qué es lo que desea preguntar?

—Solo esto, señor. Entendemos que iban a dejar a la señora Wickham en Pemberley para que asistiera al baile la noche siguiente, pero no con su esposo. Deduzco que el señor Wickham no sería recibido como invitado por su hermano político y la señora Darcy.

—¿Y qué relación tiene la lista de invitados al baile de lady Anne con la muerte del capitán Denny o, para el caso, con lo que acaba de declarar el doctor Belcher?

—Solo que, señor, si las relaciones eran tan malas entre el señor Darcy y el señor Wickham, y si era posible que el señor Wickham no fuera una persona digna de ser recibida en Pemberley, entonces tal vez ello nos indicaría algo sobre su carácter, me parece a mí. Resulta muy curioso que un hombre vete en su casa a un cuñado, a menos que ese cuñado sea un hombre violento o dado a la discusión.

Makepeace pareció considerar brevemente sus palabras antes de replicar que la relación entre el señor Darcy y el señor Wickham, fuera o no la habitual entre cuñados, no tenía nada que ver con la muerte del capitán Denny. Era el capitán Denny, y no el señor Darcy, el que había sido asesinado.

—Intentemos centrarnos en los hechos relevantes. Debería haber planteado su pregunta cuando el señor Darcy declaraba, si pensaba que era relevante. Con todo, el señor Darcy puede ser llamado de nuevo como testigo y responder a la pregunta de si el señor Wickham era, en general, un hombre violento.

Así se hizo, y en respuesta a la pregunta de Makepeace, después de recordarle que seguía bajo juramento, Darcy dijo que, hasta donde él sabía, el señor Wickham nunca había tenido esa reputación y que él, personalmente, nunca lo había visto ejercer la violencia. Hacía algunos años que no se veían, pero cuando lo hacían el señor Wickham había actuado en general como persona pacífica y socialmente afable.

—Supongo que con eso se dará por satisfecho, señor Stirling. Un hombre pacífico y afable. ¿Hay más preguntas? ¿No? En ese caso, sugiero que el jurado delibere su veredicto.

Después de debatirlo durante unos instantes, decidieron hacerlo en privado y, tras ser disuadidos de que la reunión tuviera lugar donde ellos proponían, es decir, en el bar, se dirigieron al patio delantero, donde formaron un corro y pasaron diez minutos hablando en susurros. A su regreso, fueron instados a emitir un veredicto formal. Frank Stirling se puso en pie y leyó algo que llevaba escrito en un cuadernillo, decidido a pronunciar las palabras con la precisión y el aplomo necesarios.

—Estimamos, señor, que el capitán Denny murió de un golpe en la parte posterior del cráneo, y que ese golpe fatal fue asestado por George Wickham y, de acuerdo con ello, el capitán Denny fue asesinado por el susodicho George Wickham.

—¿Y ese es el veredicto de todos los miembros de jurado? —preguntó Makepeace.

—Lo es, señor.

El juez de instrucción se quitó los lentes tras mirar fijamente el reloj de pared y los depositó en su estuche.

—Tras las formalidades oportunas, el señor Wickham será llevado a juicio cuando se constituya el próximo tribunal itinerante en Derby. Gracias, caballeros, pueden retirarse.

Darcy pensó que un procedimiento que él había temido salpicado de trampas lingüísticas y momentos vergonzosos había terminado siendo una cuestión prácticamente rutinaria, algo así como la reunión mensual en la parroquia. Había habido interés y compromiso, sí, pero no emociones descarnadas ni momentos dramáticos, y debía aceptar que Clitheroe estaba en lo cierto: el resultado era inevitable. Incluso si los miembros del jurado hubieran optado por dictaminar que se trataba de un asesinato por persona o personas desconocidas, Wickham habría seguido bajo custodia por tratarse del principal sospechoso, y las pesquisas policiales, centradas en él, habrían seguido su curso y habrían desembocado, casi con total certeza, en el mismo resultado

El asistente de Clitheroe apareció entonces para hacerse con el control de la silla de ruedas. Tras consultar la hora, este dijo:

—Tres cuartos de hora de principio a fin. Supongo que la vista se habrá desarrollado tal como Makepeace planeaba y, de hecho, el veredicto no podía ser otro.

—¿Y el veredicto, en el juicio, será el mismo? —preguntó Darcy.

—En absoluto, Darcy, en absoluto. Yo podría montar una defensa muy efectiva. Le sugiero que busque a un buen abogado, y si es posible logre que trasladen el caso a Londres. Henry Alveston puede aconsejarle sobre el procedimiento más adecuado a seguir; mi información, probablemente, estará desfasada. He oído que el joven es algo radical, a pesar de ser el heredero de una antigua baronía, pero no hay duda de que se trata de un abogado listo y exitoso, aunque ya iría siendo hora de que buscara esposa y se instalara con ella en su finca. La paz y la seguridad de Inglaterra dependen de caballeros que vivan en sus casas como buenos señores y terratenientes, considerados con el servicio, caritativos con los pobres y dispuestos, en tanto que jueces de paz, a garantizar la concordia y el orden en sus comunidades. Si los aristócratas de Francia hubieran vivido así, nunca habría estallado la revolución. Pero este caso es interesante, y el resultado dependerá de las respuestas a dos preguntas: ¿por qué el capitán Denny se internó apresuradamente en el bosque? y ¿qué quiso decir Wickham al afirmar que era culpa suya? Aguardaré con interés el curso de los acontecimientos. *Fiat justitia ruat caelum.* Que tenga usted un buen día.

Y, dicho esto, la silla de mimbre con ruedas inició las maniobras que la llevaron trabajosamente a franquear la puerta y a desaparecer tras ella.

Para Darcy y Elizabeth, el invierno de 1803 se extendía como una ciénaga por la que debían abrirse paso, sabedores de que la primavera solo podía traerles nuevos suplicios y, tal vez, un horror mayor aún, cuyo recuerdo podría arruinar el resto de su vida. Con todo, no sabían bien cómo, tendrían que resistir aquellos meses sin que su angustia y su inquietud ensombrecieran la vida de Pemberley ni destruyeran la paz y la confianza de quienes dependían de ellos. Afortunadamente, aquella angustia iba a resultar en gran medida infundada. Solo Stoughton, la señora Reynolds y los Bidwell habían conocido a Wickham de niño, y los miembros más jóvenes del servicio tenían poco interés en lo que ocurría más allá de la finca. Darcy había prohibido que se hablara del juicio, y la llegada inminente de la Navidad era una fuente de interés y emoción mucho mayor que el posible destino de un hombre, de quien la mayoría de los criados no había oído hablar en su vida.

El señor Bennet era una presencia discreta y tranquilizadora en la casa, algo así como un fantasma conocido y bondadoso. Cuando Darcy disponía de algún rato libre, lo pasaba conversando con él en la biblioteca. Inteligente como era, valoraba la inteligencia ajena. De vez en cuando el señor Bennet visitaba a su hija mayor en Highmarten para asegurarse de que los volúmenes de la biblioteca de Bingley siguieran a salvo del exceso de celo de las doncellas, y para confeccionar listas de libros que adquirir. Con todo, su estancia en Pemberley no duró más de tres semanas. La señora Bennet envió una carta quejándose de que oía pasos en el exterior de la casa todas las noches y de que sufría constantes palpitaciones en el corazón. El señor Bennet debía acudir de inmediato para proporcionarle protección. ¿Por qué se ocupaba de los asesinatos de otras personas cuando probablemente uno estuviera a punto de ser perpetrado pronto en Longbourn si él no regresaba sin dilación?

Todos en la casa sintieron su ausencia, y oyeron que la señora Reynolds hablaba con Stoughton y le decía:

—Resulta curioso que echemos tanto de menos al señor Bennet, ahora que se ha ido, cuando, durante su estancia, apenas llegábamos a verlo.

Darcy y Elizabeth hallaban solaz en el trabajo, y había mucho que hacer. Darcy planeaba realizar reparaciones en algunas de las granjas de la finca, y se había implicado más que nunca en los asuntos de la parroquia. La guerra con Francia, que se había declarado en mayo, ya se dejaba sentir y empezaba a traer pobreza; el precio del pan había subido, y la cosecha había sido escasa. Darcy se ocupaba de aliviar la situación de sus arrendatarios, y siempre había colas de niños frente a la cocina, esperando a recibir grandes latas de una sopa nutritiva, espesa y consistente como un guiso. Se celebraban muy pocas cenas de gala, y a estas solo acudía el círculo más íntimo de amigos, pero los Bingley los visitaban regularmente para transmitirles su apoyo y ofrecerles su ayuda. Asimismo, recibían cartas frecuentes del señor y la señora Gardiner.

Tras la celebración de la vista previa, Wickham había sido transferido a la nueva cárcel del condado, situada en Derby, donde el señor Bingley siguió visitándolo, y de donde regresaba contando que, por lo general, lo encontraba con buen ánimo. Una semana antes de Navidad, recibieron finalmente la noticia de que su solicitud de trasladar el juicio a Londres había sido aceptada, y de que este se celebraría en Old Bailey. Elizabeth estaba decidida a acompañar a su esposo el día del juicio, aunque de ninguna manera podría estar presente en la sala. La señora Gardiner envió una carta afectuosa en la que invitaba a Darcy y a Elizabeth a instalarse en su residencia de Gracechurch Street durante su estancia en Londres, invitación que aceptaron y agradecieron. Antes de Año Nuevo, Wickham fue trasladado a la prisión londinense de Coldbath, y el señor Gardiner asumió el deber de realizar visitas regulares al acusado, y de pagar, en nombre de Darcy, las sumas de dinero que le garantizaban una estancia cómoda y el mantenimiento de su posición entre los celadores y los demás presos. El señor Gardiner informaba de que Wickham mantenía el optimismo, y de que uno de los capellanes de la cárcel, el reverendo Samuel Cornbinder, lo veía con regularidad. Al parecer, al reverendo se le daba muy bien el ajedrez y había enseñado a jugar a Wickham. El juego ocupaba ahora gran parte de su tiempo. El señor Gardiner sospechaba que Wickham recibía al religioso más como oponente en las partidas que como garante de arrepentimiento, pero lo cierto era que el preso parecía ser sincero en su amistad con él, y que su interés por el ajedrez, rayano en obsesión, constituía un antídoto eficaz contra sus ocasionales estallidos de ira y desesperación.

Llegó la Navidad y, con ella, la fiesta infantil que se celebraba todos los años. Darcy y Elizabeth coincidieron en que los más jóvenes no debían quedarse sin su momento especial, menos aún en aquellos tiempos tan difíciles. Tuvieron que escoger y entregar regalos a todos los arrendatarios, así como al personal interno y externo, tarea que mantuvo muy ocupadas a Elizabeth y a la señora Reynolds. Aquella, además, ocupaba su mente sometiéndose a un intenso programa de lecturas, y mejorando su destreza al pianoforte con la ayuda de Georgiana. Con menos obligaciones sociales, disponía de más tiempo para pasarlo con sus hijos o para visitar a los pobres, los ancianos y los enfermos, y tanto ella como Darcy descubrieron que, en unos días tan llenos de quehaceres, incluso las pesadillas más recurrentes les daban algún respiro.

Llegaron también algunas buenas noticias. Louisa estaba mucho más contenta desde que Georgie había regresado con su madre, y a la señora Bidwell la vida le resultaba algo más fácil ahora que los llantos del bebé no alteraban la paz de Will. Después de las celebraciones navideñas, las semanas, de pronto, empezaron a pasar mucho más deprisa, a medida que la fecha del juicio se aproximaba velozmente.

LIBRO V

EL JUICIO

1

El juicio tendría lugar el jueves 22 de marzo a las once, en el tribunal de Old Bailey. Alveston se encontraría en su bufete, cerca de Middle Temple, y había sugerido que acudiría a la residencia de los Gardiner, en Gracechurch Street, un día antes, en compañía de Jeremiah Mickledore, abogado defensor de Wickham, para explicar el procedimiento del día siguiente y para aconsejar a Darcy sobre su declaración. A Elizabeth le inquietaba tener que pasar dos días seguidos viajando, por lo que habían pasado la noche en Banbury, y llegaron a primera hora de la tarde del miércoles 21 de marzo. Por lo general, cuando los Darcy se ausentaban de Pemberley, los miembros del servicio de mayor rango acudían a la puerta para despedirlos y transmitirles sus mejores deseos, pero esa ocasión era distinta, y solo Stoughton y la señora Reynolds estuvieron presentes, serios los semblantes, para desearles un buen viaje y asegurarles que la vida en Pemberley seguiría inalterada mientras ellos no se encontraran allí.

Abrir la residencia de Darcy en Londres implicaba un trajín considerable para la vida doméstica, y cuando los viajes a la capital eran breves y tenían por motivo ir de compras o asistir a alguna obra de teatro o exposición, o las visitas de Darcy a su abogado o a su sastre, se instalaban en casa de los Hurst siempre que la señorita Bingley los acompañaba. La señora Hurst prefería tener invitados, fueran los que fuesen, a no tenerlos, y mostraba ufana su esplendorosa mansión y su gran número de carruajes y criados, mientras la señorita Bingley enumeraba hábilmente los nombres de sus amigos más distinguidos y transmitía los chismes del momento sobre los escándalos que afectaban a las mejores casas. Elizabeth se entregaba a la diversión que le causaban las pretensiones y necedades de sus vecinos, siempre y cuando no le exigieran mostrarse comprensiva ante ellas, mientras que Darcy creía que, si en aras de la concordia familiar debía encontrarse con personas con las que tenía poco en común, era preferible que se hiciera a expensas de ellas y no de las propias. Pero en aquella ocasión no había llegado ninguna invitación de los Hurst ni de la señorita Bingley. Existen algunos hechos, cierta clase de notoriedad, de los que es preferible mantenerse a distancia prudencial, y ellos no esperaban ver ni a los Hurst ni a la señorita Bingley durante el juicio. Sin embargo, la cordial invitación de los Gardiner sí se había producido de inmediato. Allí, en aquella residencia cómoda, exenta de pretensiones, hallarían la tranquilidad y la confianza que proporcionaba el trato familiar, se reencontrarían con unas voces sosegadas que nada exigían, que no pedían explicaciones, y con una paz que los prepararía para la vorágine de los acontecimientos que les aguardaba.

Pero al llegar al centro de Londres, cuando los árboles y la inmensa extensión de Hyde Park quedaron atrás, Darcy sintió que penetraba en un mundo desconocido, que respiraba un aire enrarecido y amargo, rodeado por una población numerosa y amenazadora. Nunca hasta ese momento se había sentido tan forastero en la ciudad. Costaba creer que el país estuviera en guerra: todos parecían ir con prisas, se diría que caminaban enfrascados en sus propias preocupaciones, aunque de vez en cuando captaba miradas de envidia o admiración dirigidas al carruaje de los Darcy. Ni él ni Elizabeth se sentían con ánimo de comentar nada a su paso por las calles más anchas y más conocidas, por donde el cochero conducía con gran cuidado entre los lujosos y resplandecientes escaparates, iluminados por linternas, ni cuando se cruzaban con los cabriolés, los carros, los furgones y los coches privados que, al ser tantos, hacían casi impracticables las calles. A pesar de todo, finalmente doblaron la esquina de Gracechurch Street, y todavía no se habían detenido junto a la puerta de la casa cuando esta se abrió y los Gardiner aparecieron para darles la bienvenida e indicar al cochero que se dirigiera a los establos de la parte trasera. Instantes después, una vez que el equipaje fue bajado del vehículo, Elizabeth y Darcy entraron en el hogar que, hasta el final del juicio, constituiría su refugio de paz y seguridad.

2

Alveston y Jeremiah Mickledore llegaron después de la cena para dar indicaciones breves y consejos a Darcy, pero solo permanecieron una hora, y se retiraron tras transmitirles ánimos y expresar sus mejores deseos. Aquella iba a ser una de las peores noches en la vida de Darcy. La señora Gardiner, siempre hospitalaria, se había ocupado de que en el dormitorio encontraran todo lo necesario, no solo las dos anheladas camas, sino la mesilla que las separaba, con una jarrita de agua, unos libros y una lata de galletas. Gracechurch Street no era del todo silenciosa, pero el rumor y los chasquidos de los coches, así como las voces que de vez en cuando se oían —y que constituían un contraste con el silencio absoluto reinante en Pemberley—, no habrían llegado, en condiciones normales, a impedirle el sueño. Darcy intentaba ahuyentar de su mente la inquietud ante lo que le aguardaba al día siguiente, pero otras ideas lo alteraban más aún. Era como si, junto al lecho, una imagen de sí mismo lo observara con ojos acusadores, casi desdeñosos, ensayando argumentos y condenas que él creía haber apaciguado hacía tiempo. Pero aquella visión inoportuna volvía a presentarse, ahora, con fuerza renovada y con motivo. Si Wickham se había convertido en un miembro más de su familia, si tenía derecho a llamarlo hermano político, era por la decisión que en su día había tomado él mismo y nadie más. Mañana sería obligado a declarar, y de su declaración dependía que su enemigo acabara en el patíbulo o fuera puesto en libertad. Si el veredicto era de inocencia, el juicio acercaría a Wickham más a Pemberley, y si era condenado a morir en la horca, el propio Darcy cargaría con el peso del espanto y la culpa, que transmitiría a sus hijos y a las generaciones futuras.

No podía lamentar haberse casado. Renegar de su matrimonio habría sido como renegar de haber nacido. Este le había traído una felicidad que no creía posible, un amor del que los dos niños hermosos y sanos que dormían en los aposentos infantiles de Pemberley eran promesa y garantía. Pero se había casado desafiando todos los principios que, desde su infancia, habían gobernado su vida, todas las convicciones que debía a la memoria de sus padres, a Pemberley y a su responsabilidad de clase y riqueza. Por más profunda que fuera la atracción que sentía por Elizabeth, podría haberse alejado de ella, como sospechaba que había hecho el coronel Fitzwilliam. El precio que había pagado por sobornar a Wickham para que se casara con Lydia había sido el precio de Elizabeth.

Recordaba el encuentro con la señora Younge. La casa de huéspedes se hallaba en una zona respetable de Marylebone, y la mujer era la imagen misma de una casera decente y esmerada. También recordaba su conversación:

—Solo acepto a hombres si proceden de las familias más respetables y si se ausentan de su hogar por motivos de trabajo en la capital, o para iniciar una vida profesional independiente. Sus padres saben que los muchachos se alimentarán bien y recibirán cuidados, y que se los vigilará permanentemente. Durante años, he recibido unos ingresos fijos más que adecuados. Ahora que le he expuesto mi situación, podremos entendernos. Pero, antes, ¿puedo ofrecerle algún refrigerio?

Él lo había rechazado sin hacer gala de buenos modales, y ella siguió hablando.

—Soy mujer de negocios, aunque no creo que las normas formales de la cortesía estén reñidas con ellos. Pero, en este caso, prescindamos de ellas absolutamente. Sé que lo que quiere es conocer el paradero de George Wickham y de Lydia Bennet. Tal vez inicie usted las negociaciones planteando la suma máxima que está dispuesto a pagar por una información que, le aseguro, solo yo puedo proporcionarle.

La oferta de Darcy, cómo no, había sido considerada insuficiente, pero finalmente habían alcanzado un acuerdo, y él había abandonado aquella casa como si estuviera infestada de peste. Aquella había sido la primera de una serie de considerables sumas que había tenido que desembolsar para convencer a Wickham de que se casara con Lydia Bennet.

Elizabeth, exhausta tras el viaje, se había acostado inmediatamente después de la cena. Cuando él entró en el dormitorio, la encontró dormida, y permaneció largo rato de pie, junto a la cama, contemplando amorosamente su hermoso y sereno rostro. Durante unas horas más, al menos, ella seguía libre de preocupaciones. También él se acostó, pero dio vueltas y más vueltas en busca de una posición cómoda, que ni los suaves almohadones le proporcionaban, hasta que al fin se sumió en el sueño.

3

Alveston había abandonado temprano sus habitaciones en dirección a Old Bailey y ya se encontraba allí cuando, poco después de las diez y media, Darcy atravesó el imponente vestíbulo que conducía a la sala de vistas. Su primera impresión fue que acababa de introducirse en una jaula rebosante de parlanchina humanidad depositada en Bedlam. Todavía faltaban treinta minutos para que diera comienzo la vista, pero las primeras filas ya estaban ocupadas por mujeres charlatanas vestidas a la última moda, y las del fondo se llenaban a un ritmo constante. Todo Londres parecía haberse dado cita allí, y los pobres se apiñaban ruidosamente, incómodos. Aunque Darcy había presentado sus credenciales al oficial que custodiaba la puerta, nadie le indicó dónde debía sentarse y, de hecho, nadie le prestó la menor atención. Tratándose de marzo, el tiempo era benigno, y el aire se impregnaba cada vez más de calor y humedad, de una mezcla desagradable de perfume y cuerpos sin asear. Cerca del asiento del juez, un grupo de abogados conversaban de pie, tan distendidos que habrían podido encontrarse en cualquier salón de sociedad. Vio que Alveston se encontraba entre ellos y que, al verlo, acudía de inmediato a saludarlo y a indicarle cuáles eran los asientos reservados a los testigos.

—La acusación solo los llamará al coronel y a usted para que testifiquen sobre el hallazgo del cadáver —le dijo—. La falta de tiempo es la habitual, y este juez se impacienta si los testimonios se repiten innecesariamente. Yo me mantendré cerca. Tal vez tengamos ocasión de hablar durante el juicio.

En ese momento el rumor cesó bruscamente, como si lo hubieran cortado con un cuchillo. El magistrado acababa de entrar en la sala. El juez Moberley desempeñaba su cargo con seguridad en sí mismo, pero no era un hombre elegante, y sus rasgos menudos, de los que solo destacaban unos ojos oscuros, pasaban prácticamente desapercibidos bajo la gran peluca, que, en opinión de Darcy, le confería el aspecto de un animal acorralado que observara desde su guarida. Los corrillos de abogados se dispersaron, y estos, junto con los secretarios, ocuparon los puestos que tenían asignados. Los miembros del jurado, por su parte, tomaron asiento en los suyos. De pronto, el reo, custodiado por dos agentes de policía, estuvo de pie junto al banquillo. A Darcy le sorprendió su aspecto. Se veía bastante más delgado, a pesar de los alimentos que le llegaban con regularidad desde el exterior, y su rostro estaba demacrado, pálido, no tanto por lo duro del momento, pensó Darcy, como por los largos meses pasados en prisión. Contemplándolo, prácticamente le pasaron por alto los aspectos preliminares del juicio, la lectura de la acusación en voz alta y clara, la constitución del jurado, que acto seguido pasó a prestar juramento. En el banquillo, Wickham se mantenía sentado muy tieso y, cuando le preguntaron cómo se consideraba a sí mismo en relación con la acusación, respondió «Inocente» con voz firme. A pesar de su palidez, a pesar de las esposas, seguía siendo un hombre apuesto.

Fue entonces cuando Darcy se fijó en una cara conocida. Debía de haber pagado a alguien para obtener un asiento en la primera fila, entre las demás espectadoras de sexo femenino, y había ocupado el suyo deprisa y sin hablar. Ahí seguía, sin moverse apenas, entre el revoloteo de los abanicos y los movimientos constantes de los tocados más innovadores. Al principio la vio solo de perfil, pero después se volvió y, aunque se miraron sin dar la menor muestra de que se reconocían, no le cupo duda de que se trataba de la señora Younge.

De hecho, la primera visión fugaz de su perfil le había bastado para saberlo.

Estaba decidido a no mirarla a los ojos, pero, observándola de vez en cuando desde el otro extremo de la sala, veía que vestía ropas caras, aunque de una simplicidad y una elegancia que contrastaban con el mal gusto ostentoso de su alrededor. Su gorrito, trenzado con cintas rojas y verdes, enmarcaba un rostro que se veía tan jovial como el que había conocido durante su primer encuentro. Así vestía también cuando el coronel Fitzwilliam y él la entrevistaron en relación con el puesto de dama de compañía de Georgiana, entrevista durante la cual había encarnado a la perfección a la dama de buena cuna, educada y digna de confianza, profundamente comprensiva con los jóvenes y consciente de las responsabilidades que recaerían sobre ella. Las cosas habían sido distintas, aunque no tanto, cuando dio con ella en aquella casa respetable de Marylebone. Darcy se preguntaba qué la mantenía unida a Wickham, quizás una fuerza tan poderosa que la había llevado a formar parte del público femenino que se divertía viendo a un ser humano debatiéndose entre la vida y la muerte.

Ahora, cuando el abogado de la acusación estaba a punto de iniciar su primera intervención, Darcy vio que se había operado un cambio en la señora Younge. Seguía sentada con la espalda muy erguida, pero miraba hacia el banquillo de los acusados con gran intensidad y concentración, como si, mediante su silencio y a través del encuentro de sus ojos, pudiera transmitir un mensaje al acusado, un mensaje de esperanza o tal vez de resistencia. El momento se prolongó apenas durante un par de segundos, pero, mientras duró, para Darcy, dejaron de existir la sala, la túnica escarlata del juez, los colores vivos de los espectadores, y se fijó solo en aquellas dos personas, absortas la una en la otra.

—Señores del jurado, el caso que nos ocupa nos resulta especialmente espantoso: el brutal asesinato, por parte de un antiguo oficial del ejército, de su amigo y, hasta poco tiempo atrás, camarada. Aunque gran parte de lo ocurrido seguirá siendo un misterio, pues la única persona que podría testificar sería la víctima, los hechos más destacados son claros, no admiten conjetura y les serán presentados como pruebas. El acusado, en compañía del capitán Denny y de la señora Wickham, dejó la posada Green Man, situada en la aldea de Pemberley, Derbyshire, hacia las nueve de la noche del viernes catorce de octubre para dirigirse por el camino del bosque hacia la mansión de Pemberley, donde la señora Wickham pasaría esa noche, y un período de tiempo indeterminado, mientras su esposo y el capitán Denny eran conducidos hasta la posada King's Arms de Lambton.

Oirán declaraciones sobre una discusión entre el acusado y el capitán Denny mientras se encontraban en la posada, y sobre las palabras que este pronunció al abandonar el cabriolé, antes de internarse en el bosque. Después, Wickham lo siguió. Se oyeron disparos, y como el señor Wickham no regresaba, su esposa, alterada, fue trasladada hasta Pemberley, donde se organizó una expedición de rescate. Oirán también declaraciones sobre el hallazgo del cadáver por dos testigos que recuerdan con precisión el significativo momento. El acusado, manchado de sangre, estaba arrodillado junto a su víctima, y en dos ocasiones, pronunciando sus palabras con gran claridad, confesó que había matado a su amigo. Entre lo mucho que tal vez resulte extraño y misterioso en relación con este caso, ese hecho constituye su punto central. Existió una confesión que fue reiterada y, apunto yo, fue claramente comprendida. El grupo de rescate no buscó a ningún otro asesino potencial. El señor Darcy se ocupó de mantener custodiado a Wickham e, inmediatamente, fue en busca de un magistrado. Y a pesar de un rastreo amplio y exhaustivo, no se hallaron pruebas de que ningún desconocido se hallara en el bosque esa noche. No es posible que cualquiera de los residentes de la cabaña del bosque (una mujer de mediana edad, su hija y un hombre moribundo) hubieran levantado la piedra con la que, según se cree, se causó la herida mortal. Oirán la declaración según la cual pueden encontrarse piedras de esa clase en el bosque, y Wickham, que conocía el lugar desde su infancia, habría sabido dónde encontrarlas.

»Se trata de un crimen particularmente perverso. Cualquier médico confirmaría que el golpe en la frente causó solo un aturdimiento transitorio e incapacitó a la víctima, y que fue seguido de un ataque letal, perpetrado cuando el capitán Denny, cegado por la sangre, intentaba huir. Cuesta imaginar un asesinato más cobarde y atroz. Al capitán ya nadie puede devolverle la vida, pero puede hacerse justicia, y confío en que ustedes, señores del jurado, no vacilarán al emitir un veredicto de culpabilidad. Ahora llamaré a declarar al primer testigo de la acusación.

Alguien gritó: «¡Nathaniel Piggott!», y casi de inmediato, el encargado de la posada Green Man ocupó su asiento en el lugar del estrado reservado a los testigos y, sosteniendo la Biblia abierta con gran ceremonia, pronunció el juramento. Se había puesto el traje de los domingos, con el que solía aparecer por la iglesia, pero este se veía gastado, como sucede con las ropas de los hombres que se sienten a gusto en ellas, y permaneció de pie largo rato, estudiando a los miembros del jurado como si, en realidad, fueran candidatos a ocupar una vacante en su establecimiento. Finalmente, posó la mirada en el abogado de la acusación, seguro, al parecer, de hacer frente a cualquier cosa que sir Simon Cartwright pudiera plantearle. Cuando se le conminó a hacerlo, dijo en voz alta su nombre y su dirección.

—Nathaniel Piggott, posadero de Green Man, aldea de Pemberley, Derbyshire.

Su declaración fue concisa, y llevó poco tiempo. En respuesta a las preguntas del abogado de la acusación, manifestó ante el tribunal que George Wickham, la señora Wickham y el difunto capitán Denny habían llegado a la posada el 14 de octubre en coche de punto. El señor Wickham había pedido comida y vino, así como un cabriolé que llevara a la señora Wickham a Pemberley esa noche. La señora Wickham comentó, mientras él mostraba el bar a los recién llegados, que iba a pasar aquella noche en Pemberley para asistir al baile de lady Anne que se celebraría al día siguiente.

—Parecía bastante entusiasmada —declaró.

En respuesta a preguntas posteriores, relató que el señor Wickham había expresado su deseo de que, después de detenerse en Pemberley, el vehículo prosiguiera ruta hasta la posada King's Arms de Lambton, donde el capitán Denny y él pasarían la noche, y desde donde, a la mañana siguiente, emprenderían viaje hasta Londres.

El señor Cartwright dijo:

—¿De modo que en aquel momento no se sugirió en modo alguno que el señor Wickham podría quedarse también en Pemberley?

—Yo no lo oí, señor. Y no era probable. El señor Wickham, como algunos de nosotros sabemos, nunca es recibido en Pemberley.

Se oyeron murmullos en la sala. Instintivamente, Darcy se agarrotó en su asiento. Los testigos se internaban en terrenos peligrosos antes de lo que él esperaba. Mantuvo la vista fija en el abogado de la acusación, aunque sabía que los ojos de todo el jurado estaban clavados en él. Pero, tras una pausa, Simon Cartwright cambió de rumbo.

—¿El señor Wickham le pagó por los alimentos y el vino, y por el alquiler del cabriolé?

—Así es, señor, mientras estaba en el bar. El capitán Denny le dijo: «Es tu función, y tendrás que pagarla tú. Yo solo tengo lo imprescindible para llegar a Londres.»

—¿Los vio irse en el cabriolé?

—Sí, señor. Eran las ocho y cuarenta y cinco.

—Y, cuando se alejaron, ¿se fijó en qué estado de ánimo lo hacían? ¿En cuál era la relación entre los dos caballeros?

—No puedo decirle que me fijara, señor. Yo estaba dándole instrucciones a Pratt, el cochero. La dama le advertía que colocara el baúl con gran cuidado en el vehículo, porque en él viajaba el vestido que se pondría para el baile. Sí, vi que el capitán Denny estaba muy callado, igual que cuando se encontraban en la posada bebiendo.

—¿Alguno de los dos había bebido mucho?

—El capitán Denny solo tomó cerveza, menos de una pinta. El señor Wickham bebió dos cervezas y se pasó al whisky. Cuando se fueron, él estaba muy colorado, y algo tambaleante, pero se expresaba con claridad, aunque, eso sí, en voz muy alta, y se subió al cabriolé sin precisar ayuda.

—¿Oyó usted alguna conversación entre ellos cuando accedían al coche?

—No, señor, o al menos no lo recuerdo. Fue la señora Piggott la que oyó discutir a los dos caballeros, según me contó, pero eso había sido antes.

—También llamaremos a declarar a su esposa. No tengo más preguntas para usted, señor Piggott. Puede abandonar el estrado, a menos que el señor Mickledore tenga algo que preguntarle.

Nathaniel Piggott, confiado, volvió el rostro hacia el abogado de la defensa, mientras el señor Mickledore se ponía en pie.

—De modo que ninguno de los dos caballeros estaba de humor para conversar. ¿Tuvo usted la impresión de que les complacía viajar juntos?

—En ningún momento expresaron lo contrario, señor, y no existió discusión entre ellos cuando emprendieron viaje.

—¿Ninguna señal de enfado?

—No, señor, que yo notara.

No hubo más preguntas, y Nathaniel Piggott abandonó el estrado con el aire satisfecho de un hombre seguro de haber causado una buena impresión.

La siguiente en ser llamada a declarar fue Martha Piggott, y se produjo cierto revuelo en una esquina de la sala, mientras la corpulenta mujer se abría paso entre un grupo de personas que le susurraban su apoyo y se dirigía al estrado. Llevaba un sombrero muy adornado con almidonadas cintas rojas, que parecía nuevo, adquirido sin duda porque la trascendencia de la ocasión lo requería. Con todo, habría resultado aun más llamativo de no haber reposado sobre una mata de pelo amarillo panocha. Además, de vez en cuando se lo tocaba, como si dudara de si seguía plantado sobre su cabeza. Clavó la vista en el juez hasta que el abogado de la acusación se puso en pie para dirigirse a ella, tras dedicarle un gesto de asentimiento con la cabeza. Pronunció su nombre y domicilio, prestó juramento con voz clara y corroboró el relato de su esposo sobre la llegada de los Wickham y del capitán Denny.

Darcy le susurró a Alveston:

—A ella no la llamaron a declarar durante la instrucción. ¿Se ha producido alguna novedad?

—Sí —respondió Alveston—. Y podría perjudicarnos.

Simon Cartwright prosiguió con las preguntas.

—¿Cuál era el ambiente general en la posada entre los señores Wickham y el capitán Denny? ¿Diría usted, señora Piggott, que era un grupo bien avenido?

—No lo diría, señor. La señora Wickham estaba de buen humor y se reía. Se trata de una dama agradable y habladora, señor, y fue ella la que nos contó a mí y al señor Piggott, cuando estábamos en el bar, que iba a asistir al baile de lady Anne, y que aquello iba a ser un gran escándalo, porque la señora Darcy no tenía la más remota idea de que ella iba a presentarse, y no podría echarla, no en una noche tormentosa como aquella. El capitán Denny estaba muy callado, pero el señor Wickham parecía inquieto, como impaciente por emprender viaje.

—¿Y oyó usted alguna discusión, alguna palabra que intercambiaran?

El señor Mickledore se puso en pie al momento para protestar porque la acusación estaba guiando al testigo, y la pregunta fue reformulada:

—¿Oyó alguna conversación entre el capitán Denny y el señor Wickham?

La señora Piggott captó al momento lo que se esperaba de ella.

—Mientras nos encontrábamos en la taberna no, señor. Pero después de que dieran cuenta de los fiambres y las bebidas, la señora Wickham pidió que le subieran el baúl a la habitación para poder cambiarse de ropa antes de trasladarse a Pemberley. No iba a lucir el vestido del baile, dijo, pero quería ponerse algo bonito para causar buena impresión a su llegada. Yo envié a Sally, una de mis doncellas, a que la asistiera. Me dirigí entonces al retrete del patio y al salir, cuando abría la puerta en silencio, vi al señor Wickham hablando con el capitán.

—¿Oyó lo que decían?

—Sí, señor. Se encontraban a pocos pasos de mí. Vi que el capitán Denny estaba muy pálido. Y le oí decir: «Ha sido un engaño de principio a fin. Es usted absolutamente egoísta. No tiene usted idea de lo que siente una mujer.»

—¿Está usted segura de esas palabras?

La señora Piggott vaciló.

—Bien, señor, es posible que me haya confundido un poco en el orden, pero no tengo duda de que el capitán Denny le dijo al señor Wickham que era un egoísta y que no·entendía lo que sentían las mujeres, y que aquello había sido un engaño de principio a fin.

—¿Qué ocurrió entonces?

—Como no quería que los caballeros me vieran abandonar el retrete, entorné la puerta hasta casi cerrarla, y seguí observando por la rendija hasta que se fueron.

—¿Y está dispuesta a jurar que oyó esas palabras?

—Ya he jurado, señor. Estoy prestando declaración bajo juramento.

—Así es, señora Piggott, y me alegro de que reconozca usted la importancia del hecho. ¿Qué ocurrió una vez que hubo regresado al interior de la posada?

—Los caballeros entraron poco después, y el señor Wickham subió a la habitación que yo había reservado para su esposa. La señora Wickham ya debía de haberse cambiado de ropa, pues él bajó e informó de que el baúl ya volvía a estar cerrado, y ordenó que lo cargáramos en el cabriolé. Los caballeros se pusieron las casacas y los sombreros, y el señor Piggott llamó a Pratt para que fuera a recoger el baúl.

—¿En qué condiciones se encontraba entonces el señor Wickham?

Se hizo un silencio, porque la señora Piggott parecía no comprender bien el sentido de la pregunta. El abogado, algo impaciente, insistió con otras palabras:

—¿Estaba sobrio o mostraba signos de haber bebido?

—Yo sabía, claro está, que había estado tomando licor, señor, y parecía haber bebido más de la cuenta. Cuando se despidió noté que tenía la voz pastosa, pero entonces se puso en pie y se montó en el cabriolé sin ayuda de nadie, y se fueron.

Hubo otro momento de silencio. El abogado de la acusación estudió sus papeles antes de hablar.

—Gracias, señora Piggott. ¿Puede permanecer en su sitio por el momento, por favor?

Jeremiah Mickledore se puso en pie.

—De modo que, si se produjo esa conversación poco amistosa entre el señor Wickham y el capitán Denny, llamémosla «desavenencia», esta no culminó en gritos ni en ningún acto de violencia. ¿Alguno de los dos caballeros tocó al otro durante la conversación que usted escuchó a escondidas en el patio?

—No, señor, o al menos yo no lo vi. El señor Wickham habría sido un insensato si hubiera desafiado al capitán a pelear con él. El capitán Denny era más alto que él, medio palmo, diría yo, y mucho más corpulento.

—¿Vio usted si, cuando entraron en el coche, alguno de los dos iba armado?

—El capitán Denny, señor.

—De modo que, según lo que usted está en condiciones de afirmar, el capitán Denny, fuera cual fuere su opinión sobre el comportamiento de su acompañante, podía viajar con él sin temor a sufrir ningún asalto físico. Era más alto y más corpulento, e iba armado. Según lo que usted recuerda, ¿esa era la situación?

—Supongo que sí, señor.

—No se trata de lo que usted supone, señora Piggott. ¿Vio a los dos caballeros entrar en el cabriolé, y al capitán Denny, el más alto de los dos, con un arma de fuego?

—Sí, señor.

—De modo que, incluso si habían discutido, el hecho de que viajaran juntos no le habría ocasionado ningún temor.

—La señora Wickham los acompañaba, señor. No habrían iniciado una pelea con la dama en el coche. Y Pratt no es ningún necio. Seguramente, de haberse visto en problemas, habría arreado a las yeguas para que regresaran a la posada.

Jeremiah Mickledore planteó una última pregunta.

—¿Por qué no realizó esta declaración durante la vista previa, señora Piggott? ¿No se dio cuenta de su importancia?

—Nadie me lo preguntó, señor. El señor Brownrigg acudió a la posada tras la vista previa y me lo preguntó entonces.

—Pero, seguramente, antes de su conversación con el señor Brownrigg, se dio cuenta de que contaba usted con una prueba que debería haber constado en la instrucción del caso.

—Creí, señor, que si necesitaban hablar habrían venido a verme y me habrían preguntado, y no quería que todo Lambton se burlara de mí. Es una vergüenza que una dama no pueda usar el excusado sin que le pregunten en público por su acción. Póngase usted en mi lugar, señor Mickledore.

Hubo entonces un estallido de risa, rápidamente sofocado. El señor Mickledore dijo que no tenía más preguntas, y la señora Piggott, calándose el sombrero con fuerza, regresó a grandes zancadas a su asiento, ocultando a duras penas su satisfacción, y entre un murmullo de aprobación de sus acólitos.

6

La estrategia de la acusación planteada por Simon Cart-wright parecía clara, y a Darcy no le pasaba por alto su astucia. La historia sería expuesta escena por escena, imponiendo coherencia y credibilidad al relato, lo que produciría en la sala, a medida que se desplegara, algo parecido a la tensa expectación que se daba en los teatros. Pero, qué era un juicio por asesinato, sino entretenimiento público, pensaba Darcy. Los actores, ataviados según los papeles que debían representar, el zumbido de los comentarios despreocupados antes de que apareciera el personaje encargado de actuar en la escena siguiente, y después el momento de clímax dramático, que tenía lugar cuando el protagonista aparecía en el banquillo, del que no era posible escapar, antes de enfrentarse a la escena final, de vida o muerte. Aquello era el derecho inglés en movimiento, un derecho que se respetaba en toda Europa, ¿y cómo podía tomarse semejante decisión, con la consecuencia final que acarreaba, de un modo que resultara más justo? A él la ley lo obligaba a estar presente, pero al echar un vistazo a la sala, atestada de los brillantes colores de los tocados que agitaban las mujeres ricas y de la gris monotonía de los pobres, sentía vergüenza por estar allí.

Llamaron a George Pratt a declarar. Al verlo sentado en el estrado, a Darcy le pareció mayor de lo que recordaba. Llevaba la ropa limpia, aunque no era nueva, y era evidente que se había lavado el pelo hacía poco, pues le colgaba en mechones alrededor del rostro, lo que le daba el aspecto petrificado de un payaso. Prestó juramento con parsimonia, con la mirada fija en el papel, como si aquellas palabras estuvieran escritas en alguna lengua extranjera, y después miró a Cartwright con el gesto de súplica de un niño delincuente.

Al abogado de la acusación no le cupo duda de que la amabilidad sería la mejor arma con aquel individuo.

—Acaba de prestar usted juramento, señor Pratt —le dijo—, lo que significa que ha jurado decir la verdad ante el tribunal, tanto en respuesta a mis preguntas, como en todo lo que declare. Ahora quiero que diga ante este tribunal, con sus propias palabras, lo que ocurrió la noche del viernes catorce de octubre.

—Yo debía llevar a los dos caballeros, el señor Wickham y el capitán Denny, además de la señora Wickham, a Pemberley en el cabriolé del señor Piggott, y después debía dejar a la dama en la casa y seguir viaje con los dos caballeros hasta el King's Arms de Lambton. Pero el señor Wickham y el capitán nunca llegaron a Pemberley, señor.

—Sí, eso ya lo sabemos. ¿Cómo debía llegar hasta Pemberley? ¿Por qué puerta de acceso a la finca?

—Por la puerta noroeste, señor, y después debía seguir por el camino del bosque.

—¿Y qué ocurrió? ¿Hubo alguna dificultad para franquear esa puerta?

—No, señor. Jimmy Morgan acudió a abrirla. Me dijo que por allí no debía pasar nadie, pero me conocía, y cuando le dije que iba a llevar al baile a la señora Wickham, nos dejó pasar. Habíamos recorrido una milla y media, más o menos, cuando uno de los caballeros (creo que fue el capitán Denny) dio unos golpes para que me detuviera, y así lo hice. Él se bajó del coche y se internó en el bosque. Gritó que no pensaba aguantar más, y que el señor Wickham estaba solo en eso.

—¿Fueron esas sus palabras exactas?

Pratt tardó un poco en responder.

—No estoy seguro. Tal vez dijera: «Ahora estás solo, Wickham. Yo ya no aguanto más.»

—¿Y qué ocurrió entonces?

—El señor Wickham se bajó del cabriolé y empezó a seguirlo, gritando que estaba loco, que volviera. Pero él no volvía. De modo que el señor Wickham se internó tras él en el bosque. La señora bajó también, gritándole que regresara, que no la dejara sola, pero él no le hizo caso. Cuando desapareció en el bosque, ella volvió a montarse en el coche y empezó a gritar cosas lamentables. De modo que allí nos quedamos, señor.

—¿Y no pensó en internarse en el bosque usted también?

—No, señor. No podía dejar sola a la señora Wickham, ni a los caballos, y por eso me quedé. Pero al cabo de un rato se oyeron los disparos, y la señora Wickham empezó a gritar y dijo que nos matarían a todos, y que la llevara a Pemberley lo antes posible.

—¿Sonaron cerca los disparos?

—No sabría decírselo, señor. En todo caso, lo bastante cerca como para que se oyeran perfectamente.

—¿Y cuántos oyó?

—Pudieron ser tres o cuatro. No estoy seguro, señor.

—¿Qué ocurrió entonces?

—Puse las yeguas al galope, y nos dirigimos a Pemberley. La dama no dejaba de gritar. Cuando nos detuvimos junto a la puerta, estuvo a punto de caerse del cabriolé. El señor Darcy y algunas otras personas se encontraban ya junto a la entrada. No recuerdo bien quiénes eran, aunque creo que había dos caballeros, además del señor Darcy, y dos damas. Ellas ayudaron a la señora Wickham a entrar en casa, y el señor Darcy me pidió que me quedara con los caballos, porque quería que los llevara a él y a algunos de los hombres hasta el lugar donde el capitán y el señor Wickham se habían internado en el bosque. De modo que esperé, señor. Y entonces, el caballero al que conozco con el nombre de coronel Fitzwilliam apareció por el camino, cabalgando a toda velocidad, y se unió al grupo. Después de que alguien fuera a buscar una camilla, mantas y linternas, los tres caballeros, el señor Darcy, el coronel, y otro hombre al que no conocía, se montaron en el cabriolé y regresamos al bosque. Después los caballeros se bajaron y caminaron delante de mí hasta que llegamos al camino de la cabaña del bosque, y el coronel fue a ver si la familia estaba a salvo y a pedirles que cerraran la puerta con llave. Luego los tres caballeros siguieron caminando, hasta que yo vi el lugar en el que creía que el capitán Denny y el señor Wickham habían desaparecido. Entonces el señor Darcy me pidió que esperara, y ellos desaparecieron entre los árboles.

—Debieron de ser unos momentos de inquietud para usted, Pratt.

—Lo fueron, señor. Tuve mucho miedo al quedarme solo, desarmado, y la espera me pareció muy larga, señor. Pero al rato oí que regresaban. Traían el cadáver del capitán Denny en la camilla, y al señor Wickham, que se sostenía en pie con dificultad, lo ayudó a subirse al coche el tercer caballero. Ordené a los caballos que dieran media vuelta, y, lentamente, regresamos a Pemberley. El coronel y el señor Darcy iban detrás, cargando con la camilla, y el tercer caballero, en el cabriolé con el señor Wickham. Después, en mi mente hay un embrollo, señor. Sé que se llevaron la camilla, y que el señor Wickham, que gritaba en voz muy alta y apenas se mantenía en pie, fue conducido al interior de la casa, y a mí me pidieron que esperara. Al final, el coronel salió y me ordenó que llevara el cabriolé hasta la posada de King's Arms e informara de que los caballeros no llegarían, pero que me marchara deprisa, antes de que pudieran hacerme preguntas, y que cuando llegara a Green Man no contara nada sobre lo que había ocurrido, porque de otro modo habría problemas con la policía. Me dijo que vendrían a hablar conmigo al día siguiente. A mí me preocupaba que el señor Piggott pudiera hacerme preguntas, pero él y su esposa ya estaban acostados. Para entonces, el viento había amainado y llovía con fuerza. El señor Piggott abrió la ventana de su dormitorio y me preguntó si todo iba bien, y si había dejado a la dama en Pemberley. Yo le dije que sí, y él me pidió que atendiera a los caballos y que me fuera a la cama. Estaba muy cansado, señor, y al día siguiente, cuando la policía llegó poco después de las siete, yo seguía durmiendo. Les dije lo que había ocurrido, lo mismo que ahora le estoy contando a usted, que yo recuerde, sin ocultar nada.

—Gracias, señor Pratt —dijo Cartwright—. Ha sido usted muy claro.

El señor Mickledore se puso en pie al momento.

—Tengo una o dos preguntas que formularle, señor Pratt. Cuando el señor Piggott le llamó para que llevara al grupo hasta Pemberley, ¿era la primera vez en su vida que veía a los dos caballeros juntos?

—Sí, señor.

—¿Y cómo le pareció que era su relación?

—El capitán Denny estaba muy callado, y no había duda de que el señor Wickham había bebido, pero no vi que discutieran o pelearan.

—¿Notó al capitán Denny reacio a montarse en el cabriolé?

—No, señor. Se montó de buena gana.

—¿Oyó alguna conversación entre ellos durante el viaje, antes de que el coche se detuviera?

—No, señor. No habría sido fácil, porque el viento soplaba con fuerza y el camino estaba lleno de baches. Tendrían que haber gritado mucho.

—¿Y no hubo gritos?

—No, señor, o yo no los oí.

—De modo que, por lo que usted sabe, el grupo partió en buenos términos, y usted no tenía motivos para prever problemas.

—No, señor, no los tenía.

—Si no me equivoco, durante la vista previa usted declaró ante el jurado que había tenido problemas para controlar a los caballos cuando se encontraba en el bosque. Tuvo que ser un viaje difícil para ellos.

—Lo fue, señor. Tan pronto como entraron en el bosque, las yeguas se alteraron mucho, no dejaban de patear y relinchar.

—Debió de ser complicado para usted controlarlas.

—Lo fue, señor, muy complicado. No hay caballo al que le guste adentrarse en el bosque con luna llena. Ni persona.

—Entonces, ¿puede estar absolutamente seguro de las palabras que pronunció el capitán Denny cuando se bajó del cabriolé?

—Bueno, señor, sí, oí que decía que no acompañaría más al señor Wickham, y que el señor Wickham estaba solo, o algo por el estilo.

—«Algo por el estilo.» Gracias, señor Pratt. Eso es todo lo que quería preguntarle.

Ordenaron a Pratt que se retirara, cosa que hizo bastante más contento que cuando subió al estrado.

—Ningún problema —le susurró Alveston a Darcy—. Mickledore ha logrado sembrar la duda sobre la declaración de Pratt. Ahora, señor Darcy, llamarán al coronel o lo llamarán a usted.

7

Cuando pronunciaron su nombre, Darcy reaccionó con sorpresa, a pesar de saber que su turno no podía tardar en llegar. Avanzó por la sala, seguido por lo que le parecieron filas enteras de ojos hostiles, haciendo esfuerzos por dominar su mente. Era importante que no perdiera la compostura ni los estribos. Estaba decidido a no mirar a los ojos a Wickham, a la señora Younge ni a aquel miembro del jurado que, cada vez que él dirigía la vista en su dirección, le clavaba la suya con manifiesta antipatía. No apartaría la mirada del abogado de la acusación cuando respondiera a las preguntas, y si lo hacía sería para echar vistazos al jurado, o al juez, que permanecía sentado, inmóvil como un Buda, con las manos rechonchas y pequeñas entrelazadas sobre la mesa, los ojos entrecerrados.

La primera parte del interrogatorio transcurrió sin sobresaltos. En respuesta a las preguntas, describió la velada, la cena, enumeró a los presentes, habló de la partida del coronel Fitzwilliam y de la retirada de la señorita Darcy, de la llegada del cabriolé que llevó a la señora Wickham muy alterada y, finalmente, de la decisión de dirigirse al bosque en coche para ver qué había ocurrido, y si el señor Wickham y el capitán Denny necesitaban ayuda.

Simon Cartwright dijo:

—¿Preveían ustedes algún peligro, tal vez una tragedia?

—De ninguna manera, señor. Yo suponía, esperaba que lo peor que hubiera acontecido a los caballeros fuera que uno de ellos se hubiera encontrado en el bosque con algún problema menor que, con todo, lo hubiera incapacitado. Creía que los hallaríamos caminando lentamente hacia Pemberley, o de regreso a la posada, ayudándose uno al otro. El relato de la señora Wickham, confirmado posteriormente por Pratt, según el cual se habían producido disparos, me convenció de que sería prudente organizar una expedición de rescate. El coronel Fitzwilliam había regresado a tiempo para formar parte de ella, e iba armado.

—El vizconde Hartlep, claro está, nos ofrecerá su declaración más tarde. ¿Proseguimos? Describa, si es tan amable, el trayecto por el bosque y los pasos que llevaron al descubrimiento del cadáver del señor Denny.

A Darcy no le hacía falta ensayar nada, pero de todos modos había dedicado unos minutos a buscar las palabras más adecuadas, así como el tono de voz que usaría. Se había dicho a sí mismo que declararía ante un tribunal de justicia, y no relatando los hechos ante un grupo de amigos. Demorarse en la descripción del silencio, roto solo por sus pasos y el crujir de las ruedas, habría constituido una licencia peligrosa. Allí hacían falta hechos, hechos expresados con claridad y convicción. Así pues, explicó que el coronel había abandonado momentáneamente al grupo para advertir a la señora Bidwell, a su hijo moribundo y a su hija, de que podía haber problemas, y para aconsejarles que mantuvieran la puerta bien cerrada.

—¿El vizconde Hartlep le informó, antes de dirigirse hacia la cabaña, de que esa era su intención?

—Así es.

—¿Y durante cuánto tiempo se ausentó?

—Creo que durante unos quince o veinte minutos. Aunque en el momento pareció más.

—¿Y después reemprendieron la marcha?

—Sí. Pratt logró indicarnos con cierta precisión el punto en el que el capitán Denny se había internado en el bosque, y mis compañeros y yo, entonces, hicimos lo mismo, e intentamos descubrir el camino que uno de ellos, o ambos, pudieron tomar. Al cabo de unos minutos, tal vez diez, llegamos al claro y encontramos el cadáver del capitán Denny, y al señor Wickham inclinado sobre él, llorando. Al momento comprendimos que el capitán estaba muerto.

—¿En qué condición se encontraba el señor Wickham?

—Estaba muy afectado y, por su forma de hablar y por el olor que desprendía su aliento, diría que había bebido probablemente en abundancia. El rostro del capitán Denny estaba manchado de sangre, y también la había en las manos y el rostro del señor Wickham, en su caso quizá por haber tocado a su amigo. O eso pensé yo.

—¿Habló el señor Wickham?

—Sí.

—¿Y qué dijo?

De modo que ahí estaba la temida pregunta, y durante unos segundos de pánico, su mente quedó en blanco. Entonces miró a Cartwright y respondió:

—Señor, creo ser capaz de reproducir las palabras con precisión, si no en el mismo orden. Según recuerdo, dijo: «Lo he matado. Es culpa mía. Era mi amigo, mi único amigo, y lo he matado.» Y acto seguido repitió: «Es culpa mía.»

—Y, en aquel momento, ¿qué pensó usted que significaban aquellas palabras?

Darcy era consciente de que toda la sala aguardaba su respuesta. Miró al juez, quien abrió los ojos muy despacio y lo miró.

—Responda a la pregunta, señor Darcy.

Solo entonces comprendió, horrorizado, que debía de haber permanecido en silencio varios segundos. Y, dirigiéndose al juez, dijo:

—Estaba frente a un hombre profundamente alterado, arrodillado sobre el cadáver de un amigo. Pensé que lo que había querido decir el señor Wickham era que, de no haber existido cierta discrepancia entre ellos, que llevó al capitán Denny a abandonar el cabriolé y a internarse corriendo en el bosque, su amigo no habría sido asesinado. Esa fue mi impresión inmediata. No vi ningún arma. Sabía que el capitán Denny era el más corpulento de los dos, y que iba armado. Habría sido el colmo de la locura por parte del señor Wickham seguir a su amigo hasta el bosque sin luz, ni arma de ninguna clase, si tenía la intención de causarle la muerte. Ni siquiera podía estar seguro de encontrarlo entre la densa maraña de árboles y matorrales, siendo la luna su única guía. Me pareció que no podía ser un asesinato perpetrado por el señor Wickham de modo impulsivo, ni con premeditación.

—¿Vio u oyó a alguna otra persona, además de a lord Hartlep o al señor Alveston, bien cuando se adentró usted en el bosque, bien en la escena del crimen?

—No, señor.

—De modo que declara, bajo juramento, que encontró el cuerpo sin vida del capitán Denny, y al señor Wickham manchado de sangre inclinado sobre él y diciendo, no una vez, sino dos, que era responsable del asesinato de su amigo.

Su silencio, en este caso, fue más prolongado. Por primera vez, Darcy se sintió como un animal acorralado. Finalmente, dijo:

—Estos son los hechos, señor. Usted me ha preguntado qué me pareció que esos hechos significaban en ese momento. Y yo le he respondido lo que creí entonces, y lo que creo ahora: que el señor Wickham no estaba confesando un asesinato, sino contando lo que, en realidad, era la verdad, que si el capitán Denny no hubiera abandonado el cabriolé ni se hubiera adentrado en el bosque, no se habría encontrado con su asesino.

Pero Cartwright no había terminado. Cambiando de estrategia, preguntó:

—¿Habría sido recibida la señora Wickham en Pemberley de haber llegado inesperadamente, y sin previo aviso?

—Sí.

—Ella, por supuesto, es hermana de la señora Darcy. ¿Habrían dado también la bienvenida al señor Wickham si hubiera aparecido en las mismas circunstancias? ¿Estaban él y la señora Wickham invitados al baile?

—Esa, señor, es una pregunta hipotética. No había razón para que lo estuvieran. Llevábamos tiempo sin mantener contacto y yo ignoraba cuál era su domicilio.

—Observo, señor Darcy, que su respuesta resulta algo ambigua. ¿Usted los habría invitado de haber conocido su dirección?

Fue entonces cuando Jeremiah Mickledore se puso en pie y se dirigió al juez.

—Señoría, ¿qué relación puede tener la lista de invitados del señor Darcy con el asesinato del capitán Denny? Sin duda, todos tenemos derecho a invitar a quien nos plazca a nuestras casas, sea o no pariente nuestro, sin que sea necesario explicar nuestras razones ante un tribunal, en circunstancias en que la invitación no tiene la menor relevancia.

El juez se agitó en su asiento y, sorprendentemente, se expresó con voz firme.

—¿Cuenta usted con un motivo que justifique su serie de preguntas, señor Cartwright?

—Cuento con él, señoría: mi intención es arrojar algo de luz sobre la posible relación del señor Darcy con su hermano político y, por tanto, de manera indirecta, proporcionar al jurado algún dato sobre el carácter del señor Wickham.

—Dudo —rebatió el juez— de que no haber sido invitado a un baile sea un dato que arroje demasiada luz sobre la naturaleza esencial de un hombre.

Jeremiah Mickledore se puso en pie entonces, y se volvió hacia Darcy.

—¿Sabe usted algo sobre la conducta del señor Wickham en la campaña de Irlanda de agosto de mil setecientos noventa y ocho?

—Sí, señor. Sé que fue condecorado como soldado valeroso y que resultó herido.

—¿Tiene conocimiento de que haya sido encarcelado el señor Wickham por algún delito grave, o de que haya tenido algún problema con la policía?

—No, señor.

—Y, teniendo en cuenta que está casado con la hermana de su esposa, usted, presumiblemente, ¿estaría al corriente de hechos de esa naturaleza?

—Si fueran graves o frecuentes, diría que sí, señor.

—Se ha descrito que Wickham parecía hallarse bajo los efectos del alcohol. ¿Qué pasos se dieron para mantenerlo controlado cuando llegaron a Pemberley?

—Lo acostamos, y avisamos al doctor McFee para que atendiera tanto a la señora Wickham como a su esposo.

—Pero no fue encerrado, ni puesto bajo custodia.

—Su puerta no fue cerrada con llave, aunque sí había dos personas vigilando.

—¿Era eso necesario, si usted creía que era inocente?

—Se hallaba en estado de embriaguez, señor, y no habría sido correcto dejar que se paseara por toda la casa, teniendo en cuenta, además, que soy padre de dos hijos de corta edad. También me inquietaba su estado físico. Soy magistrado, señor, y sabía que todos los implicados en el asunto debían estar disponibles para ser interrogados a la llegada de sir Selwyn Hardcastle.

El señor Mickledore se sentó, y Simon Cartwright retomó su interrogatorio.

—Una última pregunta, señor Darcy. El grupo de búsqueda estaba formado por tres hombres, y uno de ellos iba armado. También contaba con el arma del capitán Denny, que podría haber estado en condiciones de usarse. Usted no tenía motivos para sospechar que el capitán Denny había sido asesinado un rato antes de que lo encontraran. El asesino podría haber estado cerca, oculto. ¿Por qué no organizaron una búsqueda?

—Me pareció que la primera acción necesaria era regresar lo antes posible a Pemberley con el cadáver del capitán. Habría sido prácticamente imposible encontrar a alguien oculto entre la espesa vegetación, y supuse que el asesino ya habría escapado.

—Habrá personas que tal vez consideren poco convincente su explicación. Sin duda, la primera reacción al hallar a un hombre asesinado es intentar detener a su asesino.

—En aquellas circunstancias no se me ocurrió, señor.

—En efecto, señor Darcy. Y puedo entender que no se le ocurriera. Porque ya se encontraba usted en presencia del hombre que, por más que lo niegue, creía que era el asesino. ¿Por qué tendría que habérsele ocurrido buscar más?

Antes de que Darcy tuviera tiempo de responder, Simon Cartwright consolidó su triunfo pronunciando sus palabras finales:

—Debo felicitarle, señor Darcy, por ser dueño de una mente de claridad extraordinaria, capaz, se diría, de pensar de manera coherente en momentos en los que la mayoría de nosotros nos sentiríamos aturdidos y reaccionaríamos de manera menos cerebral. No ignoremos que la escena que presenció era de un horror sin precedentes en su caso. Le he preguntado cuál fue su reacción a las palabras del acusado cuando usted y sus compañeros lo descubrieron arrodillado y con las manos manchadas de sangre sobre el cadáver de su amigo asesinado. Y, según parece, usted fue capaz de deducir, sin un instante de vacilación, que debió de existir alguna discrepancia que llevó al capitán a abandonar el vehículo y a salir corriendo en dirección al bosque, capaz de recordar la diferencia de estatura y peso entre ambos hombres, de considerar lo que ello implicaba, de fijarse en que no había armas en la escena del crimen que pudieran haberse usado para infligir cualquiera de las dos heridas. Es bien cierto que el asesino no fue tan considerado como para dejarlas convenientemente a mano. Puede abandonar el estrado.

Para sorpresa de Darcy, el señor Mickledore no se puso en pie para interrogarlo. Tal vez, pensó, no había nada que la defensa pudiera hacer para paliar el daño que él había causado. No recordaba cómo había regresado a su asiento. Una vez allí, se apoderó de él una mezcla de desesperación e indignación contra sí mismo. Se maldijo por su necedad y su incompetencia. ¿Acaso no le había aconsejado Alveston cómo debía responder durante los interrogatorios? «Piense antes de responder, pero no tanto que parezca que está calculando, responda a las preguntas con sencillez y precisión, y no diga más de lo que le pregunten, no adorne nada; si Cartwright quiere más, ya lo pedirá. Los desastres en el estrado de los testigos suelen producirse como resultado de hablar de más, no de menos.» Y él había hablado de más, y el resultado había sido desastroso. Sin duda, el coronel se mostraría más sensato. Pero el daño ya estaba hecho.

Notó la mano de Alveston sobre el hombro.

—He perjudicado a la defensa, ¿verdad? —dijo con amargura.

—En absoluto. Usted, testigo de la acusación, ha pronunciado un discurso muy eficaz para la defensa, un discurso que Mickledore no puede pronunciar. Los miembros del jurado lo han oído, que es lo importante, y Cartwright ya no logrará borrarlo de sus mentes.

Uno tras otro, los testigos de la acusación ofrecieron sus declaraciones. El doctor Belcher testificó sobre la causa de la muerte, y los policías describieron con detalle sus misiones infructuosas en busca del arma del crimen, aunque sí habían encontrado algunas piedras enterradas en el bosque, bajo las hojas. A pesar de sus indagaciones exhaustivas, no habían descubierto a ningún desertor, ni a ninguna otra persona que se encontrara en el bosque en el momento del asesinato.

Entonces llamaron al coronel vizconde Hartlep a ocupar el estrado de los testigos, y en la sala de inmediato se hizo el silencio. Darcy se preguntó por qué Simon Cartwright había decidido que un testigo tan importante para el caso fuera el último de la acusación en prestar declaración. ¿Creía tal vez que la impresión que causaría sería más duradera y efectiva si su testimonio era el último que oían los miembros del jurado? El coronel había acudido ataviado con su uniforme, y Darcy recordó que ese día, horas más tarde, debía asistir a un encuentro en el Ministerio de la Guerra. Se dirigió al estrado de los testigos con la serenidad de quien da su paseo matutino, saludó al juez con una leve inclinación de cabeza, prestó juramento y permaneció a la espera de que Cartwright lo interrogara, con el aire algo impaciente, o eso le parecía a Darcy, de un soldado profesional que debe partir a ganar una guerra, dispuesto, sí, a mostrar el debido respeto al tribunal al tiempo que dejaba de lado sus presunciones. Ahí se encontraba, imbuido de la dignidad que le confería su uniforme, un oficial considerado de los más apuestos y galantes del ejército británico. Se oyó un murmullo, rápidamente acallado, y Darcy vio que las señoras que ocupaban las primeras filas, vestidas a la moda, se echaban hacia delante para ver mejor, como perros falderos emperifollados temblando ante el olor de un sabroso pedazo de carne.

El coronel fue preguntado con detalle sobre lo ocurrido desde la hora en que regresó de su paseo nocturno y se unió a la expedición hasta la llegada de sir Selwyn Hardcastle para hacerse cargo de la investigación. Él había acudido a caballo a la posada King's Arms, de Lambton, donde había mantenido una conversación privada con una persona, coincidiendo aproximadamente con la hora en la que el capitán Denny era asesinado. Cartwright, entonces, le preguntó sobre las treinta libras que se hallaron en posesión de Wickham, y el coronel dijo tranquilamente que el dinero se lo había dado él para que el acusado pudiera saldar una deuda de honor, y que era solo la necesidad de declarar ante el tribunal lo que le había llevado a romper la promesa solemne de mantener el asunto en privado. No tenía intención de divulgar el nombre de la persona que había de beneficiarse de la transacción, pero sí que no se trataba del capitán Denny, y que ese dinero no tenía nada que ver con su muerte.

Llegados a ese punto, el señor Mickledore se puso en pie, y permaneció en aquella posición el tiempo justo de formular una pregunta:

—Coronel, ¿puede asegurar ante este tribunal que ese préstamo o donación no iba destinado al capitán Denny ni está relacionado en modo alguno con el asesinato?

—Sí.

Acto seguido, Cartwright regresó una vez más al significado de las palabras de Wickham, pronunciadas sobre el cuerpo sin vida de su amigo. ¿Qué creía el testigo que había querido decir Wickham?

El coronel se mantuvo en silencio unos pocos segundos antes de hablar.

—Señor, no se me da bien meterme en la mente de los demás, pero coincido con la opinión aportada por el señor Darcy. Para mí, se trata más de una cuestión de intuición que de una consideración inmediata y detallada de las pruebas. Yo no reniego de la intuición: me ha salvado la vida en varias ocasiones y, además, la intuición se basa en una forma de apreciación de los detalles más sobresalientes, y el hecho de que uno no sea consciente de ella no significa que esté equivocada.

—¿En algún momento se plantearon dejar allí momentáneamente el cadáver del capitán Denny e ir en busca de su asesino? Doy por sentado que de haberlo hecho, usted, un mando distinguido del ejército, se habría puesto al frente de la expedición.

—Yo no me lo planteé, señor. No me parece correcto internarme en territorio hostil y desconocido sin los efectivos adecuados, dejando la retaguardia descubierta.

No se plantearon más preguntas, y era evidente que la acusación ya había recabado todos los testimonios que necesitaba. Alveston susurró:

—Mickledore ha estado brillante. El coronel ha corroborado su declaración, y se ha sembrado la duda sobre la fiabilidad de la de Pratt. Empiezo a albergar esperanzas, pero todavía queda por oír el discurso de Wickham en su propia defensa, y las palabras del juez a los miembros del jurado.

8

Algún ronquido aislado indicaba que el calor reinante en la sala inducía al sopor general, pero cuando Wickham se puso en pie junto al banquillo de los acusados, dispuesto a hablar, hubo codazos, susurros y un interés renovado. Se expresó con voz clara y firme, aunque sin emoción, casi como si en lugar de hablar estuviera leyendo, pensó Darcy, las palabras que podían salvarle la vida.

—Aquí me encuentro, acusado del asesinato del capitán Martin Denny, y ante la acusación me he declarado inocente. Soy, en efecto, totalmente inocente de su asesinato, y me hallo aquí tras haber arriesgado la vida por mi país. Hace más de seis años serví en el ejército junto con el capitán Denny. Fue entonces cuando se convirtió en mi amigo, además de ser mi camarada de armas. La amistad continuó y apreciaba tanto su vida como la mía propia. Lo habría defendido a muerte de cualquier ataque y así lo habría hecho de haberme encontrado presente cuando tuvo lugar la agresión cobarde que le causó la muerte. Durante las declaraciones de los testigos se ha dicho que hubo una discusión entre nosotros cuando nos encontrábamos en la posada, antes de emprender el camino fatal. No fue más que una discrepancia entre amigos, pero fue culpa mía. El capitán Denny, que era hombre de honor y profundamente compasivo, creía que me había equivocado abandonando el ejército sin contar con una profesión fija ni con un lugar de residencia que ofrecer a mi esposa. Además, opinaba que mi plan de dejar a la señora Wickham en Pemberley para que pasara allí la noche y asistiera al baile del día siguiente era desconsiderado e inconveniente para la señora Darcy. Creo que fue su creciente impaciencia ante mi conducta lo que hizo que mi compañía le resultara intolerable, y por eso ordenó al cochero parar el vehículo y se internó corriendo en el bosque. Yo fui tras él para pedirle que regresara. La noche era tormentosa, y hay zonas del bosque impenetrables, que podían resultar peligrosas. No niego haber pronunciado las palabras que se me han atribuido, pero lo que quería decir era que la muerte de mi amigo fue responsabilidad mía, pues fue nuestra discrepancia la que le llevó a internarse en el bosque. Yo había bebido bastante, pero, a pesar de que es mucho lo que no recuerdo, sí tengo la imagen clara del horror que me causó encontrarlo y ver su rostro manchado de sangre. Sus ojos me confirmaron lo que ya sabía, que estaba muerto. La sorpresa, el espanto y la pena me embargaron, aunque no hasta el punto de impedirme tratar de apresar al asesino. Cogí su pistola y disparé varias veces contra lo que me pareció que era una figura que huía, y la seguí entre los árboles. Para entonces, el alcohol que había ingerido había hecho ya su efecto, y no recuerdo nada más hasta estar arrodillado junto a mi amigo, meciendo su cabeza en mi regazo. Y entonces llegó el grupo de rescate.

»Señores del jurado, este caso contra mí no se sostiene. Si yo golpeé a mi amigo en la frente y, peor aún, en la base del cráneo, ¿dónde están las armas? Después de una búsqueda exhaustiva, no se ha presentado ni una sola en esta sala. Si se alega que seguí a mi amigo con intenciones asesinas, ¿cómo esperaba abatir a un hombre más alto y más fuerte que yo, y que llevaba un arma de fuego? El hecho de que no hubiera rastro de persona desconocida acechando en el bosque no implica necesariamente que esa persona no existiera. Lo normal es que no se quedara en el lugar del crimen. Sé que estoy bajo juramento, y por eso mismo juro que no participé en el asesinato del capitán Martin Denny, y me pongo en manos de mi patria con absoluta confianza.

Se hizo el silencio, y Alveston susurró a Darcy:

—No ha ido bien.

—¿No? —se sorprendió Darcy—. A mí me ha parecido que sí. Ha presentado sus argumentos con claridad, no han aparecido pruebas de ninguna discusión fuerte, la ausencia de armas, lo irracional de perseguir a su amigo con intenciones asesinas, la falta de motivo... ¿Qué es lo que está mal?

—No es fácil explicarlo, pero he asistido a muchos alegatos finales de acusados, y temo que este no resulte convincente. Aunque construido con cuidado, le ha faltado esa chispa vital que nace de la inocencia. Su forma de pronunciarlo, la ausencia de apasionamiento, el cuidado puesto en todo... Tal vez se considere inocente, pero no lo parece. Y eso es algo que los jurados detectan, no me pregunte cómo lo hacen. Tal vez no sea culpable de este asesinato, pero está cargado de culpa.

—Eso nos ocurre a todos, a veces. ¿Acaso la culpa no forma parte del ser humano? Sin duda habrá sembrado una duda razonable en el jurado. A mí me habría bastado con ese alegato.

—Ojalá baste también al jurado —dijo Alveston—, aunque no soy optimista.

—Pero si estaba ebrio...

—Sí, declaró estarlo en el momento del asesinato, pero, en la posada, pudo montarse solo en el cabriolé. La cuestión no se ha dilucidado durante las declaraciones de los testigos, aunque en mi opinión es cuestionable cuál era su estado de embriaguez en ese momento.

Durante el discurso, Darcy había intentado concentrarse en Wickham, pero no había podido evitar mirar a la señora Younge. No existía el menor riesgo de que sus ojos se encontraran. Los de ella estaban fijos en Wickham, y en ocasiones veía que sus labios se movían, como si oyera recitar algo que ella misma hubiera escrito. O tal vez estuviera rezando. Cuando se concentró de nuevo en Wickham, este miraba al frente. Entonces se volvió hacia el juez Moberley, que se disponía a pronunciar las palabras finales, dirigidas a los miembros del jurado.

9

Durante la vista, el juez Moberley no había tomado notas, y ahora se inclinaba un poco hacia el jurado, como si aquel asunto no fuera de la incumbencia del resto de la sala, y su hermosa voz, que en un primer momento había atraído a Darcy, resultó audible a todos los presentes. Repasó brevemente las pruebas aportadas, aunque sin olvidar ninguna, como si el tiempo no importara. Su discurso terminó con unas palabras que, en opinión de Darcy, avalaban la posición de la defensa, y que lo tranquilizaron.

—Señores del jurado, han escuchado ustedes con paciencia y, sin duda, muy atentamente las pruebas aportadas durante esta larga vista, y ahora les toca valorarlas y pronunciar un veredicto. El acusado fue anteriormente soldado profesional, y su hoja de servicios lo describe como hombre valeroso y merecedor de una medalla, pero ello no debería pesar en su decisión, que ha de basarse en las pruebas que se han presentado ante ustedes. Su responsabilidad es mucha, pero sé que cumplirán con su deber sin temor ni parcialidad, en cumplimiento de la ley.

»El misterio central, si así puede llamarse, que rodea este caso, es saber por qué el capitán Denny se internó en el bosque cuando podría haber permanecido cómodamente a salvo en el coche; resulta inconcebible que hubiera podido ser víctima de un ataque en presencia de la señora Wickham. El acusado ha aportado su explicación sobre por qué el capitán Denny mandó detener el cabriolé de manera tan inesperada, y ustedes se plantearán si esa explicación les resulta satisfactoria. El capitán Denny no está vivo y no puede explicar los motivos de su acción. Y no disponemos de más pruebas que las del señor Wickham para dilucidar sobre este asunto. Este caso, en gran medida, se basa en suposiciones, y es sobre pruebas declaradas bajo juramento, y no sobre opiniones infundadas, sobre lo que han de pronunciar un veredicto: las circunstancias en que los miembros del grupo de rescate encontraron el cadáver del capitán Denny y oyeron las palabras atribuidas al acusado. Ustedes han oído la explicación que este ha dado sobre su significado, y depende de ustedes decidir si le creen o no. Si tienen la certeza, más allá de toda duda razonable, de que George Wickham es culpable de haber asesinado al capitán Denny, entonces su veredicto será de culpabilidad. Si no tienen esa certeza, entonces el acusado tendrá que ser absuelto. Ahora les dejo para que deliberen. Si desean retirarse para considerar su decisión, disponen de una sala a tal efecto.

10

Al concluir el juicio, Darcy se sentía tan fatigado como si se hubiese sentado él en el banquillo de los acusados. Habría formulado preguntas a Alveston para que este le diera confianza, pero el orgullo y la seguridad de que solo conseguiría irritarle se lo impedían. Ya nadie podía hacer nada salvo esperar. El jurado había optado por retirarse a deliberar y, en su ausencia, la sala había vuelto a convertirse en un lugar ruidoso, una inmensa jaula de loros donde los asistentes repasaban las declaraciones y hacían apuestas sobre cuál sería el veredicto. No hubieron de aguardar mucho. Apenas diez minutos después, los miembros del jurado regresaron. Darcy oyó que el alguacil, con voz autoritaria, preguntaba:

—¿Quién es su portavoz?

—Yo, señor.

El hombre alto, de piel oscura, que le había clavado la vista durante el juicio, y que, de manera clara, ejercía de cabecilla de todos ellos, se puso en pie.

—¿Han alcanzado algún veredicto?

—Sí.

—¿Consideran al acusado culpable, o inocente?

La respuesta llegó sin la menor vacilación:

—Culpable.

—¿Y es ese el veredicto de todos los miembros del jurado?

—Sí.

Darcy sabía que había ahogado un grito. Notó la mano de Alveston en su brazo, presionándolo para calmarlo. La sala estalló en un guirigay de voces, una mezcla de gruñidos, gritos y protestas que creció hasta que, como impulsado por una orden interna, el griterío cesó, y todos los ojos se volvieron hacia Wickham. Darcy, envuelto en el rumor, había cerrado los suyos, pero se obligó a abrirlos y a dirigir la mirada hacia el banquillo. El rostro de Wickham presentaba el rictus y la palidez de una máscara mortuoria. Abría la boca para hablar, pero no le salían las palabras. Se aferraba a la barandilla, y por un momento pareció que se tambaleaba. Darcy sintió que se le agarrotaban los músculos mientras lo observaba, hasta que Wickham se repuso y, con gran esfuerzo, sacó fuerzas para ponerse en pie y mantenerse erguido. Mirando fijamente en dirección al juez, finalmente, se expresó con una voz que en un primer momento le salió quebrada, pero que después llegó a todos alta y clara.

—Soy inocente de este cargo, señoría. Juro por Dios que no soy culpable. —Abriendo mucho los ojos, pasó la mirada por toda la sala, como si buscara desesperadamente un rostro amigo, alguna voz que confirmara su inocencia. Y entonces repitió, esta vez con más vehemencia—: No soy culpable, señoría, no soy culpable.

Darcy se fijó entonces en el lugar que ocupaba la señora Younge, vestida con recato y en silencio, rodeada de sedas, muselinas y abanicos abiertos. Y descubrió que no estaba. Debió de ausentarse apenas se hizo público el veredicto. Él sabía que debía ir a su encuentro, que necesitaba conocer qué papel había desempeñado ella en la tragedia de la muerte de Denny, averiguar por qué estaba ahí, con la vista clavada en Wickham como si, al mirarse, se transmitieran algún poder, se infundieran valor.

Se liberó de la mano de Alveston y se dirigió a la puerta. Esta se mantenía cerrada con fuerza para impedir que la multitud que se agolpaba fuera, y hasta la cual llegaba el clamor de la sala, irrumpiera en ella. Los gritos iban en aumento, cada vez menos recatados, cada vez más airados. Le pareció oír al juez amenazando con llamar a la policía o al ejército para expulsar a quien alterara el orden, y alguien próximo a él preguntó: «¿Dónde está el pañuelo negro?* ¿Por qué diantres no encuentran el maldito pañuelo y se lo ponen en la cabeza?» Entonces se oyó un clamor colectivo, de triunfo, y al mirar a su alrededor vio que un paño cuadrado de tela volaba sobre la multitud, llevado por un joven sentado sobre los hombros de un compañero, y sintió un estremecimiento al saber que, en efecto, era el pañuelo negro.

Forcejeó para mantener su posición junto a la puerta y, cuando los congregados en el exterior lograron abrirla, él pudo abrirse paso a codazos y llegar a la calle. El revuelo alcanzaba también el exterior, la misma cacofonía de voces, gritos, un coro de alaridos que, le pareció, eran más de conmiseración que de ira. Un aparatoso carruaje estaba detenido, y la muchedumbre intentaba arrancar del pescante al cochero, que gritaba:

—¡No ha sido culpa mía! ¡Ya han visto a la dama! ¡Se ha arrojado bajo las ruedas!

Y, en efecto, allí estaba ella, aplastada bajo las pesadas ruedas, mientras la sangre brotaba y formaba un charco a los pies de los caballos. Al olerla, estos relinchaban y se encabritaban, y al cochero le costaba dominarlos. Darcy contempló la escena apenas un instante, y tuvo que vomitar en una alcantarilla. El hedor acre parecía envenenar el aire. Oyó que alguien gritaba:

—¿Dónde está el furgón fúnebre? ¿Por qué no se la llevan? Es una indecencia dejarla aquí.

El pasajero del coche hizo ademán de bajarse, pero al ver a la multitud, cambió de idea, se atrincheró en el interior y corrió la cortina, a la espera, sin duda, de que llegaran los agentes y restablecieran el orden. Los congregados eran cada vez más, y entre ellos se veía a niños que lo observaban todo sin

---

* En Inglaterra, los jueces se tocaban la cabeza con un pañuelo negro conocido como *black cap* cuando dictaban sentencias de muerte. (*N. del T.*)

comprender y a mujeres con recién nacidos en los brazos, que, asustados por el escándalo, lloriqueaban. Él no podía hacer nada. Debía regresar a la sala de vistas, encontrar al coronel y a Alveston, esperar que estos le dieran alguna esperanza. Pero en su fuero interno sabía que no la había.

Entonces vio el gorrito de cintas rojas y verdes. Debía de habérsele caído y, rodando sobre el pavimento, había llegado hasta sus pies. Lo observó como hipnotizado. Junto a él, una mujer tambaleante, que cargaba con un bebé en un brazo y sostenía una botella de ginebra en la mano libre, dio un paso al frente, se agachó y se lo puso, torcido. Sonriendo, le dijo a Darcy:

—A ella ya no va a servirle de nada, ¿verdad? —Y se alejó.

11

La nueva atracción que suponía un cuerpo sin vida en plena calle llevó a varios hombres a alejarse momentáneamente de la entrada de la sala, y Darcy pudo abrirse paso hasta llegar junto a la puerta, donde fue una de las seis últimas personas autorizadas a entrar. Alguien, con voz estentórea, exclamó:

—¡Una confesión! ¡Han obtenido una confesión!

Y, al momento, el griterío regresó a la sala. Por un momento pareció que arrancaban a Wickham del estrado, pero fue rodeado inmediatamente por los agentes de la sala y, tras permanecer en pie unos segundos, aturdido, se sentó y se cubrió el rostro con las manos. El escándalo iba en aumento. Fue entonces cuando Darcy distinguió al doctor McFee y al reverendo Percival Oliphant rodeados de policías. Sorprendido, vio que les acercaban dos sillas y que ambos se desplomaban sobre ellas, al parecer muy fatigados. Intentó abrirse paso para llegar hasta ellos, pero la multitud se había convertido en una masa de cuerpos compacta, impenetrable.

Los presentes habían abandonado sus asientos, y se habían ubicado más cerca del juez. Este levantaba la maza y la usaba una y otra vez con fuerza, hasta que al fin logró hacerse oír. Solo entonces el clamor cesó.

—Alguacil, que cierren las puertas. Si sigue la alteración del orden, ordenaré el desalojo de la sala. El documento que he estudiado parece ser una confesión firmada y avalada por ustedes, doctor Andrew McFee y reverendo Percival Oliphant. Caballeros, ¿son estas sus firmas?

Los dos hombres respondieron al unísono:

—Sí, señoría.

—¿Y este documento que han entregado está escrito de puño y letra de la persona que ha estampado su firma sobre las suyas?

Ahora fue el doctor McFee el que dio la contestación:

—En parte sí, señoría. William Bidwell se encontraba al final de su vida, y escribió su confesión incorporado en el lecho, pero confío en que su letra, si bien algo temblorosa, resulte legible. El último párrafo, como puede observarse por el cambio de caligrafía, lo anoté yo a su dictado. Para entonces todavía podía hablar, pero no escribir, salvo para estampar su firma.

—En ese caso, solicito al abogado de la defensa que la lea en voz alta. A continuación indicaré cómo ha de procederse. Si alguien interrumpe, será expulsado de la sala.

Jeremiah Mickledore sostuvo el documento y, calándose los lentes, le echó un vistazo antes de empezar a leer en voz alta y clara.

Yo, William John Bidwell, confieso voluntariamente sobre lo ocurrido en el bosque de Pemberley la pasada noche del 14 de octubre. Lo hago en el conocimiento pleno de que se acerca el momento de mi muerte. Yo me encontraba en el dormitorio delantero de la primera planta, pero en la cabaña no había nadie más, salvo mi sobrino, George, que estaba en su cuna. Mi padre se hallaba trabajando en Pemberley. Se habían oído cacareos de pollos y gallinas en el corral, y mi madre y mi hermana Louisa, temiendo la aparición de un zorro, fueron a indagar. A mi madre no le gustaba que yo me levantara de la cama, porque estaba muy débil, pero me apetecía mucho mirar por la ventana. Me apoyé en el lecho y logré acercarme a ella. El viento soplaba con fuerza, y la luna iluminaba mucho. Al mirar al exterior vi a un oficial uniformado que salía del bosque y permanecía observando la cabaña. Me oculté tras las cortinas, para poder ver sin ser visto.

Mi hermana Louisa me había contado que un oficial del ejército destinado a Lambton el año anterior había intentado atentar contra su virtud, y yo, instintivamente, supe que se trataba de él, y que había venido a llevársela. ¿Por qué, si no, se había acercado a la cabaña en una noche como esa? Mi padre no estaba en casa para protegerla, y a mí siempre me había dolido ser un inválido, un inútil, incapaz de trabajar mientras él lo hacía tan duramente, y demasiado débil para proteger a la familia. Me calcé las zapatillas y conseguí llegar a la planta baja. Cogí el atizador de la chimenea y salí.

El oficial vino hacia mí y extendió la mano, como indicándome que venía en son de paz, pero yo sabía que no era así. Me dirigí hacia él, tambaleante, y esperé hasta que estuvo frente a mí, y entonces, con todas mis fuerzas, blandí el atizador, sosteniéndolo por la punta, para que el mango le diera en la frente. No fue un golpe fuerte, pero le desgarró la piel y la herida empezó a sangrar. Intentó secarse los ojos, pero yo me di cuenta de que no veía nada. A trompicones, regresó al bosque, y yo me sentí invadido de una sensación de triunfo, que me dio fuerzas. Ya estaba fuera de mi vista cuando oí un gran ruido, como el que provoca un árbol al caer. Me interné en el bosque, apoyándome en los troncos, y la luz de la luna me permitió ver que había tropezado con la tumba del perro y había caído boca arriba, golpeándose la cabeza con la lápida. Era un hombre corpulento y el ruido de su caída había sido considerable, pero no sabía que hubiera resultado fatal. Yo me sentía muy orgulloso por haber salvado a mi querida hermana, y mientras lo observaba él dio media vuelta y se arrodilló junto a la lápida y empezó a alejarse, gateando. Sabía que intentaba escapar de mí, aunque yo no tenía fuerzas para seguirlo. Me alegré de que no regresara.

No recuerdo cómo volví a la cabaña, solo sé que limpié el mango del atizador con el pañuelo, que arrojé al fuego. Después, solo recuerdo que mi madre me ayudó a subir la escalera y a meterme en la cama. Y que me regañó por haber salido de ella. A la mañana siguiente me contó que el coronel Fitzwilliam se había acercado a la cabaña a informarle de que dos caballeros habían desaparecido en el bosque, pero yo de eso no sabía nada.

Me mantuve en silencio sobre lo ocurrido, incluso después de que se anunciara que el señor Wickham sería juzgado. Conservé la calma mientras estuvo en la cárcel de Londres, pero después comprendí que debía hacer esta confesión para que, si era declarado culpable, la verdad llegara a saberse. Decidí confiar en el reverendo Oliphant, y él me contó que el juicio del señor Wickham se celebraría en pocos días, y que debía redactar la confesión de inmediato y enviarla al tribunal antes de que diera comienzo. El señor Oliphant mandó llamar al doctor McFee, y esta noche se lo he confesado todo a ellos y le he preguntado al médico cuánto tiempo más cree que viviré. Él me ha respondido que no estaba seguro, pero yo no creo que sobreviva más de una semana. Él me ha instado a realizar esta confesión y a firmarla, y así lo hago. No he escrito más que la verdad, sabiendo que pronto habré de responder de todos mis pecados ante el trono de Dios, y a la espera de su misericordia.

El doctor McFee dijo:

—Tardó más de dos horas en escribir, ayudado por una medicina que le administré. El reverendo Oliphant y yo sabíamos que era consciente de que su muerte era inminente y que lo que escribió era su verdad ante Dios.

El silencio sepulcral se mantuvo durante unos segundos, y entonces, una vez más, el clamor se apoderó de la sala, la gente se puso en pie y empezó a gritar y a patalear, y varios hombres entonaron un cántico que los demás presentes corearon al momento: «¡Que lo suelten! ¡Que lo suelten!» Eran tantos los policías y alguaciles que rodeaban el estrado que Wickham apenas se distinguía.

Una vez más, aquella voz cavernosa exigió silencio. El juez se dirigió al doctor McFee.

—¿Puede explicar, señor, por qué ha traído este documento tan importante al tribunal en el último momento del juicio, cuando la sentencia estaba a punto de ser pronunciada? Una aparición teatral tan innecesaria constituye un insulto para mí y para este tribunal, y exijo una explicación.

—Señoría, nos disculpamos sinceramente. El papel está fechado hace tres días, cuando el reverendo y yo oímos la confesión. Ya era de noche y muy tarde. Partimos temprano al día siguiente en dirección a Londres. Solo nos detuvimos a tomar un refrigerio y a dar de beber a los caballos. Como verá, señor, el reverendo Oliphant, con más de sesenta años, está exhausto.

El juez, irritado, declaró:

—Son demasiados los juicios en los que las pruebas definitivas llegan con retraso. Con todo, parece que en este caso la culpa no es suya, y acepto sus disculpas. Ahora me reuniré con mis consejeros para determinar cuál ha de ser el siguiente paso. El acusado será trasladado de nuevo a la cárcel en la que estaba internado, a la espera de que el perdón real que otorga la Corona sea visto por el secretario de Interior, el canciller, el jefe del Tribunal Supremo y otros altos cargos. Yo mismo, en tanto que juez del caso, tendré voz en el asunto. A la luz de este documento, no pronunciaré ninguna sentencia, pero el veredicto del jurado debe seguir vigente. Pueden estar convencidos, caballeros, de que los tribunales ingleses no condenan a muerte a un hombre cuya inocencia se haya demostrado.

Se oyó algún murmullo, pero la sala empezó a despejarse. Wickham estaba de pie, agarrado con fuerza a la barandilla, con los nudillos muy blancos, inmóvil, en un estado próximo al trance. Uno de los policías le separó los dedos uno a uno, como si se tratara de un niño. Entre el banquillo de los acusados y la puerta lateral se abrió un pasadizo de cuerpos, y Wickham, sin volverse una sola vez a mirar, fue conducido de nuevo a su celda.

LIBRO VI

GRACECHURCH STREET

1

Habían convenido en que Alveston estuviera presente, acompañando al señor Mickledore, por si resultaba de utilidad durante los trámites del indulto, y permaneció en la antesala del tribunal cuando Darcy, impaciente por reunirse con Elizabeth, emprendió en solitario el camino de regreso a Gracechurch Street. Hacia las cuatro Alveston regresó para informar de que, según se esperaba, el procedimiento para obtener el perdón real culminaría en un par de días, por la tarde, y que llegado el momento él acompañaría a Wickham en su salida de la prisión y lo llevaría hasta allí. Se confiaba en poder llevar a cabo la operación de una manera discreta, con la menor repercusión pública posible. Un coche alquilado esperaría junto a la puerta trasera de la cárcel de Coldbath, y otro, solo para despistar, quedaría estacionado ante la delantera. Suponía una ventaja haber mantenido en secreto que Darcy y Elizabeth se alojaban en casa de los Gardiner y que no se habían instalado, como se esperaba, en alguna posada elegante. Así, si la hora exacta de la liberación de Wickham lograba mantenerse al margen del conocimiento público, era bastante posible que llegara a Gracechurch Street sin ser visto. Por el momento, había regresado a la cárcel de Coldbath, pero su capellán, el reverendo Cornbinder, con quien había trabado amistad, había dispuesto que se alojara con él y su esposa la noche de su liberación. Wickham había expresado su deseo de dirigirse allí inmediatamente después de que contara su historia a Darcy y al coronel, rechazando la invitación de los Gardiner para que se instalara en Gracechurch Street. A ellos les había parecido que cursar la invitación era lo correcto, pero les alivió saber que él declinaba el ofrecimiento.

—Parece un milagro que Wickham haya salvado la vida —comentó Darcy—. Pero, en cualquier caso, el veredicto fue perverso e irracional, y no deberían haberlo considerado culpable.

—Discrepo —dijo Alveston—. Lo que el jurado consideró una confesión fue repetido dos veces y fue creído. Además, quedaban muchas cosas sin explicación. ¿Habría abandonado el capitán Denny el cabriolé y se habría adentrado en un bosque que no conocía, en una noche de tormenta, solo para evitar el bochorno de presenciar el momento en que la señora Wickham llegara a Pemberley? Ella es, de hecho, hermana de la señora Darcy. ¿No resultaba más probable que Wickham se hubiera visto envuelto en algún negocio ilegal en Londres y que Denny, al no querer seguir siendo su cómplice, hubiera de ser quitado de en medio antes de que abandonaran Derbyshire?

»Pero había algo más que habría influido en el veredicto del jurado, y que yo solo supe hablando con uno de sus miembros mientras me encontraba en la sala. Al parecer, el portavoz tiene una sobrina viuda a la que aprecia mucho, cuyo esposo participó y murió en la rebelión de Irlanda. Desde entonces, el hombre siempre ha sentido un odio profundo por el ejército. De haberse divulgado el dato, no hay duda de que Wickham habría podido solicitar la recusación de ese miembro concreto del jurado, pero los apellidos no coincidían, y habría sido muy poco probable que el secreto hubiera llegado a saberse. Wickham dejó claro antes del inicio del juicio que no tenía intención de recusar la selección del jurado, a pesar de estar en su derecho de hacerlo, ni de aportar tres testigos propios que declararan sobre su personalidad. Desde el principio pareció mostrarse optimista y a la vez fatalista. Había sido un militar destacado, herido en acto de servicio, y aceptaba ser juzgado en su país. Si su declaración prestada bajo juramento no se consideraba suficiente, ¿adónde podría acudir en busca de justicia?

—Con todo —intervino Darcy—, hay algo que me preocupa y sobre lo que me gustaría conocer su opinión. ¿Cree usted, Alveston, que un hombre a punto de morir habría sido capaz de atestar aquel primer golpe?

—Sí —respondió el abogado—. En el ejercicio de mi profesión he visto casos en que personas gravemente enfermas han hallado una fuerza asombrosa cuando han tenido que recurrir a ella. El golpe fue superficial, y después no se adentró mucho en el bosque, aunque no creo que regresara a la cama sin ayuda. Me parece probable que dejara la puerta de la cabaña entornada y que su madre apareciera, lo encontrara allí y lo ayudara a entrar en casa y a meterse en la cama. Seguramente fue ella la que limpió el mango del atizador y quemó el pañuelo. Pero considero, y estoy seguro de que usted coincidirá conmigo, que no serviría a la causa de la justicia divulgar estas sospechas. No hay pruebas y nunca las habrá, y creo que debemos alegrarnos del perdón real que va a ser otorgado, y de que Wickham, que a lo largo de todo el episodio ha demostrado un valor considerable, quede en libertad. Esperemos que emprenda una vida de más éxitos.

La cena se sirvió temprano y comieron prácticamente en silencio. Darcy había supuesto que el hecho de que Wickham se hubiera librado de la horca actuaría como bálsamo y haría que las demás inquietudes se relativizaran, pero, superado su mayor temor, las preocupaciones menores asomaban a su mente. ¿Qué relato oirían cuando llegara Wickham? ¿Cómo iban a evitar Elizabeth y él el horror de la curiosidad pública mientras siguieran en casa de los Gardiner, y qué papel había desempeñado el coronel en todo aquel misterioso asunto, si es que había desempeñado alguno? Sentía la necesidad imperiosa de regresar a Pemberley, pues una premonición —que él mismo consideraba poco razonable— le decía que las cosas no iban bien. Sabía que, como él, Elizabeth llevaba varios meses sin poder dormir como era debido, y que parte del peso de aquella sensación de desastre inminente, que ella también compartía, era el resultado del gran cansancio de cuerpo y alma que lo invadía. El resto del grupo parecía contagiado por una culpa similar, la de no alegrarse ante una liberación aparentemente milagrosa. El señor y la señora Gardiner se mostraban solícitos, pero la deliciosa cena que ella había ordenado quedó casi intacta, y los invitados se retiraron a sus habitaciones poco después de que se sirviera el último plato.

Al día siguiente, durante el desayuno, fue evidente que los ánimos de todos habían mejorado. La primera noche sin imágenes siniestras había traído el descanso y un sueño más profundo, y parecían más dispuestos a enfrentarse a lo que el día pudiera depararles. El coronel seguía en Londres y poco después llegó a Gracechurch Street. Tras mostrar sus respetos al señor y a la señora Gardiner, dijo:

—Darcy, hay cuestiones que debo contarte, relacionadas con mi participación en todo este asunto. Ahora puedo revelarlas sin temor y tú tienes derecho a oírlas antes de que llegue Wickham. Prefiero hablar contigo a solas, pero entiendo que tú desees compartir lo que te cuente con la señora Darcy.

A continuación, expuso a la señora Gardiner el motivo de su visita, y esta sugirió que se trasladaran al saloncito que ella ya había reservado para que al día siguiente tuviera lugar el encuentro, incómodo sin duda para todas las partes, cuando llegara el señor Wickham con Alveston.

Se sentaron, y el coronel se echó hacia delante en su silla.

—He considerado importante hablarte yo primero, para que puedas juzgar la versión de Wickham comparándola con la mía. Ninguno de los dos podemos sentirnos orgullosos de nosotros mismos, pero yo, en todo momento, he actuado persiguiendo el bien, y le he concedido a él el beneficio de creerlo empujado por la misma motivación. No es mi intención intentar excusarme en este asunto, sino solo explicártelo brevemente.

»A finales de noviembre de 1802 recibí una carta de Wickham, que me llegó a mi casa de Londres, donde a la sazón residía. En ella me comunicaba sucintamente que pasaba por problemas, y que me agradecería mucho que me reuniera con él, pues esperaba que le ofreciera consejo y ayuda. A mí no me apetecía en absoluto involucrarme, pero sentía que tenía con él una obligación ineludible. Durante la rebelión de Irlanda, él le salvó la vida a un capitán a mi mando, que era mi ahijado y que había quedado gravemente herido. Rupert no sobrevivió mucho a sus lesiones, pero el rescate dio a su madre, y sin duda también a mí, la ocasión de despedirse de él y de asegurarle una muerte más digna. No era algo que un hombre de honor pudiera olvidar tan a la ligera, y al leer su carta acepté verme con él.

»Se trata de una historia que se repite, y resulta fácil referirla. Como sabes, su esposa, aunque no él, era recibida regularmente en Highmarten, y en aquellas ocasiones él solía alojarse en alguna posada de las inmediaciones, o en alguna casa de huéspedes económica, y se entretenía como podía hasta que la señora Wickham decidía reunirse con él. Su vida, por entonces, era errante y poco exitosa. Tras abandonar el ejército, según mi punto de vista una decisión de lo más desacertada, fue pasando de empleo en empleo sin permanecer mucho tiempo en ningún sitio. La última persona que lo contrató fue un baronet, sir Walter Elliot. Wickham no fue explícito al contarme las razones por las que dejó el empleo, pero quedó claro que el baronet era demasiado sensible a los encantos de la señora Wickham, a juicio de la señorita Elliot, y que el propio Wickham se había insinuado a la dama. Te cuento todo esto para que sepas qué clase de vida llevaban ambos. Cuando vino a verme, esperaba que le asignaran un nuevo puesto. Entretanto, la señora Wickham había buscado refugio temporal en Highmarten, residencia de la señora Bingley, y él tenía que apañarse solo.

»Tal vez recuerdes que el verano de 1802 resultó especialmente caluroso y benigno y así, para ahorrar dinero, pasaba parte del tiempo durmiendo al raso. Para un soldado, no se trataba de algo peligroso. Siempre le había gustado mucho el bosque de Pemberley, y recorría una gran distancia desde una posada cercana a Lambton para pasar los días y algunas noches durmiendo bajo los árboles. Fue allí donde conoció a Louisa Bidwell. Ella también se aburría mucho y estaba muy sola. Había dejado de trabajar en Pemberley y ayudaba a su madre a cuidar de su hermano enfermo. Su prometido, siempre ocupado con el trabajo, acudía a verla muy de tarde en tarde. Wickham y ella se encontraron un día en el bosque, por casualidad. Él no se resistía nunca a los encantos de una mujer hermosa, y el resultado fue casi inevitable, dado el carácter de Wickham y la vulnerabilidad de Louisa. Empezaron a verse con frecuencia, y ella, en cuanto tuvo las primeras sospechas, le confesó que estaba encinta. En un primer momento, él actuó con más generosidad y comprensión de lo que quienes lo conocen habrían supuesto. Al parecer, la muchacha le gustaba de veras, tal vez incluso estuviera un poco enamorado. Fueran cuales fuesen sus motivos o sus sentimientos, juntos idearon un plan. Ella escribiría una carta a su hermana casada, residente en Birmingham, se iría con ella tan pronto como su estado amenazara con resultar visible, y allí daría a luz al bebé, al que harían pasar por hijo de su hermana. Wickham esperaba que el señor y la señora Simpkins se hicieran cargo de criar al pequeño como si fuera suyo, pero reconocía que les haría falta dinero. Fue por ello por lo que acudió a mí y, de hecho, ignoro a qué otro lugar habría podido recurrir en busca de ayuda.

»Aunque nunca me engañé con respecto a su carácter, nunca sentí hacia él el mismo resentimiento que tú, Darcy, y estaba dispuesto a ayudarle. Existía, además, un motivo de mayor peso: el deseo de salvar a Pemberley de cualquier atisbo de escándalo. Por el matrimonio de Wickham con la señorita Lydia Bennet, aquel niño, aunque ilegítimo, sería sobrino tuyo y de la señora Darcy, así como de los Bingley. Por tanto, acordamos que yo le prestaría treinta libras, sin intereses, que él me devolvería a plazos, según su conveniencia. Nunca creí que me las devolvería, pero era una suma que podía permitirme, y habría pagado más para asegurarme de que aquel hijo bastardo de George Wickham no viviría en la finca de Pemberley ni jugaría en sus bosques.

—Tu generosidad —dijo Darcy— rayaba en lo excéntrico y, conociendo al personaje como lo conocías tú, hay quien diría que en lo estúpido. Prefiero creer que te movía un interés más personal, y no solo el deseo de que los bosques de Pemberley no resultaran contaminados.

—Si así era, no se trataba de nada deshonroso. Admito que en aquella época albergaba deseos y expectativas, que no eran descabelladas pero que ahora acepto que nunca serán satisfechas. Creo que, dadas las esperanzas que entonces mantenía y sabiendo lo que hice, tú también habrías ideado algún plan para salvar la casa y salvarte a ti mismo de la vergüenza y la ignominia.

Sin esperar respuesta, el coronel prosiguió:

—El plan era, en realidad, bastante simple. Tras el alumbramiento, Louisa regresaría con el bebé a la cabaña del bosque, con la idea de que sus padres y su hermano satisficieran su deseo de conocer a aquel nuevo nieto. Por supuesto, para Wickham era importante ver que existía un recién nacido vivo y sano. Así, la entrega del dinero tendría lugar la mañana del baile de lady Anne, cuando todo el mundo estuviera muy ocupado. Habría un cabriolé esperando junto al sendero de la cabaña. Louisa después devolvería el niño a su hermana y a Michael Simpkins. Las únicas personas presentes en la cabaña ese día serían la señora Bidwell y Will, que también estaban al corriente del plan. No era ese un secreto que una muchacha pudiera mantener ante su madre ni ante un hermano con el que se llevara bien y que nunca saliera de casa. Louisa le había contado a su madre y a Will que el padre del bebé era uno de los oficiales del ejército destinados a Lambton, y que estos habían sido trasladados el verano anterior. Por aquel entonces ella no sabía que su amante era Wickham.

Llegado a ese punto del relato, hizo una pausa y con parsimonia bebió un poco de vino. Ninguno de los dos habló, y permanecieron largo rato en silencio. Transcurrieron al menos dos minutos hasta que tomó de nuevo la palabra.

—De modo que, hasta donde Wickham y yo sabíamos, todo se había resuelto satisfactoriamente. El niño sería aceptado y amado por sus tíos, y nunca sabría quiénes eran sus verdaderos padres. Louisa podría casarse como había planeado, y el asunto quedaría subsanado.

»Wickham no es hombre a quien le guste actuar solo, siempre que pueda contar con un aliado o compañero. Esa falta de prudencia probablemente explica que llevara consigo a la señorita Lydia Bennet cuando escapó de sus acreedores y de sus obligaciones en Brighton. En esta ocasión, confiaba en su amigo Denny y, más plenamente, en la señora Younge, que parece haber ejercido un gran control sobre su vida desde su juventud. Creo que han sido sus entregas periódicas de dinero las que, en gran medida, le han servido para mantenerse y mantener a la señora Wickham mientras ha estado desempleado. Él pidió a la señora Younge que visitara el bosque en secreto y le informara de los progresos del pequeño, y ella lo hizo, haciéndose pasar por visitante de la zona, y convino en encontrarse con Louisa en la espesura para que le llevara al bebé. Sin embargo, el resultado de aquel encuentro fue desafortunado: la señora Younge se encaprichó al momento con el niño y decidió ser ella, y no los Simpkins, quien lo adoptara. Pero entonces, lo que parecía un desastre resultó ser una ventaja: Michael Simpkins escribió diciendo que no estaba preparado para criar al hijo de otro hombre. Al parecer, las relaciones entre las hermanas durante el encierro de Louisa no habían sido buenas, y la señora Simpkins ya tenía tres hijos y, sin duda, tendría más. Ellos cuidarían del bebé otras tres semanas para dar a Louisa tiempo de encontrarle un hogar, pero no más. Louisa reveló la noticia a Wickham, y este a la señora Younge. Como es normal, la joven estaba desesperada. Debía encontrar pronto un hogar para su hijo, y la oferta de la señora Younge se vio como la solución a todos sus problemas.

»Wickham había informado a la señora Younge de mi participación en el asunto, y de las treinta libras que le había prometido y que, de hecho, ya le había entregado. Ella sabía que yo me trasladaría a Pemberley para asistir al baile, pues así lo hacía normalmente cuando estaba de permiso, y Wickham siempre se había preocupado por enterarse de lo que ocurría en Pemberley, sobre todo a través de lo que le contaba su esposa, visitante habitual de Highmarten. Así pues, la señora Younge me escribió a Londres, confiándome que estaba interesada en adoptar al niño, y para informarme de que pasaría dos días en la posada King's Arms, donde deseaba discutir esa posibilidad conmigo, dado que yo era una de las partes implicadas, según tenía entendido. Convinimos en vernos a las nueve de la noche del día anterior al baile de lady Anne, pues supuse que todo el mundo estaría tan ocupado que nadie repararía en mi ausencia. No me cabe duda, Darcy, de que consideraste a la vez extraño y descortés que me ausentara del salón de música de manera tan perentoria, con la excusa de que deseaba dar un paseo a caballo. No podía faltar a mi cita, aunque creía saber qué era lo que aquella dama se traía entre manos. Recordarás, por nuestro primer encuentro, que era una mujer atractiva y elegante, y a mí volvió a parecérmelo, aunque, tras ocho años, probablemente no la habría reconocido.

»Se mostró muy persuasiva. Debes recordar, Darcy, que yo solo la había visto en una ocasión, cuando se presentó para optar al puesto de acompañante de la señorita Georgiana, y sabes lo convincente y sensata que puede llegar a ser. Económicamente, las cosas le habían ido bien, y había llegado a la posada en su propio carruaje, con su cochero y acompañada de una doncella. Me mostró extractos de su banco que demostraban que disponía de medios más que suficientes para mantener al niño, pero dijo casi con una sonrisa que era una mujer cauta y que esperaba que yo doblara la suma de las treinta libras, pero que, de ahí en adelante, ya no habría más pagos. Si ella adoptaba al pequeño, este abandonaría Pemberley para siempre.

—Te estabas poniendo en manos de una mujer corrupta, probablemente chantajista, y tú lo sabías. Si vivía en la opulencia, no podía ser solo del dinero que obtenía de sus huéspedes. Por nuestros tratos previos, ya sabías qué clase de mujer era.

—Aquellos habían sido tus tratos, Darcy, no los míos. Admito que fue nuestra decisión conjunta que vigilara a la señorita Darcy, pero aquella había sido la única ocasión en que nos habíamos visto. Tal vez tú tuvieras tratos con ella después, pero yo no estoy al corriente de ellos ni deseo estarlo. Al escucharla y estudiar las pruebas que había traído, me convencí de que la solución que proponía era a la vez sensata y correcta. Era evidente que la señora Younge sentía cariño por el niño y estaba dispuesta a responsabilizarse de mantenerlo y educarlo en el futuro; y, sobre todo, este se desvincularía para siempre de Pemberley. Para mí esa era la consideración principal y creo que también lo habría sido para ti. Yo no habría actuado en contra de lo que la madre deseaba para su pequeño y no lo he hecho.

—¿De veras habría hecho feliz a Louisa que su hijo fuera entregado a una chantajista? ¿De veras creíste que la señora Younge no regresaría para pedirte más dinero, una y otra vez?

El coronel sonrió.

—Darcy, en ocasiones me sorprende lo ingenuo que llegas a ser, lo poco que sabes del mundo que se extiende más allá de los límites de tu amado Pemberley. La naturaleza humana no es tan blanca y negra como tú supones. La señora Younge era, sin duda, una chantajista, pero era de las buenas y había tenido éxito en sus negocios, que a mí me parecían fiables, siempre y cuando los llevara a cabo con discreción y sensatez. Son los malos chantajistas los que acaban en la cárcel o en el patíbulo. Ella reclamaba a sus víctimas lo que estas podían permitirse pagar, pero nunca las arruinaba ni las llevaba a la desesperación, y siempre cumplía su palabra. No me cabe duda de que pagaste por su silencio cuando la despediste. ¿Acaso ha hablado alguna vez de la época en que estuvo a cargo de la señorita Darcy? Y, cuando Wickham y Lydia escaparon, y tú la convenciste para que te facilitara su paradero, también tuviste que pagarle bastante por obtener la información. ¿Y ella? ¿Ha hablado alguna vez del asunto? No la estoy defendiendo, sé lo que era, pero a mí me resultaba más fácil tratar con ella que con la mayoría de los virtuosos.

—No soy tan ingenuo como crees, Fitzwilliam —dijo Darcy—. Sé desde hace tiempo cómo actúa. ¿Qué ocurrió entonces con la carta que te envió la señora Younge? Sería interesante ver qué te prometió para inducirte no solo a apoyarla en su plan de adoptar al bebé, sino a entregarle más dinero. Tú tampoco puedes ser tan ingenuo como para creer que Wickham te devolvería aquellas treinta libras.

—Quemé la carta la noche en que tú y yo dormimos juntos en la biblioteca. Esperé a que estuvieras dormido y la arrojé al fuego. No me pareció que pudiera servir de nada. Incluso si se hubiera sospechado de los motivos de la señora Younge y ella hubiera roto su palabra más adelante, ¿cómo habría podido emprender acciones legales contra ella? Siempre he opinado que las cartas con informaciones que no deben divulgarse han de ser destruidas. No existe ninguna otra garantía. En cuanto al dinero, propuse, y creo que acertadamente, dejar que fuera la señora Younge quien convenciera a Wickham de que se lo entregara. Estaba seguro de que a ella le haría caso: contaba con un poder de persuasión del que yo carecía.

—¿Y que te levantaras tan temprano la noche en que dormimos en la biblioteca y que fueras a ver cómo se encontraba Wickham? ¿Eso también formaba parte de tu plan?

—Si lo hubiera encontrado despierto y sobrio, y hubiera tenido la ocasión, le habría insistido en que las circunstancias en las que había recibido mis treinta libras debían permanecer en secreto, y que debía mantenerlo incluso si lo llevaban a juicio, a menos que yo revelara la verdad, en cuyo caso él sería libre de confirmar mi afirmación. Si me interrogaba la policía, o me obligaban a declarar ante un tribunal, yo diría que le había entregado las treinta libras para permitirle saldar una deuda de honor, y que había dado mi palabra de que no revelaría jamás las circunstancias de dicha deuda.

—Dudo de que ningún tribunal presionara al coronel Hartlep para que incumpliera su palabra —admitió Darcy—. Tal vez querría dilucidar si ese dinero estaba destinado a Denny.

—En ese caso, yo me limitaría a declarar que no. Para la defensa era importante que eso quedara aclarado durante el juicio.

—Me preguntaba por qué, antes de que emprendiéramos la búsqueda de Denny y Wickham, tú te apresuraste a ver a Bidwell y lo disuadiste de que viniera con nosotros en el cabriolé a la cabaña del bosque. Actuaste antes de que la señora Darcy tuviera tiempo de dar las instrucciones pertinentes a Stoughton o a la señora Reynolds. En aquel momento me sorprendió que quisieras mostrarte tan útil, cuando no era necesario, y que al hacerlo, parecieras incluso algo presuntuoso. Pero ahora entiendo por qué Bidwell no podía acercarse a su cabaña aquella noche, y por qué tú te acercaste hasta allí para advertir a Louisa.

—Es cierto que fui presuntuoso y me disculpo con retraso por ello. Pero era crucial que las dos mujeres supieran que era muy posible que el plan para recoger al niño al día siguiente tuviera que ser abortado. Yo estaba cansado de tanto subterfugio y sentía que era momento de que la verdad saliera a la luz. Les conté que Wickham y el capitán Denny se habían perdido en el bosque, y que Wickham, el padre del hijo de Louisa, estaba casado con la cuñada del señor Darcy.

—Supongo que las dos mujeres debieron quedar sumidas en un estado de gran zozobra —dijo Darcy—. Cuesta imaginar su asombro al saber que el niño que criaban era el hijo bastardo de Wickham, y que este y un amigo se encontraban perdidos en el bosque. Habían oído los disparos y debieron de temerse lo peor.

—Yo no podía hacer nada para tranquilizarlas. No tenía tiempo. La señora Bidwell exclamó: «Esto matará a Bidwell. ¡El hijo de Wickham en su casa! La mancha para Pemberley, el escándalo, la sorpresa para el señor y la señora Darcy, la deshonra para Louisa, para todos nosotros.» Fíjate en que lo expresó por ese orden. A mí me preocupaba Louisa. Estuvo a punto de desmayarse, se arrastró como pudo hasta la silla instalada frente a la chimenea y se sentó en ella temblando. Yo sabía que estaba muy trastornada, pero no podía tranquilizarla. Me había ausentado ya demasiado tiempo de vuestro lado.

—Bidwell —dijo Darcy— y, antes que él, su padre y su abuelo habían vivido en la cabaña y servido a la familia. Su disgusto era una muestra más de lealtad. Y, en efecto, si el niño hubiera permanecido en Pemberley o simplemente si hubiera visitado la finca con regularidad, Wickham habría podido obtener una vía de acceso a mi familia y a mi casa, que a mí me habría parecido repugnante. Ni Bidwell ni su esposa habían visto nunca a Wickham de adulto, pero el hecho de que fuera mi cuñado y, aun así, no fuera bienvenido en mi casa debía de indicarles hasta qué punto era profundo e irreconciliable nuestro distanciamiento.

—Y después encontramos el cadáver de Denny —prosiguió el coronel—, y a la mañana siguiente la señora Younge y todos los huéspedes del King's Arms, todo el vecindario, en realidad, sabría que se había cometido un asesinato en el bosque de Pemberley, y que habían detenido a Wickham. ¿Alguien podía creer que Pratt abandonaría la posada aquella noche sin contar a nadie lo ocurrido? A mí no me cabía duda de que la reacción de la señora Younge sería regresar de inmediato a Londres, sin el niño. Ello no tenía por qué implicar que renunciaba a sus pretensiones de adoptarlo, y tal vez Wickham a su llegada pueda arrojar luz sobre ese punto. ¿Lo acompañará el señor Cornbinder?

—Supongo que sí —respondió Darcy—. Al parecer, le ha sido de gran ayuda y espero que su influencia sea duradera, aunque no soy optimista al respecto. Wickham lo asociará demasiado a la celda, a la horca, a los meses de sermones, y no deseará pasar con él más tiempo del necesario. Cuando llegue, oiremos el resto de su lamentable historia. Siento, Fitzwilliam, que te hayas visto envuelto en asuntos que nos conciernen a Wickham y a mí. Qué día tan desafortunado para ti aquel en que aceptaste reunirte con él y le entregaste las treinta libras. Acepto que, al avalar la propuesta de la señora Younge de adoptar al niño, actuabas pensando en los intereses del pequeño. Solo me cabe desear que el pobrecillo, a pesar de unos primeros pasos tan nefastos en la vida, se instale feliz y definitivamente con los Simpkins.

2

Poco después del almuerzo, un empleado del bufete de Alveston llegó para confirmar que el perdón real sería otorgado a media tarde del día siguiente, y para entregar a Darcy una carta para la que, según dijo, no se esperaba respuesta inmediata. La remitía el reverendo Samuel Cornbinder desde la cárcel de Coldbath, y Darcy y Elizabeth se sentaron juntos a leerla.

> Reverendo Samuel Cornbinder
> Penitenciaría de Coldbath
>
> Honorable señor:
>
> Le sorprenderá recibir esta misiva en este momento, de un hombre que es para usted un desconocido, a pesar de que tal vez el señor Gardiner, a quien conozco, le haya hablado de mí, y debo empezar disculpándome por entrometerme en su intimidad en unas fechas en que usted y su familia estarán celebrando la liberación de su cuñado de una acusación injusta y una muerte ignominiosa. Con todo, si tiene usted la bondad de leer lo que le escribo, sé que coincidirá conmigo en que el asunto que abordo es a la vez importante y de cierta urgencia, y les afecta a usted y a su familia.
>
> Pero, antes, debo presentarme. Me llamo Samuel Cornbinder y soy uno de los capellanes destinados a la prisión de Coldbath, donde los últimos nueve meses he tenido el privilegio de atender tanto a los acusados que aguardan

juicio como a los que ya han sido condenados. Entre aquellos se encontraba el señor George Wickham, que en breve se reunirá con usted para ofrecerle las explicaciones oportunas sobre las circunstancias que condujeron a la muerte del capitán Denny, explicaciones a las que, cómo no, usted tiene derecho.

Pongo esta carta en manos del honorable señor Henry Alveston, que se la entregará con un mensaje del señor Wickham. Él ha querido que usted la lea antes de presentarse ante usted, para que tenga conocimiento del papel que yo he desempeñado en sus planes para el futuro. El señor Wickham ha soportado su encarcelamiento con notable fortaleza, pero, naturalmente, en ocasiones le abrumaba la posibilidad de un veredicto de culpabilidad, y era entonces mi deber orientar sus pensamientos hacia Él, el único que puede perdonarnos por todo lo ocurrido y darnos fuerzas para afrontar lo que pueda venir. Era inevitable que, en el transcurso de nuestras conversaciones, yo fuera descubriendo aspectos sobre su infancia y su vida posterior. Debo dejarle claro que, en tanto que miembro evangélico de la Iglesia anglicana, no creo en la confesión, pero deseo asegurarle que no divulgo jamás los asuntos que me confían los presos. Yo alentaba las esperanzas del señor Wickham de ser declarado inocente y, en sus momentos de optimismo —que, me alegra decirlo, eran frecuentes—, ha orientado su mente hacia su futuro y el de su esposa.

El señor Wickham ha expresado su más firme deseo de no permanecer en Inglaterra, y de buscar fortuna en el Nuevo Mundo. Afortunadamente, yo estoy en disposición de asistirlo en su empeño. Mi hermano gemelo, Jeremiah Cornbinder, emigró hace cinco años a la antigua colonia de Virginia, donde ha montado un negocio de doma y venta de caballos que, gracias a sus conocimientos y destreza, ha prosperado notablemente. A causa de la ampliación del negocio, en la actualidad busca un asistente, alguien con experiencia con caballos, y hace poco más de un año me escribió informándome del asunto, y diciéndome que cualquier candidato que pudiera recomendarle sería bien recibido y puesto a prueba durante seis meses. Cuando el señor Wickham ingresó en la penitenciaría e iniciamos nuestro régimen de visitas, no tardé en reconocer que poseía las aptitudes y la experiencia que lo convertirían en un candidato adecuado para el empleo que ofrecía mi hermano si, como él esperaba, era declarado inocente de la grave acusación que pesaba sobre él. El señor Wickham es un jinete experimentado y ha demostrado su coraje. He abordado el asunto con él y está impaciente por aprovechar la oportunidad que se le presenta. Aunque no he hablado con la señora Wickham, él me asegura que ella se muestra igualmente entusiasmada ante la idea de abandonar Inglaterra e instalarse en el Nuevo Mundo.

Con todo, y como sin duda usted habrá anticipado, existe el problema del dinero. El señor Wickham espera que sea usted bondadoso y le preste la suma requerida, que serviría para pagar los pasajes y para proporcionarle el sustento durante cuatro semanas, hasta que reciba su primera paga. Se le proporcionará una vivienda gratuita, y la granja de caballos —pues en eso consiste, en realidad, el negocio de mi hermano, y así puede llamarse— se encuentra a dos millas de la ciudad de Williamsburg. De ese modo, la señora Wickham no se verá privada de compañía ni del refinamiento que necesita una dama de noble cuna.

Si estas propuestas cuentan con su aprobación y está usted en disposición de ayudar, será un placer para mí reunirme con usted en el lugar que estime conveniente, y en la fecha que escoja, para proporcionarle los detalles sobre la suma requerida, el alojamiento que se ofrece y las cartas de recomendación que avalan la posición de mi hermano en Virginia y hablan a favor de su carácter, que, no hace falta decirlo, es excepcional. Se trata de un hombre recto, de un patrón justo que no por ello tolera la deshonestidad ni la haraganería. Si el señor Wickham llega a ocupar el puesto por el que muestra tanto entusiasmo, este lo mantendrá alejado de toda tentación. Su liberación y su historial de soldado valeroso lo convertirán en un héroe nacional, y por más breve que acabe resultando esa fama, temo que su notoriedad no le conduzca a la reforma de su vida que, según me asegura, está determinado a emprender.

Puede ponerse en contacto conmigo a cualquier hora del día o de la noche en la dirección arriba mencionada, y le confirmaré mi buena voluntad en este asunto y mi disposición a proporcionarle la información que estime oportuna sobre la situación que le planteo.

Quedo, estimado señor, a su disposición,

Atentamente,

Samuel Cornbinder

Darcy y Elizabeth leyeron la carta en silencio y a continuación, sin comentar nada, él se la alargó al coronel.

—Creo —dijo Darcy— que debo reunirme con el reverendo, y me alegro de que me haya dado a conocer el plan antes de la visita de Wickham. Si la oferta es tan sincera y apropiada como parece, sin duda resolverá el problema de Bingley y el mío, si no el de Wickham. Todavía debo averiguar cuánto ha de costarme, pero si él y Lydia permanecen en Inglaterra, no cabe esperar que se mantengan sin ayuda regular.

—Sospecho que tanto la señora Darcy como la señora Bingley han contribuido a los gastos de los Wickham con sus propios recursos —añadió el coronel Fitzwilliam—. Dicho lisa y llanamente, la decisión liberaría a las dos familias de la presión económica. Respecto al comportamiento futuro de Wickham, me cuesta compartir la confianza del reverendo en su propósito de enmienda, pero sospecho que Jeremiah Cornbinder será más competente que la familia de Wickham a la hora de garantizar su buena conducta en el futuro. Estoy dispuesto a contribuir a la suma requerida, que no imagino demasiado onerosa.

—La responsabilidad es mía —replicó Darcy—. Responderé al momento al señor Cornbinder y le propondré que nos veamos mañana temprano, antes de la llegada de Wickham y Alveston.

3

A la mañana siguiente, tras celebrar misa en la iglesia, el reverendo Samuel Cornbinder llegó en respuesta a la carta de Darcy, que le había sido entregada en mano. A este le sorprendió su aspecto, pues a partir de su misiva había inferido que se trataba de un hombre de mediana edad, o incluso algo mayor, y en cambio descubrió que, o bien era más joven de lo que su estilo epistolar daba a entender, o bien había resistido los rigores y responsabilidades de su trabajo sin perder su apariencia y vigor juveniles. Darcy le expresó su gratitud por todo lo que había hecho para ayudar a Wickham a soportar su cautiverio, aunque sin mencionar su aparente adhesión a un mejor modelo de vida, sobre el que carecía de elementos para opinar. El reverendo le causó buena impresión al momento, pues no era solemne ni relamido, y se presentó con una carta de su hermano y con toda la información económica necesaria para que su interlocutor pudiera tomar una decisión ponderada sobre hasta dónde debía y podía ayudar a establecerse al señor y a la señora Wickham en la nueva vida que parecían desear con tanto ahínco.

La carta de Virginia había llegado hacía unas tres semanas. En ella, el señor Jeremiah Cornbinder expresaba su confianza en el buen juicio de su hermano y, sin exagerar las ventajas que el Nuevo Mundo ofrecía, sí trazaba un retrato halagüeño de la vida que un candidato recomendado podía esperar:

El Nuevo Mundo no es refugio para el indolente, el criminal, el indeseable ni el anciano, pero un joven que ha quedado claramente exculpado de un delito grave, que ha demostrado fortaleza durante el proceso y notable valentía en el campo de batalla, parece poseer los requisitos que le asegurarán una buena acogida. Yo busco a un hombre que combine habilidades prácticas —preferentemente en la doma de caballos— con una buena educación, y estoy seguro de que se integrará en una sociedad que, en inteligencia y amplitud de intereses culturales, se equipara a la que se encuentra en cualquier ciudad europea civilizada, y que ofrece oportunidades prácticamente ilimitadas. Creo que no me equivocaré si auguro que los descendientes de aquellos a los que ahora espera sumarse serán los ciudadanos de un país tan poderoso, si no más, como el que deja atrás, un país que seguirá sirviendo de ejemplo de libertad para todo el mundo.

—Así como mi hermano confía en mi buen juicio al saber que le recomiendo al señor Wickham —dijo el reverendo Cornbinder—, yo confío en su buena voluntad, que le llevará a hacer todo lo que esté en su mano para ayudar a que la joven pareja se sienta en casa y prospere en el Nuevo Mundo. Está especialmente interesado en atraer a inmigrantes ingleses casados. Cuando le escribí para recomendarle al señor Wickham, faltaban dos meses para la celebración del juicio, pero yo confiaba en su absolución, y creía que respondía con exactitud al tipo de hombre que mi hermano buscaba. Enseguida creo conocer a los presos y hasta ahora no me he equivocado. A pesar de respetar la confianza en sí mismo que desprende el señor Wickham, intuyo que existen aspectos en su vida que harían vacilar a un hombre prudente, pero he podido asegurar a mi hermano que el señor Wickham ha cambiado y está dispuesto a perseverar en su cambio. Sin duda, sus virtudes son más que sus defectos, y mi hermano no es tan inflexible que exija la perfección. Todos hemos pecado, señor Darcy, y no podemos esperar compasión sin demostrarla en nuestra vida. Si está usted dispuesto a costear el pasaje y la suma moderada que el señor Wickham necesita para mantenerse y mantener a su esposa durante sus primeros meses de trabajo, en el plazo de dos semanas podrá partir desde Liverpool a bordo del *Esmeralda*. Conozco al capitán, y confío tanto en él como en las instalaciones de la embarcación. Supongo que necesitará unas horas para pensarlo y, sin duda, para tratar del tema con el señor Wickham, pero sería de ayuda que contáramos con una respuesta a las nueve de esta noche.

—Esperamos que su abogado, el señor Alveston, traiga al señor Wickham esta tarde —dijo Darcy—. A la vista de sus palabras, confío en que este aceptará con gratitud el ofrecimiento de su hermano. Según tengo entendido, los planes del señor y la señora Wickham pasan por instalarse en Longbourn hasta que hayan decidido qué hacer con su futuro. La señora Wickham está impaciente por ver a su madre y a sus amigas de infancia. Si ella y su esposo emigran, es poco probable que vuelva a verlas.

Samuel Cornbinder se puso en pie, preparándose para despedirse.

—Muy poco probable —corroboró—. La travesía del Atlántico no se emprende fácilmente, y entre mis conocidos de Virginia son pocos los que han realizado el viaje de vuelta o han expresado el deseo de realizarlo. Le agradezco, señor, que me haya recibido a pesar de habérselo pedido con tan poca antelación, y le agradezco también su generosidad al aceptar la propuesta que le he planteado.

—Su gratitud es generosa, pero inmerecida —replicó Darcy—. Es poco probable que yo lamente mi decisión. Es el señor Wickham, en todo caso, quien podría lamentarla.

—No creo que sea el caso, señor.

—¿No desea esperar aquí su llegada?

—No, señor. Ya le he prestado toda la ayuda que podía. Y él no querrá verme hasta esta noche.

Dicho esto, estrechó la mano de Darcy con una firmeza asombrosa, se puso el sombrero y se despidió.

4

Eran las cuatro en punto de la tarde cuando oyeron el sonido de pasos y unas voces, y supieron que el grupo procedente de Old Bailey había regresado al fin. Darcy, poniéndose en pie, fue consciente de la profunda incomodidad que sentía. Sabía que gran parte del éxito de la vida social dependía de la seguridad que proporcionaban unas convenciones compartidas, y había sido adiestrado desde la infancia para actuar según se esperaba de un caballero. Era cierto que su madre, de tarde en tarde, expresaba una visión más amable al asegurar que las buenas maneras consistían sobre todo en tener en cuenta los sentimientos de los demás, máxime si uno se encontraba en presencia de alguien de una clase inferior, consejo con el que su tía, lady Catherine de Bourgh, se mostraba prácticamente insensible. Sin embargo, en ese momento no le servían ni la convención ni el consejo: no existían reglas para recibir a un hombre al que, según los usos y costumbres, él debía llamar «hermano político», un hombre que hacía algunas horas había sido condenado a la pena capital. Darcy se alegraba, cómo no, de que se hubiera librado de la horca, pero ¿su alegría no se debía más a su propia tranquilidad mental y al mantenimiento de su reputación que a la salvación de Wickham? Los dictados del decoro y la compasión lo llevaban, sin duda, a estrecharle la mano afectuosamente, pero el gesto le parecía tan inapropiado como hipócrita.

En cuanto oyeron los primeros pasos, el señor y la señora Gardiner se apresuraron a abandonar la estancia, y ahora Darcy oía sus voces afectuosas, con las que le daban la bienvenida. Pero no oyó la respuesta. Entonces, la puerta se abrió, y los Gardiner entraron, invitando a hacerlo a Wickham y a Alveston, que iba a su lado.

Darcy esperaba que el asombro y la sorpresa que se apoderaron de él no asomaran a su rostro. Costaba creer que el hombre que había sacado fuerzas para ponerse en pie en el banquillo de los acusados y proclamar su inocencia con voz clara y firme, fuera el mismo que ahora se encontraba frente a ellos. Parecía haber menguado físicamente, y las ropas que había lucido durante el juicio le venían muy holgadas, se veían baratas y de mala calidad, el atuendo de un hombre que no habría de llevarlas ya mucho más tiempo. La palidez del largo encierro seguía bañando su rostro, pero, cuando sus ojos se encontraron fugazmente, vio en los de Wickham un destello del hombre que había sido, aquella mirada calculadora, quizá desdeñosa. Sobre todo, se veía exhausto, como si la sorpresa del veredicto de culpabilidad y el alivio de su absolución hubieran sido más de lo que cualquier cuerpo humano podía resistir. Y sin embargo el viejo Wickham seguía ahí, y a Darcy no le pasó por alto el esfuerzo, y también el valor, con que intentaba mantenerse bien derecho y enfrentarse a lo que pudiera venir.

—Querido señor, necesita dormir —dijo la señora Gardiner—. Tal vez también comer, pero sobre todo dormir. Puedo mostrarle el dormitorio en el que podrá reposar, y hasta allí pueden llevarle alimentos. ¿No le convendría dormir un poco, o al menos descansar durante una hora, antes de que mantengan su conversación?

Sin apartar los ojos de los congregados, Wickham habló.

—Gracias, señora, por su amabilidad, pero cuando duerma lo haré durante horas, y me temo que estoy demasiado acostumbrado a desear no despertar más. Necesito hablar con los caballeros, y el asunto no admite espera. Señora, estoy bien, de veras, aunque si pudieran traerme un café bien cargado y algún tentempié...

La señora Gardiner miró a Darcy antes de responder:

—Por supuesto. Ya se han dado las órdenes pertinentes, y ahora mismo me ocuparé de que se lo traigan. El señor Gardiner y yo los dejaremos aquí para que se cuenten su historia. Creo que el reverendo Cornbinder vendrá a recogerlo para que pase la noche en un lugar tranquilo y pueda dormir. Se lo haremos saber en cuanto llegue. —Dicho esto, los señores Gardiner abandonaron la estancia y cerraron la puerta sin hacer ruido.

Tras un instante de indecisión del que se obligó a salir, Darcy dio un paso al frente con la mano extendida y, con una voz que a él mismo le sonó fría y formal, dijo:

—Le felicito, Wickham, por la fortaleza que ha demostrado durante su encarcelamiento, y por haber sido absuelto de una acusación injusta. Póngase cómodo, por favor, y una vez que haya comido y bebido algo, hablaremos. Hay mucho que decir, pero seremos pacientes.

—Prefiero decirlo ahora —replicó Wickham. Se hundió en su butaca y los demás tomaron asiento.

Se hizo un silencio incómodo, y para todos fue un alivio que, instantes después, la puerta se abriera y entrara un criado con una bandeja grande sobre la que reposaban una cafetera y un plato de pan con queso y fiambres. Apenas el criado se ausentó, Wickham se sirvió un café y lo bebió de un solo trago.

—Disculpen mis malos modales. Últimamente he asistido a una escuela poco adecuada para el aprendizaje de maneras civilizadas. —Transcurridos varios minutos, durante los que se dedicó a comer con avidez, apartó la bandeja y dijo—: Bien, tal vez sea mejor que empiece. El coronel Fitzwilliam podrá confirmar gran parte de lo que voy a decir. Ustedes ya me han otorgado el papel de villano, de modo que dudo de que nada de lo que añada a mi lista de delitos vaya a sorprenderles.

—No tiene por qué excusarse —dijo Darcy—. Ya se ha enfrentado a un tribunal, nosotros no lo somos.

Wickham soltó una carcajada seca, aguda, breve.

—En ese caso, espero que muestren menos prejuicios. Confío en que el coronel le habrá puesto al corriente de lo esencial.

—Yo solo le he contado lo que sé —intervino Fitzwilliam—, que es bastante poco, y no creo que nadie piense que en el juicio saliera a la luz toda la verdad. Hemos aguardado su regreso para oír el relato completo al que tenemos derecho.

Wickham tardó unos instantes en seguir hablando. Había bajado la cabeza y se miraba los dedos entrelazados, pero entonces se puso en pie con cierto esfuerzo y empezó a contar su historia en voz inexpresiva, como si la hubiera memorizado.

—Ya habrá contado usted que soy el padre del hijo de Louisa Bidwell. Nos conocimos hace dos veranos, cuando mi esposa se encontraba en Highmarten, donde le gustaba pasar algunas semanas en los meses de más calor, y puesto que yo no era recibido allí, acostumbraba a alojarme en la posada más barata, en la que, con suerte, organizaba algún encuentro esporádico con Lydia. Las tierras de Highmarten habrían quedado contaminadas si hubiera caminado por ellas, y yo prefería pasar el tiempo en el bosque de Pemberley. Allí habían transcurrido algunas de las horas más felices de mi infancia, y parte de aquella dicha juvenil regresaba a mí cuando estaba con Louisa. La conocí por casualidad, paseando entre los árboles. Ella también se sentía sola. Vivía prácticamente confinada en la cabaña, cuidando de su hermano gravemente enfermo, y casi nunca veía a su prometido, cuyos deberes y ambición lo mantenían constantemente ocupado en Pemberley. Por lo que me contaba de él, me formé la imagen de un hombre gris, de mediana edad, deseoso solo de seguir sirviendo, sin la menor imaginación para ver que su prometida se aburría y se sentía inquieta. La joven también es inteligente, cualidad que él no habría valorado ni aun teniendo la capacidad para reconocerla. Admito que la seduje, pero les aseguro que no la forcé. Nunca he considerado necesario violentar a ninguna mujer, y no había conocido nunca a otra más dispuesta que ella al amor.

»Cuando descubrió que estaba encinta, fue un desastre para los dos. Dejó muy claro, y en un estado de gran alteración, que nadie debía saberlo salvo, por supuesto, su madre, a la que de todos modos no podría ocultarse algo así. Louisa creía que no podía convertirse en motivo de preocupación para su hermano en sus últimos meses de vida, pero él adivinó la verdad y ella confesó. Su mayor preocupación era que su padre no llegara a enterarse. La pobre muchacha sabía que la posibilidad de llevar la deshonra a Pemberley sería peor para él que cualquier cosa que pudiera ocurrirle a ella. Yo no entiendo que uno o dos hijos nacidos del amor hayan de ser una vergüenza, es algo que en las casas importantes sucede constantemente, pero así es como ella lo veía. Fue idea suya trasladarse a la casa de su hermana casada, con el conocimiento de su madre, antes de que su estado resultara visible, y permanecer allí hasta que diera a luz. Pretendía hacer pasar al bebé por hijo de su hermana, y yo le sugerí que regresara con él en cuanto estuviera en condiciones de viajar para enseñárselo a su madre. Debía asegurarme de que, en efecto, existía una criatura viva y saludable, antes de decidir qué hacer. Acordamos que, de un modo u otro, yo conseguiría el dinero con el que convencer a los Simpkins de que acogieran al niño y lo criaran como propio. Entonces envié una súplica desesperada de ayuda al coronel Fitzwilliam, y cuando llegó el momento de que Georgie regresara junto a la hermana de Louisa y su esposo, él me proporcionó treinta libras. Supongo que ya están al corriente de todo esto. Me dijo que actuaba movido por la compasión que le inspiraba un soldado que había servido a sus órdenes, pero sin duda sus motivos eran otros: Louisa había oído rumores entre el servicio según los cuales el coronel podía estar buscando esposa en Pemberley. Los hombres orgullosos y prudentes, sobre todo si son aristócratas, huyen del escándalo, con más razón aún si este nace de algo tan sórdido y vulgar. No le inquietaba menos de lo que habría inquietado al propio Darcy imaginar a mi hijo bastardo jugando en los bosques de Pemberley.

—Supongo que nunca informó a Louisa de su verdadera identidad —intervino Alveston.

—Habría sido una locura que solo habría servido para alterarla más. Hice lo que la mayoría de los hombres hacen en mi situación. Me felicito a mí mismo por haber inventado una historia convincente que tenía todos los visos de despertar la compasión de cualquier mujer sensible. Le dije que era Frederick Delancey (siempre me han gustado esas dos iniciales juntas), y que, siendo soldado, me habían herido en la campaña de Irlanda, lo que era cierto. Había regresado a casa y había descubierto que mi amada esposa había muerto cuando daba a luz a nuestro bebé, que tampoco había sobrevivido. Aquel cúmulo de desgracias hizo que aumentaran el amor y la devoción que Louisa sentía por mí, y yo me vi obligado a adornarlo más aún diciéndole que debía partir a Londres a buscar trabajo, pero que regresaría para casarme con ella. Entonces, los Simpkins nos devolverían a nuestro hijo, y viviríamos los tres juntos, como una familia. A instancias de Louisa, grabé mis iniciales en los troncos de algunos árboles como promesa de mi amor y compromiso. Confieso que fantaseé con la idea de que pudieran ser motivo de confusión. Prometí enviar dinero a los Simpkins tan pronto como encontrara y pagara mi alojamiento en Londres.

—Fue un engaño infame —dijo el coronel— a una muchacha impresionable e inocente. Supongo que, tras el alumbramiento, habría desaparecido para siempre y que, para usted, ese habría sido el final de la historia.

—Admito el engaño, pero el resultado me parecía deseable. Louisa no tardaría en olvidarme y se casaría con su prometido, y el pequeño sería criado por miembros de su familia. En peores manos caen otros bastardos. Desgraciadamente, las cosas se torcieron. Cuando Louisa regresó a casa con el bebé, y nosotros nos encontramos como de costumbre, junto a la tumba del perro, me transmitió un mensaje de Michael Simpkins. El hombre ya no estaba dispuesto a aceptar al bebé de manera permanente, ni siquiera a cambio de un pago generoso. Su esposa y él tenían tres niñas, y sin duda llegarían más hijos, y a él no le gustaría que Georgie fuera el hijo varón de más edad en la familia, con las ventajas que dicha posición le otorgaría respecto a cualquier hijo varón que él pudiera tener en el futuro. Además, según parecía, habían existido tensiones entre las dos hermanas mientras Louisa vivía con ellos esperando el alumbramiento. Sospecho que dos mujeres bajo un mismo techo no pueden llevarse bien. Yo le había confiado a la señora Younge que Louisa había tenido un hijo, y ella insistió en conocerlo y dijo que se vería con Louisa y el pequeño en el bosque. Se enamoró de Georgie al momento, y se mostró decidida a recibirlo en adopción. Yo sabía que deseaba tener hijos, pero hasta entonces no me di cuenta de lo imperioso de su necesidad. El bebé era precioso y, por supuesto, era mío.

A Darcy le pareció que no podía seguir guardando silencio. Había muchas cosas que quería saber.

—Supongo que la señora Younge era esa mujer de oscuro a la que las dos doncellas vieron en el bosque —dijo—. ¿Cómo aceptó implicarla en un plan que tuviera que ver con el futuro de su hijo, implicar a una mujer cuya conducta, hasta donde sabemos, demuestra que se encuentra entre las personas más abyectas y despreciables de su sexo?

Wickham estuvo a punto de saltar de su asiento. Se agarró con tal fuerza a los brazos de la butaca que los nudillos palidecieron y su rostro enrojeció de ira.

—Será mejor que sepan la verdad. Eleanor Younge es la única mujer que me ha querido. Ninguna de las otras, ni siquiera mi esposa, me ha brindado sus cuidados, su bondad y apoyo, ninguna me ha hecho saber que era tan importante para ella como mi hermana. Sí, eso es lo que es. Mi hermanastra. Sé que esto les sorprenderá. Mi padre es recordado por haber sido el secretario más eficiente, más leal y más admirable del difunto señor Darcy, y sin duda lo fue. Mi madre era estricta con él, como lo era conmigo. En nuestro hogar no había risas. Pero era un hombre como los demás y, cuando los negocios del señor Darcy lo llevaban a Londres una semana o más, llevaba una doble vida. Lo ignoro todo de la mujer a la que se unió, pero él, en su lecho de muerte, me confesó que tenía una hija. En su honor debo decir que hizo todo lo que pudo para mantenerla, pero me contaron poco de sus primeros años, solo que la llevaron a una escuela de Londres que no era mejor que un orfanato. Ella escapó a los doce años, y él perdió el contacto con su hija a partir de ese momento. Como la edad y las responsabilidades de Pemberley le pesaban cada vez más, no fue capaz de emprender ninguna búsqueda. Pero la llevó en la conciencia hasta el final y me suplicó que hiciera lo posible por encontrarla. Hacía tiempo que la escuela había cerrado sus puertas, y no se sabía quién era el dueño, pero logré contactar con los habitantes de la casa contigua, que habían trabado amistad con una de las internas y mantenían trato con ella. No se trataba, precisamente, de una mujer desahuciada. Tras un matrimonio breve con un hombre anciano, había enviudado, y su esposo le había dejado suficiente dinero para adquirir una casa en Marylebone, donde recibía a huéspedes, todos ellos hombres jóvenes de familias respetables que dejaban sus casas para trabajar en la capital. Sus cariñosas madres sentían un profundo agradecimiento por aquella dama maternal que prohibía taxativamente la entrada de mujeres, ya fueran estas huéspedes o visitantes.

—Eso ya lo sabíamos —comentó el coronel—. Pero no menciona usted cuál era el *modus vivendi* de su hermana, ni a los desgraciados hombres a los que chantajeaba.

A Wickham le costó dominar la ira.

—Causó menos daño en su vida que muchas damas respetables. Su esposo no le dejó nada en usufructo, y se veía obligada a vivir de su ingenio. No tardamos en adorarnos, tal vez porque teníamos muchas cosas en común. Era lista. Me dijo que mi mejor activo, tal vez el único, era que gustaba a las mujeres, y que sabía cómo resultarles agradable. Mi mayor esperanza para salir de la pobreza era casarme con alguna mujer rica, y creía que poseía las cualidades para lograrlo. Como saben, mi primera y más prometedora esperanza quedó en nada cuando Darcy se presentó en Ramsgate representando el papel de hermano indignado.

El coronel tuvo que ponerse en pie para impedir que Darcy diera un paso.

—Hay un nombre que no puede salir de sus labios, ni en esta habitación ni en ningún otro lugar, si aprecia en algo su vida, señor.

Wickham lo miró, y a su mirada regresó un destello de su antigua confianza.

—No soy un recién llegado a este mundo, señor —dijo—, y sé bien cuándo una dama tiene un nombre que no puede ser tocado por el escándalo y una reputación sagrada, y también sé que existen mujeres que, con su vida, ayudan a salvaguardar esa pureza. Mi hermana era una de ellas. Pero volvamos al asunto que nos ocupa. Afortunadamente, los deseos de mi hermana daban solución a nuestro problema. Ahora que la hermana de Louisa se había negado a hacerse cargo del bebé, había que encontrarle un hogar. Eleanor deslumbraba a Louisa hablándole de la vida que llevaría su hijo, y ella aceptó que, la mañana del baile de Pemberley, mi hermana acudiera a la cabaña en mi compañía para recoger al pequeño y llevarlo a Londres, donde yo buscaría trabajo, y donde ella lo cuidaría temporalmente, hasta que Louisa y yo pudiéramos casarnos. No teníamos intención, claro está, de facilitarle la dirección de mi hermana.

»Pero entonces el plan se estropeó. Debo admitir que fue, en gran parte, culpa de Eleanor, que no estaba acostumbrada a tratar con mujeres y que había convertido en norma no hacerlo. Los hombres son más directos, y ella sabía cómo persuadirlos y embaucarlos. Incluso después de hacer efectivos los pagos, los hombres nunca se enemistaban con ella. En cambio, con las vacilaciones sentimentales de Louisa, perdía la paciencia. Para ella, se trataba de una cuestión de sentido común: Georgie necesitaba un hogar con urgencia, y ella podía proporcionarle uno muy superior al de los Simpkins. Pero a Louisa no le cayó bien Eleanor, y empezó a desconfiar de ella. Hablaba demasiado sobre la necesidad de disponer de las treinta libras prometidas a los Simpkins. Con todo, finalmente Louisa aceptó seguir con el plan, pero existía el riesgo de que, cuando llegara el momento de separarse de su hijo, se resistiera a entregarlo. Por eso quise que Denny nos acompañara cuando fuimos a recoger a Georgie. Yo estaba seguro de que Bidwell no se movería de Pemberley, y de que todos los criados estarían muy ocupados, y sabía que el carruaje de mi hermana no tendría problemas para acceder por la puerta noroeste. Asombra comprobar hasta qué punto un chelín o dos facilitan las cosas. Eleanor había acordado previamente reunirse con el coronel en el King's Arms de Lambton la noche anterior, para informarle del cambio de planes.

—Yo no había vuelto a ver a la señora Younge desde que la entrevistamos cuando buscábamos a una dama de compañía —intervino el coronel Fitzwilliam—. Ella me cautivó como lo había hecho entonces, y me facilitó detalles sobre su situación económica. Ya le he contado a Darcy que lo que proponía me pareció lo mejor para el niño, y sigo creyendo que habría sido bueno que la señora Younge adoptara a Georgie. Después, al asumir la misión de acercarme a la cabaña del bosque cuando íbamos camino de investigar el origen de aquellos disparos, me pareció que lo correcto era contarle a Louisa que su amante era Wickham, que estaba casado y que él y un amigo suyo habían desaparecido en el bosque. A partir de ahí, ya no habría la menor esperanza de que a la señora Younge, amiga y confidente de Wickham, le permitieran llevarse al bebé.

—Pero en realidad nunca se planteó la posibilidad de que Louisa cambiara de opinión —dijo Darcy, volviéndose hacia Wickham—. Usted tenía pensado llevarse al niño por la fuerza si era necesario.

Sin inmutarse, el aludido habló.

—Habría hecho cualquier cosa, cualquier cosa para que Eleanor se quedara con Georgie. Era mi hijo, y a los dos nos preocupaba su futuro. Desde que nos habíamos encontrado, no había podido darle nada a cambio de su apoyo y su amor. Ahora había algo que podía ofrecerle, algo que ella deseaba desesperadamente, y no iba a permitir que la indecisión y la estupidez de Louisa lo impidieran.

—¿Y qué vida habría tenido ese niño, criado por una mujer como ella? —insistió Darcy.

Wickham no dijo nada. Todos los ojos estaban clavados en él, y Darcy vio, con una mezcla de horror y compasión, que hacía esfuerzos por recomponerse. La confianza anterior, aquel sentimiento tan parecido a la despreocupación con el que había relatado su historia, había desaparecido. Alargó una mano temblorosa para servirse más café, pero las lágrimas cegaban sus ojos, y solo logró volcar la cafetera. Nadie dijo nada, y nadie se movió hasta que el coronel se agachó a recogerla y volvió a dejarla sobre la mesa.

Finalmente, controlándose, Wickham dijo:

—El niño habría sido querido, más querido que yo en mi infancia o que usted en la suya, Darcy. Mi hermana no había tenido hijos, y ahora existía la posibilidad de que pudiera criar al mío. No dudo de que pidiera dinero por ello, era su modo de vida, pero lo habría gastado en Georgie. Lo había conocido. Es un niño precioso. Mi hijo es precioso. Y ahora sé que no volveré a ver a ninguno de los dos.

Darcy habló con dureza.

—Sin embargo, usted no resistió la tentación de implicar a Denny. Solo debía enfrentarse a una anciana y a Louisa, pero no quería que la muchacha se pusiera histérica y se negara a entregarle el niño. Todo debía desarrollarse en silencio, para no alertar al hermano enfermo. Usted quería contar con otro hombre, con un amigo de confianza, pero Denny, en cuanto comprendió que usted estaba dispuesto a llevarse a Georgie por la fuerza si era necesario, y cuando supo que le había prometido casarse con ella, se negó a participar en el plan y por eso abandonó el cabriolé. Para nosotros siempre ha sido un misterio que caminara alejándose del sendero que le habría

llevado hasta la posada, o que no permaneciera, más sensata-
mente, en el coche hasta que este llegara a Lambton, desde
donde podría haber partido sin dar explicaciones. Murió porque se dirigió a la cabaña a advertir a Louisa Bidwell para
alertarla de sus intenciones. Las palabras que usted pronunció ante su cadáver eran ciertas. Usted mató a su amigo. Lo
mató lo mismo que si lo hubiera atravesado con una espada.
Y Will, que moría en soledad, creyó que estaba protegiendo a
su hermana de su seductor, cuando en realidad estaba matan-
do al hombre que había acudido a ayudarla.

Pero la mente de Wickham seguía clavada en otra muerte,
y dijo:

—Cuando Eleanor oyó la palabra «culpable», su vida terminó. Sabía que me ejecutarían en pocas horas. Habría permanecido a los pies del patíbulo y habría sido testigo de mis
últimos estertores, si hubiera sabido que me servía de consuelo, pero hay horrores que ni el amor resiste. Estoy seguro de
que había planeado su muerte. Me había perdido a mí y había
perdido al niño, pero al menos podía asegurarse de que, como
yo, no fuera enterrada en campo santo.

Darcy estuvo a punto de decir que, sin duda, aquella última indignidad podía evitarse, pero Wickham lo silenció con
la mirada.

—Usted despreció a Eleanor en vida, no sea paternalista
con ella ahora que está muerta. El reverendo Cornbinder se
está ocupando de todo lo necesario, y no necesita su ayuda.
En ciertas áreas de la vida tiene una autoridad de la que care-
cen otros, incluso si esos otros son el señor Darcy de Pemberley.

Nadie dijo nada, hasta que Darcy rompió el silencio.

—¿Qué ha ocurrido con el niño? ¿Dónde está ahora?

El coronel se adelantó.

—Me he ocupado de averiguarlo. El pequeño ha regresado con los Simpkins y, por tanto, como todo el mundo cree,
con su madre. El asesinato de Denny causó un revuelo y una
alteración considerables en Pemberley, y a Louisa no le costó

convencer a su hermana de que se lo llevaran y lo alejaran del peligro. Yo les envié un pago generoso, de manera anónima, y hasta el momento no se ha sugerido que deba abandonar la casa de los Simpkins, aunque tarde o temprano puede haber problemas. Yo no deseo seguir involucrado en este asunto; es probable que pronto deba ocuparme de misiones más graves. Europa nunca se librará de Bonaparte hasta que este sea plenamente derrotado tanto por tierra como por mar, y espero hallarme entre los privilegiados que participen en esa gran batalla.

Todos se sentían muy fatigados, y nadie parecía saber qué añadir. Por ello fue un alivio ver aparecer, antes de lo previsto, al señor Gardiner tras la puerta, anunciando que el señor Cornbinder había llegado.

5

La noticia del indulto a Wickham puso fin a gran parte de la angustia que habían soportado, pero no trajo consigo un estallido de alegría. Habían pasado por tanto que la absolución les llevó solo a experimentar una sensación de agradecimiento, y empezaron a prepararse para un feliz regreso a casa. Elizabeth sabía que Darcy compartía con ella la necesidad imperiosa de emprender el camino a Pemberley, y esperaba que pudieran partir a la mañana siguiente. Pero no iba a poder ser. Darcy debía reunirse con sus abogados para tratar de la transferencia de dinero al reverendo Cornbinder, que, a su vez, lo haría llegar a Wickham, y horas antes habían recibido carta de Lydia en la que esta manifestaba su intención de viajar a Londres a reunirse cuanto antes con su amado esposo y emprender con él un retorno triunfal a Longbourn. Llegaría en el carruaje de la familia, acompañada de un criado, y daba por sentado que se alojaría en Gracechurch Street. En cuanto a John, no habría problemas para encontrarle una cama en alguna posada cercana. Como en la misiva no se especificaba la hora probable de su llegada, la señora Gardiner se ocupó al momento de organizar su estancia y de buscar sitio para un tercer carruaje en las caballerizas. Elizabeth se sentía extenuada, y tuvo que hacer acopio de toda su fortaleza mental para no echarse a llorar. Su mente la ocupaba solo la necesidad de ver a sus hijos, y sabía que a Darcy le ocurría lo mismo. Con todo, decidieron emprender el viaje dos días después.

Lo primero que hicieron a la mañana siguiente fue enviar una carta a Pemberley, por correo expreso, anunciando la hora prevista de su llegada. Debían cumplimentar todas las formalidades, y preparar el equipaje, y parecía haber tanto que hacer que Elizabeth apenas tuvo ocasión de ver a Darcy en todo el día. Los corazones de ambos parecían demasiado oprimidos, y no les apetecía hablar, y ella, más que sentirlo, sabía que estaba contenta, o que lo estaría en cuanto llegara a su casa. En un primer momento temieron que, cuando se corriera la voz de que el indulto había sido concedido, una multitud ruidosa se arremolinaría frente a Gracechurch Street para expresar su alegría, pero no había sido así. La familia con la que el reverendo Cornbinder había organizado el alojamiento de Wickham era muy discreta, y su domicilio, desconocido; la gente seguía congregándose alrededor de la cárcel.

El carruaje de los Bennet, que trasladaba a Lydia, llegó al día siguiente, después del almuerzo, pero su aparición no suscitó el interés público. Para alivio de los Darcy y los Gardiner, la señora Wickham se comportó más discreta y razonablemente de lo que cabía esperar. La angustia de los últimos meses, y la conciencia de que su esposo podía perder la vida si era condenado, habían dulcificado su carácter estridente habitual, y llegó incluso a agradecer a la señora Gardiner su hospitalidad con algo parecido a la gratitud sincera, pues no le pasaba por alto que debía mucho a su bondad y generosidad. Con Elizabeth y Darcy se sentía más en falso, y a ellos no les dio las gracias por nada.

Antes de la cena, el reverendo Cornbinder llegó para conducirla al alojamiento de Wickham. Regresó tres horas más tarde, ya de noche, de excelente humor. Él volvía a ser su apuesto, galante e irresistible Wickham, y habló de su futuro con la convicción de que la aventura que estaban a punto de iniciar era, también, el principio de la prosperidad y la fama para ambos. Ella había sido siempre una temeraria, y parecía tan impaciente como Wickham por alejarse del suelo inglés para siempre. Se trasladó con él a su alojamiento, mientras su esposo recobraba fuerzas, pero no tardó mucho en cansarse de los rezos matutinos de sus anfitriones, y de la bendición de la mesa pronunciada antes de cada comida, y tres días después el carruaje de los Bennet traqueteaba ya por las calles de Londres en busca del camino que, en dirección norte, conducía a Hertfordshire y Longbourn.

6

El viaje hasta Derbyshire iba a llevarles dos días, porque Elizabeth se sentía muy cansada e incapaz de enfrentarse a largas horas en los caminos. El lunes a media mañana, el carruaje quedó estacionado frente a la puerta, y tras expresar un agradecimiento para el que costaba encontrar las palabras adecuadas, emprendieron el regreso a casa. Los dos pasaron la mayor parte del viaje adormilados, pero estaban despiertos cuando cruzaron la frontera del condado de Derbyshire, y con entusiasmo creciente fueron atravesando aldeas conocidas y pasando por caminos recordados. Un día antes solo sabían que eran felices; ahora sentían que la dicha irradiaba desde todo su ser. Su llegada a Pemberley no pudo ser más distinta de su salida. Todo el servicio uniformado, impecable, se alineaba para recibirlos, y vieron lágrimas en los ojos de la señora Reynolds, que, tras dedicarles una reverencia, emocionada y sin palabras, les dio la bienvenida a casa.

Lo primero que hicieron fue visitar las habitaciones de los niños, donde Fitzwilliam y Charles los recibieron entre gritos y saltos de alegría. Allí, la señora Donovan los puso al corriente de las novedades. Habían ocurrido tantas cosas en la semana que habían pasado en Londres, que a Elizabeth le parecía que llevaban ausentes varios meses. Después llegó el turno de la señora Reynolds.

—No se preocupe, señora, que no hay nada malo que contar, aunque sí existe un asunto de cierta importancia del que debo hablarle.

Elizabeth le sugirió que se trasladaran a su saloncito privado, como de costumbre. La señora Reynolds agitó la campanilla y pidió té para las dos. Se sentaron frente a la chimenea, que habían encendido no tanto porque hiciera frío como para crear una sensación de mayor calidez, y la señora Reynolds tomó la palabra.

—Hemos sabido, por supuesto, de la confesión de Will en relación con la muerte del capitán Denny, y sentimos tristeza por la señora Bidwell, aunque algunos han criticado al muchacho por no haber hablado antes y haberles ahorrado al señor Darcy y a usted, además de al señor Wickham, tanta angustia y sufrimientos. Su decisión vino motivada por su necesidad de disponer de tiempo para quedar en paz con Dios, pero hay quien opina que ha habido que pagar un precio muy alto por ella. Ha sido enterrado en el campo santo de la iglesia. El señor Oliphant habló de él con mucho sentimiento, y la señora Bidwell agradeció la nutrida asistencia de personas venidas sobre todo de Lambton. La gente llevó unas flores preciosas, y el señor Stoughton y yo encargamos una corona de su parte y de parte del señor Darcy. No dudamos de que eso es lo que ustedes habrían querido. Pero es de Louisa de quien deseo hablarle.

»Un día después de la muerte del capitán Denny, Louisa vino a verme y me preguntó si podía contarme algo confidencialmente. La llevé a mi salita, donde se derrumbó y se mostró profundamente angustiada. Con mucha paciencia y gran dificultad, logré que se calmara y me contó su historia. Hasta que el coronel visitó la cabaña la noche de la tragedia, ella no supo que el padre de su hijo era el señor Wickham, y me temo, señora, que se sintió profundamente engañada por la historia que él le había explicado. No quería volver a verlo y había empezado a ver con malos ojos al niño. El señor Simpkins y su hermana ya no lo querían, y Joseph Billings, al saber de la existencia del bebé, se negó a casarse con ella si, al hacerlo, debía de asumir la responsabilidad sobre el hijo de otro hombre. Ella le confesó que había tenido un amante, pero el nombre del señor Wickham no se ha pronunciado en ningún momento y, en mi opinión y en la de Louisa, no debe pronunciarse jamás, para ahorrar al señor Bidwell la vergüenza y el disgusto. Louisa buscaba desesperadamente un hogar para Georgie, donde lo trataran con afecto, y por eso vino a verme y yo me alegré de poder ayudarla. Tal vez recuerde, señora, haberme oído hablar de la viuda de mi hermano, la señora Goddard, que durante algunos años ha dirigido con éxito una escuela en Highbury. Una de sus internas, la señorita Harriet Smith, se casó con un granjero del lugar, Robert Martin, y lleva una vida feliz. Son padres de tres hijas y de un hijo, pero el médico le ha comunicado que probablemente no pueda concebir más, y ella y su esposo desearían uno más, varón también, para que sea compañero de juegos del que ya tienen. El señor y la señora Knightley de Donwell Abbey son la pareja más importante de Highbury, y ella es amiga de la señora Martin, y siempre ha mostrado un sincero interés por sus hijos. Tuvo a bien enviarme una carta, que se suma a las que recibí de la señora Martin, en la que me garantizaba su ayuda y su interés permanente por Georgie si este se instalaba en Highbury. A mí me pareció que no podría encontrar lugar mejor y, en consecuencia, se dispuso que regresara lo antes posible junto a la señora Simpkins para que pasaran a recogerlo por Birmingham y no por Pemberley, donde el carruaje enviado por la señora Knightley llamaría más la atención. Todo se desarrolló exactamente según lo acordado, las cartas que he recibido desde entonces me confirman que el pequeño se ha aclimatado bien, es un niño feliz y cariñoso, al que su nueva familia adora. He conservado, por supuesto, toda la correspondencia para que pueda verla. A la señora Martin le preocupó saber que Georgie no había recibido su primera agua bendita, y pidió que lo bautizaran en la iglesia de Highbury, donde le han puesto el nombre de John, en honor al padre de la señora Martin.

»Siento no habérselo contado antes, pero prometí a Louisa que todo esto quedaría en el más estricto secreto, a pesar de que yo le dejé claro que usted, señora, debía ser puesta al corriente. La verdad habría disgustado sobremanera a Bidwell, que cree, como todos en Pemberley, que el pequeño Georgie ha regresado junto a su madre, la señora Simpkins. Espero haber obrado bien, señora, pero sé lo desesperada que estaba Louisa por que su padre nunca averiguara que había tenido un hijo, y por que este fuera criado por personas que lo quisieran. No desea volver a verlo, ni saber de él con regularidad, y de hecho ignora a quién ha sido entregado. A ella le basta con saber que alguien se ocupará de atender y dar afecto a su hijo.

—No podría haber actuado mejor —dijo Elizabeth—, y no tema, mantendré su secreto. Le agradecería que me diera permiso para hacer una excepción: el señor Darcy debe saberlo. Sé que la confidencia no saldrá de su boca. ¿Y Louisa ha reanudado su compromiso con Joseph Billings?

—Sí, señora, y el señor Stoughton lo ha liberado algo de sus obligaciones para que pueda pasar más tiempo con ella. Creo que el señor Wickham la descentró, pero, si sintió algo por él, hoy se ha convertido en odio, y ahora parece impaciente por emprender la nueva vida que la aguarda junto a Joseph en Highmarten.

A pesar de todos sus defectos, Wickham era un hombre listo, apuesto y afectuoso, y Elizabeth se preguntaba si, durante el tiempo que habían pasado juntos, Louisa, muchacha a la que el reverendo Oliphant consideraba muy inteligente, habría tenido ocasión de atisbar una vida distinta y más emocionante, aunque no había duda de que se había obrado de la mejor manera para el pequeño, y probablemente también para ella. Sería camarera en Highmarten, esposa del mayordomo, y con el transcurrir del tiempo Wickham no sería más que un recuerdo borroso. Por eso a Elizabeth le pareció irracional y extraño constatar que sentía una punzada de tristeza.

Epílogo

Una mañana de principios de junio, Elizabeth y Darcy estaban desayunando en la terraza. El día radiante se extendía ante ellos lleno de expectativas de amistad y diversión compartida. Henry Alveston había conseguido posponer momentáneamente sus responsabilidades en Londres, y había llegado la noche anterior, y los Bingley iban a acompañarlos en el almuerzo y la cena.

—Me encantaría, Elizabeth —dijo Darcy—, que vinieras conmigo a dar un paseo por la orilla del río. Quiero contarte algunas cosas, asuntos que llevan mucho tiempo ocupando mi mente y que debería haber compartido antes contigo.

Elizabeth aceptó y, cinco minutos después, los dos caminaban por el césped, en dirección al sendero del río. Iban en silencio y no dijeron nada hasta que cruzaron el puente instalado en el punto en que el cauce se estrechaba y que llevaba hasta el banco que lady Anne había ordenado instalar cuando esperaba su primer hijo, para que le sirviera de descanso. Desde allí se disfrutaba de una vista espléndida del agua y la mansión, vista que ambos adoraban y a la que sus pasos, instintivamente, los conducían siempre. El día había amanecido cubierto de la neblina matutina que, según el jardinero, presagiaba siempre una jornada calurosa, y los árboles, cuyas hojas habían perdido ya aquel verde tan tierno de la primavera, se erguían exuberantes, rodeados de flores estivales y, sumándose al centelleo del río, orquestaban una celebración viva de belleza y plenitud.

Qué alivio que la tan esperada carta de América hubiera llegado a Longbourn, y que Kitty hubiera escrito una copia para Elizabeth, que le habían entregado aquella misma mañana. Wickham había escrito solo un relato breve, que Lydia complementaba con unas pocas líneas garabateadas. Sus primeras impresiones sobre el Nuevo Mundo eran de asombro. Wickham comentaba, sobre todo, aspectos de los magníficos caballos y de los planes del señor Cornbinder y los suyos propios para criar animales de carreras, mientras que Lydia contaba que Williamsburg suponía, en todos los sentidos, una mejora respecto del soporífero Meryton, y que ya había trabado amistad con algunos oficiales —y con sus esposas— destinados a una guarnición cercana. Parecía que Wickham había encontrado al fin una ocupación con visos de continuidad. Que pudiera retener a su esposa era otra cuestión, y sobre ese particular los Darcy se alegraban de encontrarse separados de ellos por tres mil millas de océano.

—He estado pensando en Wickham y en el viaje que él y nuestra hermana han emprendido y, por primera vez, sinceramente, les deseo lo mejor. Confío en que el gran descalabro al que ha sobrevivido le lleve a reformarse tal como anticipa el reverendo Cornbinder, y en que el Nuevo Mundo siga satisfaciendo sus expectativas, pero el pasado sigue pesando en mí, y ahora mi único deseo es no volver a verlo nunca. Su intento de seducir a Georgiana fue tan abominable que no podré volver a pensar en él sin sentir repugnancia. He intentado apartar de mi mente toda esa experiencia, fingir que no sucedió, y creía que me resultaría más fácil si Georgiana y yo no mencionábamos nunca el asunto.

Elizabeth permaneció en silencio unos instantes. Wickham no suponía un borrón en su felicidad, ni podía dañar la confianza absoluta que existía entre ellos, tanto cuando hablaban como cuando callaban. Si el suyo no era un matrimonio feliz, entonces esas dos palabras carecían de significado. De la amistad que había existido entre ella y Wickham no hablaban por delicadeza, pero compartían una misma opinión sobre su carácter y estilo de vida, y habían acordado con él que no sería recibido en Pemberley. Aquella misma delicadeza había hecho que ella no le hablara nunca del intento de fuga de Georgiana con Wickham, que Darcy veía como un plan de este para hacerse con la fortuna de su hermana y para resarcirse de pasadas ofensas imaginarias. Su corazón estaba tan lleno de amor por su esposo y de confianza en su buen juicio que en él no había lugar para la crítica; no creía que hubiera actuado con Georgiana más que pensando bien, para protegerla, pero tal vez había llegado el momento de enfrentarse al pasado, por más doloroso que resultara, de que hermano y hermana se sentaran a hablar de lo sucedido.

—¿No es tal vez un error ese silencio entre Georgiana y tú, amor mío? —sugirió con dulzura—. No debemos olvidar que no ocurrió nada irreparable. Tú llegaste a Ramsgate a tiempo, y Georgiana lo confesó todo, y sintió alivio al hacerlo. De hecho, no podemos estar seguros de que, llegado el momento, se hubiera fugado con él. Deberías ser capaz de verla sin recordar siempre eso que tanto dolor os causa a los dos. Sé que ella anhela sentir que ha sido perdonada.

—Soy yo el que busca el perdón —dijo Darcy—. La muerte de Denny me ha llevado a afrontar mi propia responsabilidad, tal vez por vez primera, y no fue solo Georgiana la que resultó herida por mi negligencia. Wickham nunca se habría fugado con Lydia, nunca se habría casado con ella ni habría pasado a formar parte de tu familia si yo hubiera dominado mi orgullo y hubiera contado la verdad sobre él la primera vez que apareció por Meryton.

—No podrías haberlo hecho sin revelar el secreto de Georgiana.

—Una palabra de advertencia pronunciada en el lugar oportuno habría bastado. Pero el mal se remonta a un momento anterior, a mi decisión de sacar a Georgiana de la escuela e instalarla al cuidado de la señora Younge. ¿Cómo pude estar tan ciego, cómo pude pasar por alto las precauciones más elementales, yo, que soy su hermano, que era su guardián, la persona a la que mis padres habían encomendado cuidarla y velar por ella? Ella tenía solo quince años, y no lo había pasado bien en la escuela. Se trataba de una institución moderna y costosa, pero en ella las internas no recibían cariño. Se inculcaban orgullo y valores del mundo moderno, pero no conocimientos sólidos ni sentido común. Georgiana hizo bien en abandonarla, pero no estaba preparada para establecerse por su cuenta. Como yo, ella era tímida y retraída en sociedad. Tú misma lo viste cuando, acompañada del señor y la señora Gardiner, te acercaste por primera vez hasta Pemberley.

—Y también vi —observó Elizabeth— lo que he visto siempre, la confianza y el amor que existen entre vosotros.

Él prosiguió como si ella no hubiera dicho nada:

—¡Instalarla en una residencia propia, primero en Londres, y después aprobar su traslado a Ramsgate! Ella necesitaba estar en Pemberley. Pemberley era su hogar. Y yo podría haberla traído hasta aquí, haber buscado a una dama de compañía adecuada, tal vez una institutriz que le ayudara a completar una formación que, en lo esencial, había sido pobre, y podría haber estado aquí con ella, para proporcionarle amor y apoyo de hermano. Y, en lugar de eso, la dejé al cuidado de una mujer a la que, incluso ahora que ha muerto, siempre veré como la encarnación del mal. Tú no has hablado nunca de ello, pero debes de haberte preguntado por qué Georgiana no residía conmigo en Pemberley, la única casa que consideraba su hogar.

—Reconozco que me lo preguntaba de vez en cuando, pero, tras conocer a Georgiana y veros juntos, me convencí de que habías actuado movido exclusivamente por su felicidad y bienestar. En cuanto a Ramsgate, tal vez los médicos habían sugerido que le vendría bien el aire del mar. Quizá Pemberley, donde habían fallecido su padre y su madre, se había convertido en un lugar demasiado imbuido de tristeza, y quizá tú, al tener que ocuparte de la finca, no disponías de tanto tiempo para ocuparte de Georgiana como habrías querido.

Lo que yo veía era que se alegraba de estar contigo, y que podía tener la certeza de que siempre habías actuado como un buen hermano. —Hizo una pausa, antes de añadir—: ¿Y el coronel Fitzwilliam? Él también ejercía de guardián. Supuestamente, los dos entrevistasteis juntos a la señora Younge.

—Sí, así es. Envié un carruaje para que la trasladara a Pemberley, donde iba a tener lugar la entrevista, y la invitamos a que se quedara a cenar esa noche. Viéndolo en perspectiva, comprendo lo fácil que debió de resultarle manipular a dos hombres jóvenes. Se presentó a sí misma como la candidata perfecta para responsabilizarse de una joven. Su aspecto era impecable, pronunció las palabras justas, dijo proceder de una buena familia, ser una persona educada y conocedora de la juventud, de modales impecables y moral más allá de toda tacha.

—¿Y no presentó referencias?

—Sí, unas referencias impresionantes. Falsificadas, por supuesto. Nosotros las aceptamos principalmente porque los dos quedamos seducidos por su aspecto y porque parecía la persona adecuada para ocupar el puesto, y aunque deberíamos haber escrito a sus supuestos empleadores, no lo hicimos. Solo comprobamos una referencia, y el testimonio que obtuvimos más tarde resultó ser de una socia de Younge, y tan falsa como su solicitud original. Yo creía que Fitzwilliam había escrito, y él creía que el asunto me correspondía a mí. Acepto que la responsabilidad era mía. Él había sido llamado a su regimiento y debía asumir responsabilidades más inmediatas. Soy yo quien carga con el mayor peso de la culpa. No me exculpo, ni lo exculpo a él, aunque en aquel momento sí lo hice.

—Se trataba de una obligación excesiva para dos jóvenes, solteros ambos, por más que uno de ellos fuera su hermano. ¿No había ninguna mujer de la familia, ninguna amiga íntima, a la que lady Anne hubiera podido asignar la misión de custodiarla?

—Ese era el problema. La opción lógica habría sido lady Catherine de Bourgh, la hermana mayor de mi madre. Recurrir a otra habría causado una herida duradera en la familia.

Pero ellas dos nunca se habían llevado bien, sus caracteres eran muy distintos. Mi madre era tenida por persona estricta en sus opiniones, y orgullosa de su clase, pero a la vez era el ser más bondadoso con aquellos que tenían problemas o necesidades, y jamás se equivocaba en sus apreciaciones. En cuanto a lady Catherine, ya sabes cómo es, o, mejor dicho, cómo era. Ha sido tu inmensa bondad durante el duelo por la muerte de su hija la que ha empezado a ablandar su corazón.

—Nunca puedo pensar en los defectos de lady Catherine —dijo Elizabeth— sin recordar que fue su visita a Longbourn, su empeño en descubrir si entre nosotros existía un compromiso y, si era así, en impedir que se consumara lo que terminó de unirnos.

—Cuando me refirió cómo habías reaccionado a su intromisión, supe que había esperanzas. Pero tú eras una mujer adulta, demasiado orgullosa para tolerar la insolencia de lady Catherine. Ella habría sido una pésima protectora de una joven de quince años. Georgiana siempre la había temido un poco. En Pemberley siempre se recibían invitaciones para que acudiera a Rosings. Lady Catherine propuso que su prima y ella compartieran institutriz y fueran criadas como hermanas.

—Quizá con la intención de que acabaran siéndolo. Cuando vino a verme me dejó claro que tú estabas destinado a casarte con su hija.

—Destinado por ella, no por mi madre. Esa fue otra de las razones por las que no la escogimos como protectora de Georgiana. Sin embargo, por más que deploro la tendencia de mi tía a interferir en las vidas de los demás, ella habría sido más responsable que yo. La señora Younge no la habría engañado. Yo puse en peligro la felicidad de Georgiana, tal vez su vida misma, cuando delegué el poder en esa mujer. La señora Younge sabía bien qué se traía entre manos, y Wickham formó parte de la trama desde el principio. Se preocupó de mantenerse bien informado sobre todo lo que ocurría en Pemberley. Fue él quien le dijo que yo buscaba una dama de compañía para Georgiana, y ella se apresuró a solicitar el puesto. La señora Younge sabía que, con el don de Wickham para cautivar a las mujeres, su mejor opción para aspirar a la vida a la que creía tener derecho era casarse con una mujer rica, y escogieron a Georgiana como víctima.

—De modo ¿que crees que fue un plan infame por parte de ambos, desde el momento en que la conociste?

—Sin duda. Wickham y ella habían ideado la fuga desde el principio. Él lo admitió cuando vino a vernos en Gracechurch Street.

Permanecieron unos instantes en silencio, observando los remolinos que formaba el agua al pasar sobre unas piedras planas. Entonces Darcy se puso en pie.

—Pero aún hay más, y debo contártelo. ¿Cómo pude ser tan insensible, tan presuntuoso para intentar separar a Bingley de Jane? Si me hubiera tomado la molestia de conversar con ella, de llegar a conocer su bondad, su dulzura, me habría dado cuenta de que Bingley sería un hombre afortunado si conseguía su amor. Supongo que temía que, si Bingley y tu hermana se casaban, me resultaría más difícil superar mi amor por ti, una pasión que se había convertido en necesidad abrumadora, pero que estaba decidido a vencer. Por culpa de la sombra que proyectaba sobre la familia la vida de mi bisabuelo, me habían criado en la creencia de que las grandes propiedades venían acompañadas de grandes responsabilidades, y de que, algún día, el cuidado de Pemberley y de las muchas personas que dependían de la finca para su existencia y su felicidad recaería sobre mis hombros. Los deseos personales y la felicidad privada no podían anteponerse a aquella misión prácticamente sagrada.

»Fue esa certeza de que lo que estaba haciendo estaba mal la que me llevó a aquella primera y desafortunada declaración, y a la carta, más desafortunada aún, que siguió y con la que perseguía justificar al menos mi comportamiento. Deliberadamente, me declaré usando unas palabras que ninguna mujer que sintiera el más mínimo afecto por su familia, la más mínima lealtad, el más mínimo orgullo o respeto, habría aceptado jamás, y con tu desdeñosa negativa, y mi carta de justificación, me convencí de que cualquier pensamiento acerca de ti había sido asesinado para siempre. Pero no iba a ser así. Tras nuestra separación, seguí teniéndote en mi mente y en mi corazón, y fue entonces, cuando visitabas Derbyshire con tus tíos y nos encontramos por casualidad en Pemberley, cuando tuve la certeza absoluta de que seguía amándote, y de que nunca dejaría de amarte. Y, aunque sin muchas esperanzas, empecé a demostrarte que había cambiado, que era la clase de hombre que tú tal vez consideraras digno de convertirse en tu esposo. Era como un niño pequeño exhibiendo sus juguetes, deseoso de obtener la aprobación de los demás.

»Lo repentino del cambio entre aquella desafortunada carta que puse en tus manos en Rosings, la insolencia, el resentimiento injustificado, la arrogancia y el insulto a tu familia, todo ello seguido en tan breve espacio de tiempo por mi buena acogida cuando apareciste en Pemberley con el señor y la señora Gardiner; mi necesidad de enmendar mi error y, de algún modo, ganarme tu respeto; mi esperanza, incluso, de algo más, era tan imperiosa que venció mi discreción. Pero ¿cómo ibas a creer que yo había cambiado? ¿Cómo podía creerlo cualquier criatura racional? Incluso el señor y la señora Gardiner debían de haber oído hablar de mi orgullo y mi arrogancia, y tuvo que causarles asombro mi transformación. Y mi comportamiento con la señorita Bingley debió de parecerte censurable: lo viste cuando acudiste a Netherfield a visitar a Jane, que había enfermado. Dado que yo no tenía intenciones hacia Caroline Bingley, ¿por qué le daba esperanzas frecuentando tanto a la familia? En ocasiones, mis malos modos con ella hubieron de resultarle humillantes. Bingley, hombre honesto, debía de albergar esperanzas de una alianza. Mi comportamiento con ambos no fue el digno de un amigo ni un caballero. La verdad es que me despreciaba tanto a mí mismo que no servía para vivir en sociedad.

—No creo que Caroline Bingley sea de las que se sienten fácilmente humilladas cuando persiguen un objetivo, aunque si estás decidido a creer que la decepción de Bingley ante la pérdida de una alianza más estrecha pesa más que los inconvenientes de un casamiento con su hermana, no seré yo quien intente convencerte de lo contrario. Con todo, no puedes ser acusado de haber engañado a ninguno de los dos, pues nunca existió duda sobre tus sentimientos. Y, en cuanto a tu cambio de actitud hacia mí, debes recordar que empezaba a conocerte, y que me estaba enamorando de ti. Tal vez creí que habías cambiado porque necesitaba creerlo con todas mis fuerzas. Y, si me guiaba la intuición más que el pensamiento racional, ¿no se ha demostrado que acertaba?

—Del todo, amor mío.

Elizabeth siguió hablando:

—Yo tengo tanto que lamentar como tú, y al menos tu carta supuso una ventaja, me hizo pensar por primera vez que podía haberme equivocado con George Wickham. Qué poco probable resultaba que el caballero al que el señor Bingley había escogido como mejor amigo se comportara como describía el señor Wickham, incumpliera los deseos de su padre y actuara movido por la mala voluntad. La carta que tanto desprecias hizo, al menos, un bien.

—Esos párrafos sobre Wickham eran los únicos sinceros. Qué curioso, ¿no te parece?, que escribiera con tal deliberación para herirte y humillarte y que, sin embargo, no pudiera soportar la idea de que, al separarnos, tú me verías siempre como la persona que Wickham te había descrito.

Ella se acercó más a él, y por un instante permanecieron en silencio.

—Ni tú ni yo somos quienes éramos —dijo ella—. Volvamos la vista hacia el pasado solo si este nos da placer, y hacia el futuro con confianza y esperanza.

—He estado pensando en el futuro —confesó Darcy—. Sé que es difícil arrancarme de Pemberley, pero ¿no sería delicioso regresar a Italia y volver a visitar los lugares que recorrimos durante nuestro viaje de novios? Podríamos partir en noviembre, y evitarnos así el invierno inglés. No tendría que ser un viaje largo, si la idea de alejarte de los niños no te seduce.

Elizabeth sonrió.

—Los niños estarían a salvo al cuidado de Jane, ya sabes que le encanta ocuparse de ellos. Regresar a Italia sería una delicia, pero una delicia que deberá esperar. Precisamente, estaba a punto de contarte mis planes para noviembre. A principios de ese mes, amor mío, espero sostener a nuestra hija en brazos.

Él no pudo articular palabra, pero la alegría que hizo asomar lágrimas a sus ojos iluminó su rostro, y le bastó con apretarle con fuerza la mano. Cuando finalmente recuperó la voz, dijo:

—¿Y estás bien? Deberías cubrirte con un chal. Será mejor que regresemos a casa para que reposes. ¿Es prudente que estés aquí sentada?

Elizabeth se echó a reír.

—Estoy perfectamente bien. ¿No lo estoy siempre? Y este es el mejor sitio para darte la noticia. Recuerda que estamos sentados en el banco en el que lady Anne reposaba cuando te esperaba a ti. No puedo prometerte que sea niña, por supuesto. Intuyo que estoy destinada a ser madre de hijos varones, pero, si llega otro niño, le haremos sitio.

—Así lo haremos, amor mío, en los aposentos infantiles, y en nuestros corazones.

En el silencio que siguió, vieron que Georgiana y Alveston, tras bajar los peldaños de la entrada principal, emprendían un paseo junto al río. Fingiendo severidad, Darcy dijo:

—¿Qué ven mis ojos, señora Darcy? ¿Nuestra hermana y el señor Alveston cogidos de la mano a la vista de todas las ventanas de Pemberley? ¿No lo encuentras escandaloso? ¿Qué puede significar?

—Eso lo dejo a su agudeza, señor Darcy.

—Solo puedo concluir que el señor Alveston tiene algo importante que comunicarnos, algo que quiere pedirme a mí, tal vez.

—Pedírtelo no, amor mío. Debes recordar que Georgiana ya no está bajo tu custodia. Ellos ya lo habrán acordado, y acuden juntos no a pedir, sino a contar. Pero sí hay algo que necesitan y esperan: tu bendición.

—La tendrán, desde lo más hondo de mi corazón. No se me ocurre otro hombre al que me complazca tanto llamar hermano. Y esta noche hablaré con Georgiana. No debe haber más silencios entre nosotros.

Juntos, se pusieron en pie y observaron a Georgiana y a Alveston, cuyas risas alegres se elevaban sobre la constante música del río, y que corrían hacia ellos sobre la hierba resplandeciente, con las manos entrelazadas.

Índice